中國新聞史研究輯刊

初 編

主編 方漢奇

副主編 王潤澤、程曼麗

第 5 冊

袁世凱與近代新聞事業

郭傳芹 著

花木蘭文化出版社

國家圖書館出版品預行編目資料

袁世凱與近代新聞事業／郭傳芹 著 — 初版 — 新北市：花木
蘭文化出版社，2013〔民 102〕
目 4+186 面；19×26 公分
（中國新聞史研究輯刊 初編：第 5 冊）
ISBN：978-986-322-296-5（精裝）
1. 新聞業　2. 晚清史　3. 民國史
890.9208　　　　　　　　　　　　　　　102012307

ISBN-978-986-322-296-5

中國新聞史研究輯刊
初　編　第五冊　　　　　　　ISBN：978-986-322-296-5

袁世凱與近代新聞事業

作　　者　郭傳芹
主　　編　方漢奇
副 主 編　王潤澤、程曼麗
總 編 輯　杜潔祥
出　　版　花木蘭文化出版社
發 行 所　花木蘭文化出版社
發 行 人　高小娟
聯絡地址　235 新北市中和區中安街七二號十三樓
　　　　　電話：02-2923-1455／傳眞：02-2923-1452
網　　址　http://www.huamulan.tw 信箱 sut81518@gmail.com
印　　刷　普羅文化出版廣告事業
初　　版　2013 年 9 月
定　　價　初編 12 冊（精裝）新台幣 20,000 元

袁世凱與近代新聞事業

郭傳芹　著

作者簡介

郭傳芹，1978 年出生，女，安徽人，博士，中國國家圖書館副研究館員，畢業於中國人民大學新聞學院，主要從事中國近代史和新聞史研究，已在各類期刊發表論文十餘篇。

提　　要

　　在清末民初的歷史進程中，袁世凱發揮著舉足輕重的作用。他經歷封建專制到民主共和再到恢復帝制的複雜歷史變革，由於其特殊的身份地位，除了對近代政治、經濟、軍事、教育等領域有重要影響外，他對我國近代新聞事業的發展亦產生了深遠影響。在袁的政治生命中，特別是從朝鮮回國、經歷甲午戰爭後，便與新聞事業發生了某種關聯，尤其是隨著其政治地位的升遷，他開始積極參與到新聞事業發展中，從捐助維新人士創辦報刊到組織創辦官報，他與新聞事業的關係愈加密切。與此同時，他還與國外的新聞媒體和記者保持著密切往來，利用報刊的新聞宣傳和輿論影響為其政治服務。進入民國後，更是從統治者的角度對新聞事業的發展進行規範和限制，進一步利用及控制新聞媒體為其統治服務。對袁世凱與近代新聞事業的研究，不僅有利於揭示袁世凱與新聞事業的深層關係，豐富新聞史研究內容，而且有利於從歷史發展和社會轉型的視角探討二者間的互動，從而進一步深化我們對袁世凱的認識和評價，進而豐富對民初歷史和相關人物的認識。

　　袁世凱本質上是一個政治人物，並非職業新聞人。儘管如此，他支持並組織創辦近代官報，並且一直關注官報的組織和經營管理，說明他對近代新聞業的作用和影響有了較深認識。北洋官報局的設立以及《北洋官報》的創辦都是他積極倡導和推動的結果，《北洋官報》能夠成為各省仿效的範例，袁氏在其中的關鍵作用是不可忽視的。在官報業務上袁還支持設立論說欄，儘管其主觀動機是為了擴大官報的影響，爭取政府的輿論陣地，但客觀上促進了官報近代化轉型，具有開拓性意義。

　　袁世凱在朝鮮時期與各國的交涉，也使他具有一定的國際視野。表現在新聞領域，他非常注重與外媒的聯繫和交流，除接受採訪外還主動邀請外媒參與他的軍事操練，注重塑造良好的媒介形象，在清末新政時期贏得了中外主要媒體的一致肯定。因此，在辛亥革命時期出現了「非袁莫屬」的輿論傾向，即使革命派報刊也對袁給予希望，對他既往功業和影響表示贊同。勸退清室後，鑒於袁氏對革命的功勞，南京臨時政府同意由其繼任臨時大總統。可見，由袁繼任臨時大總統也是當時中外新聞輿論所歸。

　　南京臨時政府頒佈的《中華民國臨時約法》規定人們享有集會、結社、言論出版自由權，為新聞事業的發展提供了自由空間。當內務部頒佈《內務部暫行報律》時，遭到新聞界的一致反對，並迫使孫中山做出讓步，取消了暫行報律，初步顯示了報界與政府的對抗中報界所具有的能量。新聞業在民國元年及二年初都呈現出強勁的發展勢頭。在此時期，袁世凱的北京政府基本上遵循了臨時約法的規定，袁氏對報界採取包容的態度，一定程度上遵循了新聞自由原則，並非動輒封報館、捕報人。以宋教仁案的發生為轉折點，隨著國民黨與袁政府矛盾的激化，從屬於國民黨的政黨報刊開始遭到厄運。北京政府內務部頒佈第六號部告，加強對新聞言論的

管制，對於言論過於激烈的報紙開始採取封禁政策。及至「二次革命」袁世凱對反對派報刊進行全面打壓摧殘，並牽連到非政黨報刊，製造「癸丑報災」，政黨報刊發展受到重創。隨後袁加強中央集權建設，同時加緊新聞管制，新聞言論由此陷入低谷。在此過程中，通過對相關史料的分析我們可以看到「癸丑報災」的發生主要是政治鬥爭波及的結果，當然起主導作用仍是袁世凱對新聞業的政策。另一方面，反觀新聞業自身的發展，也存在不少問題，如濫用新聞自由、隨意攻擊異己，甚至發生武鬥等，也使一般社會公眾對之不滿。因此，遭此禍連某種程度上報界也有一定的責任。報災也使報業開始反思自身存在的問題。癸丑年及其後報業仍然在發展，還有不少新的報刊產生。

關於帝制問題，民初就出現了袁世凱將會「帝制自為」的新聞報道，但每次袁都會及時澄清。即使籌安會成立後，他仍宣稱自己不會稱帝，但籌安會作為帝制運動專門的宣傳籌劃機構，很快通過各種手段將帝制輿論推向高潮。他們同時對反對報刊進行收買、打壓和封禁，只剩很少幾家報刊自始至終反對帝制運動。通過史料分析可以看出袁世凱對真實新聞輿論並不完全瞭解，他深居新華宮，獲取信息的正常渠道發生了問題，終冒天下之大不韙，走向了歷史的反動，也終結了自己的性命。稱帝時期，反袁輿論最終連成一片，將袁世凱及其政府吞沒。其中尤以梁啟超《異哉所謂國體問題者》一文最為有力。

通過分析袁世凱與近代新聞事業的方方面面，縱觀新聞業自身發展演變的過程，可以看出在某些時候，袁氏採取了一些符合歷史潮流的新聞政策，如對官報創設的推動、民國時期支持設立新聞記者接待所、重視國際輿論、建立政府公報體系、進行新聞立法等。民國建立後，有很多中外新聞媒體支持袁世凱，即使「二次革命」後，新聞自由遭到了袁的嚴重破壞，由於渴求穩定的社會心理以及加強中央集權的現實需要，仍然使袁政府得到一般輿論的支持。直至「帝制自為」公然違背歷史潮流，袁政府嚴重壓制並摧殘反對輿論，終致中外媒體一致反對，表明壓制新聞輿論自由是違背新聞業自身發展規律的。在分析袁世凱對新聞事業功過得失後，還有一些問題有待探討，如民意與新聞責任、治外法權報刊與袁世凱的關係等，這些問題將有助於進一步深化我們對民初新聞業的認識。

《中國新聞史研究輯刊》總序

　　新聞史是一門科學，是一門考察和研究新聞事業發生發展歷史及其衍變規律的科學。它和新聞理論、新聞業務一樣，都是新聞學的重要組成部分。新聞史又是一門歷史的科學。屬於文化史的範疇，是文化史的重要組成部分。由於新聞事業的特殊性，新聞史的研究和各時期的政治、經濟、文化都有著緊密的聯繫。

　　在中國，近代以來的重大政治運動，和文化史上的許多重大事件，都和當時的新聞事業有著密切的聯繫。從戊戌維新到辛亥革命，每一次重大的政治活動都離不開媒體的宣傳和鼓吹。近代歷史上的幾次大的思想啓蒙運動，哲學和文學領域的幾次大的論戰，新文化運動的誕生和發展，各種文學流派的形成及其代表作品的問世，著名作家、表演藝術家的嶄露頭角和得到社會承認，以及某些科學文化知識的普及和傳播，也都無不和報刊的參與，有著密切的聯繫。各時期的經濟的發展，也有賴於媒體在輿論上的醞釀、推動和支持。

　　新聞史，從宏觀的角度來說，需要研究的是整個人類新聞傳播活動的歷史。從微觀的角度來說，則是要研究一個國家、一個地區、一個時代、一個時期、一類報刊、一類報人，乃至於具體到某一家報刊、某一個報刊工作者和某一個重大新聞事件的歷史。研究到近代以來的新聞史的時候，則還要兼及通訊社、廣播電臺、電視臺和各種現代化新聞傳播機構和新聞傳播手段發生發展的歷史。

　　對於中國的新聞史研究工作者來說，需要著重研究的是中國新聞事業發生發展的歷史。中國是世界上最先有報紙和最先有印刷報紙的國家，中國有

將近 1300 年的封建王朝辦報的歷史，有 1000 多年民間辦報活動的歷史，有近 200 年外國人來華辦報的歷史。曾經先後湧現過數以千萬計的報刊、通訊社、廣播電臺、電視臺和各種各樣的新媒體，以及數以千百計的傑出的新聞工作者，有過幾百次大小不等的有影響的和媒體及報人有關的重大事件。這些都是中國新聞史需要認真研究的物件。由於中國的新聞事業歷史悠久、源遠流長，中國的新聞史因此有著異常豐富的內容，這是世界上任何國家的新聞史都無法比擬的。

在中國，新聞史的研究，已經有一百年以上的歷史。1873 年《申報》上發表的專論《論中國京報異於外國新報》和 1901 年《清議報》上發表的梁啓超的《中國各報存佚表序》，就是我國研究新聞事業歷史的最早的篇什。至於新聞史的專著，則以姚公鶴寫的《上海報紙小史》為最早，從 1917 年姚書的出版到現在，中國新聞史的研究經歷了以下三個時期。

第一個時期，是 1917 年至 1949 年。這一時期出版的各種類型的新聞史專著不下 50 種。其中屬於通史方面的代表作，有戈公振的《中國報學史》、黃天鵬的《中國的新聞事業》、蔣國珍的《中國新聞發達史》、趙君豪的《中國近代之報業》等。屬於地方新聞史的代表作，有姚公鶴的《上海報紙小史》、項士元的《浙江新聞史》、胡道靜的《上海新聞事業之史的發展》、蔡寄鷗的《武漢新聞史》、長白山人的《北京報紙小史》(收入《新聞學集成》)等。屬於新聞史文集方面的代表作，有孫玉聲的《報海前塵錄》、胡道靜的《新聞史上的新時代》等。屬於新聞史人物研究方面的代表作，有張靜廬的《中國的新聞記者》、黃天鵬的《新聞記者外史》、趙君豪的《上海報人的奮鬥》等。屬於新聞史某一個方面的專著，則有趙敏恒的《外人在華新聞事業》、林語堂的《中國輿論史》、如來生的《中國廣告事業史》和吳憲增的《中國新聞教育史》等。在這一時期出版的新聞史專著中，以戈公振的《中國報學史》影響最大。這部新聞史專著根據作者親自搜訪到的大量第一手材料，系統全面地介紹和論述了中國新聞事業發生發展的歷史，材料豐富，考訂精詳，是中國新聞史研究的奠基之作。至今在新聞史研究工作中，仍然有很大參考價值。其餘的專著，彙集了某一個地區、某一個時期、某一個方面的新聞史方面的材料，也都各有一定的參考價值。

第二個時期，是 1949 至 1978 年。這一時期海峽兩岸的新聞史研究工作都有長足的發展。大陸方面，重點在中共報刊史的研究。其代表作是 1959 年

由中國人民大學新聞系編印出版的《中國現代報刊史》講義，和1962年由復旦大學新聞系編印出版的《中國新民主主義革命時期新聞事業史講義》。此外，這一時期還出版了一批帶有資料性質的新聞史參考用書，如人民出版社出版的《五四時期期刊介紹》，潘梓年等撰寫的《新華日報的回憶》，張靜廬編輯的《中國近代出版史料》和《中國現代出版史料》，阿英的《晚清文藝報刊述略》和徐忍寒輯錄的《申報七十七年史料》等。與此同時，一些新聞業務刊物和文史刊物上也發表了一大批有關新聞史的文章。其中如李龍牧所寫的有關《新青年》歷史的文章，丁樹奇所寫的有關《嚮導》歷史的文章，王芸生、曹毅冰合寫的有關《大公報》歷史的文章，吳範寰所寫的有關《世界日報》歷史的文章等，都有一定的影響。這一時期臺港兩地的新聞史研究，在1949年前後來自大陸的中老新聞史學者的帶動下，開展得較爲蓬勃。30年間陸續出版的中外新聞史著作，近80種。其中主要的有曾虛白、李瞻等分別擔任主編的同名的兩部《中國新聞史》，賴光臨的《中國新聞傳播史》、《七十年中國報業史》、《梁啓超與近代報業》和《中國近代報人與報業》，朱傳譽的《先秦傳播事業概要》、《宋代新聞史》、《報人報史報學》，陳紀瀅的《報人張季鸞》，馮愛群的《華僑報業史》和林友蘭的《香港報業發達史》等等。此外，臺灣出版的《報學週刊》、《報學半年刊》、《記者通訊》等新聞學刊物上，也刊有不少有關新聞史的文章。一般地說，臺港兩地這一時期出版的上述專著，在中國古代新聞史和海外華僑新聞史的研究上，有較高的造詣，可以補同時期大陸新聞史學者的不足。在個別近代報刊報人和有關港臺地區報紙歷史的研究上，由於掌握了較多的材料，也給大陸的新聞史學者，提供了不少參考和借鑒

　　第三個時期，是1978年到現在大約30多年的一段時期。這是中國大陸新聞史研究工作空前繁榮的一段時期。原因有以下幾點：一是隨著政治和經濟上的改革開放，和「實踐是檢驗眞理的唯一標準」的討論，前一階段的「左」的思想影響逐步削弱，能夠辯證的看待新聞史上的報刊、人物和事件，打破了許多研究的禁區。二是隨著這一時期新聞傳播事業的迅猛發展，新聞教育事業受到高度重視，大陸各高校設置的和新聞傳播有關的院、系、專業之類的教學點已超過600個。在這些教學點中，中國新聞史通常被安排爲必修課程，因而湧現了一大批在這些教學點中從事教學工作的新聞史教學研究工作者。三是上個世紀80年代以後，各省市史志的編寫工作紛紛上馬，這些史志

中通常都設有報刊、廣播、電視等媒體的專志，有一大批從一線退下來的老新聞工作者，從事這一類地方新聞史志的編寫工作，因而擴大了新聞史研究工作者的隊伍，豐富和充實了新聞史研究的成果。四是改革開放打破了前 30 年自我封閉的格局。海內外、國內外、境內外和兩岸三地的人際交流，學術交流，資訊交流日益頻繁。爲中國新聞史的研究提供了有利的條件。1992 年中國新聞史學會的成立，和下屬的「新聞傳播教育史」、「外國新聞傳播史」、「網路傳播史」、「少數民族新聞傳播史」、「臺灣與東南亞新聞傳播史」等分會的成立，和該會會刊《新聞春秋》的創刊，也對新聞史研究隊伍的整合與交流起了很大的推動作用。到本世紀的第一個十年，中國大陸的新聞史教學研究工作者已經由前一個時期的不到數十人，發展到數百人。陸續出版的新聞史教材、教學參考資料和專著，如李龍牧的《中國新聞事業史稿》、方漢奇的《中國近代報刊史》、50 位新聞史學者合作完成的《中國新聞事業通史》（三卷本）、胡太春的《中國近代新聞思想史》、徐培汀的《中國新聞傳播學說史（1949-2005）》、韓辛茹的《新華日報史》、王敬等的《延安解放日報史》、張友鸞等的《世界日報興衰史》、尹韻公的《中國明代新聞傳播史》、郭鎮之的《中國電視史》、曾建雄的《中國新聞評論發展史》、程曼麗的《蜜蜂華報研究》、馬光仁等的《上海新聞史》、龐榮棣的《史量才傳》、白潤生等的《中國少數民族新聞傳播通史》（上、下）、吳廷俊的《新記大公報史稿》和《中國新聞史新修》、陳玉申的《晚清報業史》，鐘沛璋的《當代中國的新聞事業》等，累計已超過 100 種。其中有通史，有編年史，有斷代史，有個別新聞媒體的專史，也有新聞界人物的傳記。與此同時，還出現了一批像《新聞研究資料》、《新聞界人物》、《新華社史料》、《天津新聞史料》、《武漢新聞史料》等這樣一些「以新聞史料和新聞史料研究爲主」的定期和不定期的新聞史專業刊物。所刊文章的字數以千萬計。使大陸新聞史的研究達到了空前的高潮。這一時期臺港澳的新聞史研究也有一定的發展。李瞻的《中國新聞史》、賴光臨的《中國新聞傳播史》和《七十年中國報業史》、朱傳譽的《中國新聞事業論集》、陳孟堅的《民報與辛亥革命》、王天濱的《臺灣報業史》和《臺灣新聞傳播史》、李穀城的《香港中文報業發展史》、《香港〈中國旬報〉研究》等是其中的有代表性的專著。但受海歸學者偏重傳播學理論和實證研究的影響，新聞史研究者的隊伍有逐步縮小的趨勢。值得提出的，是這一時期海外華裔學者從事中國新聞史研究的也大有人在。其傑出的代表，是現在北京大

學任教的新加坡籍的卓南生教授。他所著的《中國近代報業發展史》，有中文、日文兩種版本，也出版在這一時期，彌補了大陸學者研究的許多空白，堪稱是一部力作。

和臺港澳新聞史研究的情況相比，中國大陸的新聞史研究，目前仍處在蓬勃發展的階段。為適應新聞事業迅猛發展的需要，上個世紀 80 年代以來，大陸各高校新聞教學點的數量有了很大的發展，檔次也有了很大的提高。師資隊伍出現了極大的缺口。為適應形勢發展的需要，幾個重點高校紛紛開設師資培訓班，為各高校新聞院系輸送新聞史論方面的教學骨幹。稍後又大力發展研究生教育，設置新聞學、傳播學的碩士點和博士點，招收攻讀新聞史方向的研究生。到本世紀的第一個十年，擁有博士學位和博士後學歷的中青年新聞史學者已經數以百計。這些中青年學者，大都在高校和上述 600 多個新聞專業教學點從事新聞史的教學研究工作。他們和在中國社會科學院新聞學研究所和各省市社科院新聞所從事新聞史研究的中青年研究人員以及老一代的新聞史學者一道，構建了一支老中青結合的學術梯隊，形成了一支數以百計的新聞史研究隊伍，不斷的為新聞史的研究提供新的成果。其中有不少開拓較深，頗具卓識，填補了前人的學術研究的空白。

收入《中國新聞史研究叢書》的這些專著，就是從後一時期近 20 年來中國大陸中青年新聞史學者的眾多研究成果中篩選出來的。既有宏觀的階段性的歷史敘事和總結，也有關於個別媒體、個別報人和重大新聞史事件的個案研究。其中有一些是以他們的博士論文為基礎，增益刪改完成的。有的則是作者們自出機杼的專著。內容涉及近現當代中國新聞事業歷史的方方面面，既反映了中國大陸改革開放以來新聞史研究蝶舞蜂喧花團錦簇的繁榮景象，展示了中青年學者們的豐碩研究成果，也為中國新聞史研究的進一步發展，提供了不少參考和借鑒。把它們有選擇的彙集起來，分輯出版，體現了花木蘭文化出版社在推動新聞史學術發展和海內外以及兩岸學術交流方面的遠見卓識，我樂觀厥成，爰為之序。

方漢奇

2013 年 4 月 30 日

（序的作者為中國人民大學榮譽一級教授，北京大學新聞學研究會學術總顧問，中國新聞史學會創會會長。）

目

次

第六章　結語：功與過──新聞視野下袁世凱
　　　　的評價問題 …………………………… 145

圖表目錄

緒　論

　　清末民初是我國近代社會變動最為激烈的時期，一方面滿清政府腐朽統治盡失人心，已經走到了盡頭，封建專制亦失去了繼續存在的基礎；另一方面西學東漸，在西方社會思潮的激蕩下，人們的思想發生了深刻變化，從器物變革要求發展到制度變革要求，終以革命方式結束了兩千多年的封建君主政體。社會轉型成為歷史發展的必然趨勢，國家的近代化建設提上日程。民國肇始，共和制度建立，雖然這一制度為舶來品，但很快落地生根，儘管普通民眾對共和制度的建立有些淡漠，但並不影響歷史發展的方向，當違背共和制度的事件發生時，就會遭到人民的反對。在此歷史變革過程中，新聞業獲得了較大的發展空間，出現過三次辦報高潮，其一為戊戌變法時期，其二為清末新政時期，其三民國肇建初期。這些也反映了新聞業在時代變革中的重要作用。我國新聞業在清末經歷了一個自覺的過程，形成了別具特色的報刊體系，重視政論的作用。知識分子將報刊作為宣傳和啓蒙的工具，鼓吹變法和改革，在辛亥革命時更是發揮了革命號角的角色，一定程度上推動了革命進程。民國初年的政黨報刊經過嚴重挫折後逐漸走向成熟，整個新聞業也呈現出向現代過渡趨勢，包括新聞業務、技術、職業素養等現代因素都已發端。

　　在這個歷史變動期，袁世凱是一個關鍵人物，具有舉足輕重作用，一直以來關於他的研究從未停止，但多從政治史角度入手。受教科書以及歷史價值觀的影響，長期以來他的形象基本上停留在「竊國大盜」、「亂世奸雄」的標簽上。至於他與新聞業的關係，雖也有一些論述，但多數涉及其統治時期新聞業整體發展概貌，而對袁世凱與新聞事業的關係尚無全面的梳理與系統

的論述。當然，這與袁世凱主要是一個政治人物而非報人有關。實際上，他從清末開始就與新聞事業發生了直接關係，如支持創辦《北洋官報》，接受記者採訪，主動邀請記者採訪北洋軍操練等；其統治時期（1912年～1916年）所制定的有關新聞事業的方針政策直接關係著新聞業的發展，也反映了其新聞主導思想。而他與新聞界人物千絲萬縷的聯繫也使我對這個論題的研究產生了濃厚興趣。

袁世凱統治時期在中國近代史上佔有重要地位，在近代新聞發展史中也是一個重要時期，一方面，政治體制轉變給新聞事業發展提供了難得的自由空間，新聞業出現了繁榮的景象；另一方面，隨著袁世凱專制權力的加強，作為輿論表達途徑的新聞業又開始收縮。與此同時，政黨報紙和商業報紙出現了明顯不同的發展軌跡，其中，以《申報》、《新聞報》為代表的商業報紙在此時期崛起，現代新聞採訪編輯業務得到進一步發展和完善，開啓了新聞事業現代化的先聲。縱觀袁世凱一生，有很多轟轟烈烈的事業，但是不同於舊的封建社會體制，民國時期他處在一個接受媒體監督的新時代，他有點不適應，一直努力試圖控制媒體，並為此採取了很多具體做法，而有很多做法實際上被其後的北洋政府所延續了，甚至走得更遠，包括對待言論自由的態度。作為一個承前啓後的重要人物，袁世凱經歷了新舊思想激蕩，他能否很好地調整新聞政策以適應歷史的發展，則是一個值得我們重點研究的問題。

袁世凱與新聞事業關係需要放到當時大的社會背景中加以研究。近代中國新聞事業與社會發展有著密切的關聯，一方面受社會政治因素的影響，冥頑的封建統治、落後的社會狀況、封閉的思想現實，這些都使近代知識分子寄希望於以報刊為代表的新聞事業，試圖通過報刊的傳播力來影響統治階層，同時通過報刊傳播新思想啓迪民智，塑造新的社會價值觀念；另一方面新聞事業的發展又反過來促進政治、經濟、文化、教育等領域不斷開放和發展。新聞事業的不斷發展，使新聞的信息傳播、民意表達、輿論監督等功能也不斷被實現，報紙問政的局面日漸形成。而袁世凱如何處理這些新的新聞現象，他對新聞事業的長期發展有著怎樣的影響，以及新聞業者如何爭取自己的發展空間？長期以來有關這些問題的研究比較薄弱。從歷史研究角度來看，學者們大多將目光鎖定在袁世凱的政治作為、權力鬥爭以及其統治時期的經濟文化研究，而對袁世凱如何處理與新聞業的關係關注並不多。如果從

新聞事業自身發展的道路來看，袁世凱統治時期又是一個新舊過渡時期，南京臨時政府確定的新聞自由政策在袁氏當政之初依然爲其所遵循，因此新聞事業的蓬勃發展仍然能夠保持著。首先，新聞事業的發展是一個連續不斷的過程，並不會因爲袁世凱的統治而改變自己軌迹。一些新的新聞理念和新聞現象不斷產生，新聞業自身在成長。其次，民初特別是民元時期新聞界存在著新聞自由濫用現象，袁世凱也在相機而動，製造「癸丑報災」，打擊反對輿論，加強中央集權，頒佈《報紙條例》，企圖實現新聞管制。然而，袁世凱違背歷史潮流終致帝制再現，給新聞事業重創的同時也被新聞界所遺棄。但是袁世凱對新聞業所採取的政策爲後來政府發展提供了可資借鑒的內容，包括新聞制度建設、新聞法制的發展以及新聞技術的進步等方面。

袁世凱作爲近代中國歷史上影響全局的人物，其對新聞事業有著怎樣的認識，密切關係著新聞事業的發展。清末以來他對報刊事業發展所抱持的態度，是我們研究其與新聞事業不可忽視的方面。袁世凱與中國社會近代化，作爲一種研究視角，已爲學人賦予了極大關注，但作爲近代化重要組成部分和推動力量的近代報刊未有受到應有的重視。儘管關於袁世凱與新聞事業存在很多有爭議的認識，但是依據可靠史料，本著客觀求真的態度來進行研究是我們遵守的前提條件。在此前提下進行深入發掘，我們會有一些新發現和新收穫。

在袁世凱統治的第一年雖然新聞事業發展取得了很大成績，但它主要是制度變革所產生的積極成果，可以說袁世凱是被動接受這一現象的。袁在主觀上似乎準備與新聞界相與爲安，但是他並沒有充分考慮新聞自由與專制集權間的內在衝突。二次革命後，袁世凱加強中央集權的建設，將權力日益收歸自己的掌控之下。權力的集中必然導致輿論的單一，在此過程中新聞事業與政治勢力的博弈最終使其處於劣勢，遭到了袁世凱統治集團的大力扼殺。活躍的政黨報刊可謂曇花一現，在帝制籌備階段出現了新聞媒體的集體失語或者一邊倒的現象，也表明了統治階層對新聞輿論實行了高壓政策。但社會發展趨勢是不可違背的，新聞與政治的博弈將繼續上演。袁世凱的敗亡與其新聞政策的失敗有著莫大的關聯。

袁世凱對新聞輿論的利用與操控有著自己的手段，他與某些新聞記者保持著較爲密切的關係，特別是外媒記者，通過他們企圖影響世界輿論。通過本文的研究，一方面全面梳理和論述袁世凱與近代新聞事業錯綜複雜的關

係，挖掘複雜事件的背後眞相，可以進一步深化新聞史研究的力度和深度，使我們對袁世凱有一個更全面的認識；另一方面，試圖從新聞視野下對袁世凱的功過是非進行一個客觀評價，爲新聞史教學提供一定的參考。

綜上所述，通過對袁世凱與近代新聞事業關係的深度研究，既可填補新聞學界此段研究空白，又具有很高的歷史價值和學術價值。

袁世凱作爲民國第一任正式總統，本身就具有多領域的研究價值。目前，學界關於袁世凱的研究取得了很多成果，其中相關專著不下百種之多，影響較大者如唐德剛《袁氏當國》、陳志讓《亂世奸雄袁世凱》等，這些研究多從袁氏政績及權謀入手，分析其成敗得失。有關北洋軍閥的研究很多都涉及到袁世凱。近些年隨著對他認識的逐步深入，其所受到的評價也有了很大突破，爲本文即將開展的研究創造了很好的前提條件。袁世凱與近代新聞事業的關係在通史著作及教材中有所論及，這也使我的研究可以在前人的肩膀上繼續前進。

近些年，學界對於袁世凱在清末新政中的作爲已取得了很多豐富的研究成果，這些研究基本以歷史事實爲依據，盡量還原歷史場景和人物，且認識和評價較爲客觀。但作爲袁世凱新政重要舉措之一的近代官報的創辦則很少有人論述，儘管《北洋官報》的研究已取得了一些成果，然這些研究主要以官報本身的創辦及影響爲考察重點，對袁世凱在其中的作爲論述不多，且不夠全面。

袁世凱與新聞事業關係的研究，首先要對其統治時期新聞事業發展狀況有比較全面的瞭解，最早論及者爲姚公鶴《上海報紙小史》，這篇文章發表於1917 年的《東方雜誌》（第 14 卷）。其中涉及到辛亥革命後新聞業發展情況的內容並不多，主要是概括性的綜述，指出報紙陷入了黨爭的漩渦而不能自拔。同時作者身處當時的歷史發展進程之中，對於這樣的現實極爲不滿，持一種消極的態度。迨至戈公振作《中國報學史》時，已是十年之後的事情，對這一時期的認識與姚公鶴已有所不同。該書主要考察了民國成立以後，新聞事業發展的一般概況，如「'人民有言論著作刊行之自由'，既載諸臨時約法中；一時報紙，風起雲湧，蔚爲大觀……當時統計全國達五百家，北京爲政治中心，故獨佔五分之一，可謂盛矣。乃未幾二次革命發生，凡屬國民黨與贊同革命黨之報紙，幾全被封禁。籌安議起，更以威迫利誘之手段，對付報館，至北京報紙，只餘二十家，上海只餘五家，漢口只餘二家，報紙銷數亦

由四千二百萬降至三千九百萬。蓋自報紙條例公佈，檢查郵電，閱看大樣，拘捕記者，有炙手可熱之勢也。」簡短數十言將這一時期的新聞事業發展概貌呈現在我們面前，他還對袁世凱籌備帝制時期的報刊發展狀況作了單獨說明，認為「若當袁氏蓄意破壞共和之時，各報即一致舉發，則籌安會中人或不敢為國體問題之嘗試，是以後紛亂，可以不作。」〔註1〕表達了作者對當時新聞媒體沒有擔負起輿論監督職責的一種質問和惋惜。戈公振用短短數頁便將民初時期報業發展的輪廓描述清楚，但作為對這一時期新聞業的專門研究，多是現象的描述，似乎還缺少深入的解析和論證。20世紀40年代長白山人所作《北京報紙小史》，也對袁世凱時期的新聞事業有所論述，對袁世凱政府專制淫威肆意踐踏輿論的行為極為痛斥。他將當時的報紙分為三類：「高尚者講學提倡社會事業、注意民生，促進文化；其次則放浪形骸，專以鼓吹娛樂事業為事；下焉者，敷衍塞責，但求津貼豐厚，不問其他，甚者，用他報之文字，換自己之報名，僅印一、二百張，送給關係人閱看而已。」並將有關報紙的出版情況作了介紹，但論述較少。

　　考察中國新聞事業發展史的研究，在通史方面代表作主要有戈公振的《中國報學史》、方漢奇主編的三卷本的《中國新聞事業通史》、曾虛白的《中國新聞史》等；而對近代新聞事業的研究，目前在斷代史、地域史以及個案的研究方面都取得了很多成績，如方漢奇《中國近代報刊史》、陳玉坤《晚清報業史》、馬光仁《上海新聞史》、宋軍《申報的興衰》等，最近的研究成果有王潤澤《北洋政府時期的新聞事業及其現代化（1916～1928）》等。所有這些豐碩的成果中，對袁世凱與新聞事業的關係或有敘述，但大體上是一個宏觀的概述，缺少針對性專門研究。對這一時期袁世凱及新聞事業發展狀況論述較多的當屬方漢奇《中國近代報刊史》及其主編的《中國新聞事業通史》（第一卷），此二種著作都對辛亥革命之後的新聞事業作了專章的闡述，包括新聞業發展的一般狀況及其特點、袁世凱政府對新聞媒體的控制等，突出了這一時期在新聞史上的重要地位。此外，他還對「癸丑報災」單列一節進行了較為詳細的論述。全書史料較為豐富，但研究重點主要著眼於對當時政黨報刊的論述，對一些具體報案或新聞事件沒有完全展開。林語堂《中國新聞輿論史》一文中也對袁世凱統治時期的新聞事業有所論述，其中的一些觀點具有啟發意義，例如「對新聞的壓制所反映的並非編輯的失信，而是袁世凱公信

〔註1〕 戈公振，《中國報學史》，中國新聞出版社，1985年，第161頁。

力的喪失」〔註2〕等，但對袁世凱與新聞事業關係缺乏全面考察。從整體上看，通史在謀篇布局和論述方面，著重點在於宏觀性的敘述，這也為我們接下來進行深入具體的研究提供了基礎並留下了發展空間。以上這些研究主要從通史或斷代史角度論述袁世凱統治時期的新聞事業，其中也涉及到袁世凱與新聞事業的關係，但並沒有做專門考察和論述。

有關袁世凱與近代新聞關係的專門研究，從某些層面看，並未正式展開。民國初年（1912年～1916年）雖然短暫，但一系列政策措施的制定都對後世產生了很多影響，如已有學者對袁世凱統治時期的財政狀況進行了專門研究。除此而外，這一時期教育、經濟、文化等領域研究都有待進一步拓展。有關袁世凱的評價也有了一些新的觀點，比如說他在近代化進程中的角色受到了學界關注，其作用也日益為今日的學者所肯定。這些為我們今天從事袁世凱與新聞事業關係的研究提供了很好條件，當然並不是要推翻原有的研究成果，只是在原有的基礎上更加深入和細化，企望達到客觀敘述目的，廓清紛繁複雜的新聞現象，把握新聞事業發展的趨勢，分析袁氏對新聞業的影響。

由於袁世凱的研究關涉到近代政治、經濟、文化、思想等諸多領域，因此除新聞史研究外，譬如歷史研究、思想史研究等也會論及袁世凱與新聞事業關係，如鄧亦武《北京政府統治研究：1912～1916》，主要著眼於對袁世凱政府的統治進行全面而深入研究，屬於政治史範疇。該著作深刻分析了袁氏上臺的深層必然性，認為其強權統治具有一定的合理性，其中也涉及他與新聞事業的關係，主要從新聞管制角度進行論述，並不全面，且在整本著作中的比重較小。陳忠純的博士論文《民初的媒體與政治——1912～1916年政黨報刊與政爭》，該文主要對政黨報刊在民初的發展進行了全面梳理和論述，基礎紮實，史料詳盡。該文作者主要以民初兩大黨派報刊的得失為主線，分析了政黨報刊與政治的密切關係，為本論題的研究提供了很多借鑒，但是全文以政黨報刊為本位展開論述，其中第三章「袁氏獨裁與政黨報刊」對二者關係進行了深入分析，但似乎更多強調各黨派報刊的反袁宣傳，而沒有關注到整個新聞業的發展情況以及在與袁的對抗中新聞業自身的進步與成長。楊早《清末民初北京輿論環境與新文化的登場》也談到了袁世凱時期的新聞事業，但較為概括，缺少細緻研究。趙建國《分解與重構：清季民初的報界團

〔註 2〕林語堂著，王海，何洪亮譯，《中國新聞輿論史》，中國人民大學出版社，2008年，第 99 頁。

體》主要以報界團體爲考察對象，也分析了報界團體與袁世凱政府的抗爭，
爲本論題的研究提供了參考。這些研究成果中或多或少也涉及到其新聞政策
的論述，但篇幅並不多，或者有的只是一筆帶過，過於簡略。此外，有關這
一論題，也有一些學術論文進行了某些探索，主要有《袁世凱帝制輿論之特
色管窺》、《民國初期傳媒關於袁世凱對藏政策的報導》等〔註3〕，這些文章主
要從某一側面對袁世凱與新聞事業的關係進行初步探索。

　　袁世凱作爲民國初期中國的最高統治者，曾經長期擔任清政府駐朝鮮大
使，善於進行外交，因此具有一定的國際影響力，表現在外國學者對他的關
注。這些關注最早從清末即已開始，如日本記者佐藤鐵治郎所著《一個日本
記者筆下的袁世凱》，對袁世凱早期駐朝鮮期間的活動有較爲詳細的記載。莫
里循作爲《泰晤士報》駐華記者與袁世凱關係非同尋常，在民國建立後，他
曾長期擔任袁政府的高級顧問。他的書信中有很多關於袁世凱的記載，這方
面的資料由駱惠敏整理出版《清末民初政情內幕》，以及西里爾‧珀爾撰寫的
《北京的莫理循》，爲我們探尋袁世凱與新聞事業的關係提供了很好的參考和
有價值的線索。此外，還有加拿大華裔學者陳志讓的《亂世奸雄袁世凱》，美
國學者 Ernest P. Young "The Presidency of YUAN Shih-k'ai：Liberalism and
Dictatorship in Early Republican China"〔註4〕（《袁世凱總統：民初自由主義
與獨裁》）等，這些著作都爲我們今天全面認識袁世凱提供了有價值的判斷。

　　從現有的研究成果來看，不論是國內的還是國外的，對袁世凱的研究多
集中於其政治方面，探討他的政治作爲以及權謀之策等，當然這些對我們的
研究都有很多裨益，提供了很多背景知識，從而爲我們的判斷提供了依據。
通過對現有研究成果的梳理可以看出，目前有關袁世凱與近代新聞事業關係
的專門性研究基本上還未開始，新聞史學研究領域也很少從這個角度進行研
究。袁世凱作爲行政首腦，國家事業的方方面面都與其發生著重要關係，新
聞業在近代國家社會中佔有重要地位，因此，對其與新聞事業關係作全面的
考察和評價是很有意義的。

　　「以史爲鑒」是很多史學工作者的目標，我們對歷史的研究不應該僅停

〔註3〕　左雙文，《袁世凱帝制輿論之特色管窺》，《婁底師專學報》1993年第1期；韓
　　　　殿棟等，《民國初期傳媒關於袁世凱對藏政策的報導》，《西藏大學學報》（社
　　　　會科學版），2008年第1期。
〔註4〕　Young, Ernest P, The presidency of Yuan Shih-k'ai：liberalism and dictatorship in
　　　　early Republican China, Ann Arbor：Univ. of Michigan Pr., 1977.

留在敘述史實的層面，而應該史論結合，將史實的敘述與理論的概括和闡釋結合起來，從而實現由現象到本質的認識，發現其中的某些規律。有關袁世凱與新聞事業關係的研究，在史論上，方漢奇為我們指明了是非標準。我想所有的論述都應在此前提下進行，而不能超越當時的歷史條件，做出一些不符合歷史實際的判斷。我們研究袁世凱與新聞事業的關係時，還需具備發展的眼光看問題，從多角度分析，還必須充分考慮當時的社會環境以及所處的國際背景。第一次世界大戰發生於此時，大國的激烈矛盾和鬥爭不僅使國際局勢複雜化，同時也對中國的發展造成嚴重的影響。因此，研究他與新聞事業關係也要運用國際觀念進行分析認識。

袁世凱與新聞事業關係研究可以說還處於起步階段，雖然對於重大歷史事件已蓋棺定論，如袁世凱復辟帝制問題，但我們需要對背後原因做客觀分析和理性闡述，目的不是推翻現有結論，而是使我們對問題的研究深入全面。長期以來袁世凱帶給新聞界的迫害似乎成了我們認識其與新聞事業關係的一個普遍觀念，很少有新的研究出現；同樣的史料或史實總是反覆地被使用，究其原因可能在於史料整理及其挖掘工作比較困難。沒有史料立論就沒有說服力，新史料的發現或整理總是能帶給我們一些新的認識。新聞史是歷史的科學，每一個從事新聞史研究的人，都必須對新聞歷史上的事實和他所研究的對象進行詳細的調查研究，充分地佔有第一手資料。一直以來，袁世凱與新聞事業關係研究之所以沒有突破，大多也由於史料難以搜集整理，如此也延擱了相關研究的開展。

袁世凱與近代新聞事業關係研究，從其被派駐朝鮮開始，分析早期政治生涯對其以後的行為觀念產生的影響。此時期重點對清末袁世凱與新聞事業發生的關係做一整體考察，以期更全面地分析其與新聞業各方面的聯繫，藉以考察他的輿論觀及其對這一時期新聞事業的影響。

袁世凱與新聞事業關係研究，將在馬克思主義唯物史觀的指導下，遵循歷史發展規律，本著實事求是原則，以袁世凱為主線，將與之發生關係的新聞現象、新聞政策、報案以及他與新聞界間合作與鬥爭都囊入作為研究對象，將其置於歷史發展進程中進行考察，在宏觀視野下進行微觀分析，力求以小見大、以微見著，探討其與新聞事業的複雜關係，盡力梳理新聞事件和新聞人物與其發生的各種關聯。同時，本著客觀的原則，在充分佔有史料的基礎上，對當時新聞業實際發展狀況、存在的弊端及其對後來新聞事業的影響進

行理性分析，從而對此階段的新聞史研究進行豐富與完善，爲今後的新聞史研究提供有益的學術積纍。鑒於此，袁世凱與近代新聞事業的研究主要圍繞以下幾個方面展開：

第一、袁世凱政治生涯及其與報刊關係的考察，這部分主要分析辛亥革命前袁世凱對創辦近代報刊的態度，重點考察他對近代官報創設的作爲及影響。

第二、主要敍述民初社會背景下，袁世凱對新聞事業的態度，在其統治的第一年，因各種客觀條件的限制，袁世凱對新聞自由主要採取隱而不發的態度。而此時基於社會變革背景，新聞業出現了空前的發展，某種程度上表現爲一種無序的狀態，雖出現繁榮，但也流露出很多弊端，埋下了禍害的種子，也爲袁世凱對報界的清洗提供了藉口。

第三、以「癸丑報災」看袁世凱的言論政策轉向。「癸丑報災」在很大程度上也是一次政治性災害，是政黨報刊的一次大劫難。藉此分析政黨報刊發展和衰落以及袁世凱對政黨報刊的態度，分析報災表現及成因，考察災後政黨報刊生存狀態，進而分析媒體與政治的複雜關係。

第四、分析帝制運動前後袁氏政府新聞傳播策略以及反袁宣傳。主要考察了袁世凱加強中央集權後新聞界的發展狀況。期間爲了對付外交危機，袁政府又加強了與新聞界的聯繫，充分發動國內輿論，改變被動外交局面。帝制運動公開後，袁世凱利用新聞輿論功能，大造帝制輿論，假借民意，支持擁護帝制的炒作，打壓反對輿論，並封閉報館抓捕報人，嚴重摧殘新聞事業的正常發展。實際上新聞的工具性理論被統治者運用於股掌之間。對籌安會金錢運動、收買媒體、僞造民意等行爲進行深刻揭露。同時對反袁輿論做重點考察。

第五、試圖從新聞史的角度對袁世凱復辟帝制原因做一闡釋，他昧於輿情，放任帝制派對新聞界的打壓，最終使自己陷入萬劫不復之地，終被新聞輿論拋棄，即使撒手西去也沒有得到媒體的同情，如《申報》對他的突然離去表現得冷淡而平靜，指出「前總統袁世凱已於昨日去世矣，……雖有功罪只餘後世之評論而已，於今日之時局不能再有所損益也」。〔註5〕

第六、從新聞事業發展角度對袁世凱的功過是非進行評述。

最後一部分是附錄，將袁世凱統治時期有關報案的新聞報導進行摘錄，

〔註5〕《申報》，1916年6月7日，第二版，前總統袁世凱去世（冷）。

並對涉及新聞事業發展的各項法規進行整理。附錄中這些一手資料的整理對後來者作繼續深入的研究工作具有參考價值。

第一章　清末時期袁世凱與報刊活動
（1895～1911）

　　清末中國面臨著嚴重的內外危機，特別是中日甲午戰爭的衝擊更是史無前例，深刻觸痛了當時的知識階層，救亡圖存的呼號與吶喊不絕於耳。一批維新人士基於對近代報刊「啓發民智、傳播思想」的認識，開始投身於新聞事業，推動了國人第一次辦報高潮的形成。未幾，「庚子之變」，清宮西徙，民族危機進一步加重，推動了統治階層的當權派實行新政，新聞事業在此時也獲得了大力發展，近代官報的出現及發展也是其中重要組成部分。其間袁世凱作爲著力推進新政的重要人物，取得了令人矚目的成績，在官報的改革和推進方面更是獨樹一幟。

1.1 袁世凱早期政治活動及其影響

1.1.1 駐朝時期及其影響

　　考察袁世凱一生，其追隨吳長慶出使朝鮮及隨後擔任朝鮮總理交涉通商事務衙門總辦一職，爲其日後政治仕途奠定了良好的基礎。一般的研究認爲袁世凱善於鑽營，早年駐朝期間善結權貴，尤其是李鴻章，得到李的賞識，因而發迹。其實這種說法帶有一定的偏見，仔細考察其駐朝時代的事迹，發現其才幹也是卓著的。在平定朝鮮內亂、抓獲大院君方面表現了果敢的作風，立下了一定的功勞；後來協助朝鮮訓練新兵，獲得了朝鮮朝野一致認可。通過與俄日等國家在朝鮮勢力的角逐，多次成功阻止日本在朝鮮的勢力滲透，

進一步加強了清朝在朝鮮的宗主國地位，因此贏得了李鴻章的賞識和清廷的信賴。李鴻章多次表揚袁駐朝時期的功績，並給予了很高評價，「謂使於四方，不辱君命，除袁之外，尚未見其人也。」〔註 1〕可見，袁世凱也是一個實幹派，其才略不僅博得了李鴻章的賞識，也使日本人及其他帝國主義國家對其刮目相看。在袁氏家族稍具敗落的趨勢下，袁世凱以其個人實力及煊赫事功取得了統治階層的認可，這是僅靠善結權貴的政治權術而難以達到的。

在駐朝期間，袁世凱擔任朝鮮總理交涉通商事物衙門總辦。因為朝鮮當時是清政府的藩屬國，因而袁世凱並不是一般意義上的駐外使節，實際上他是清朝派駐朝鮮的最高執政長官，負責處理朝鮮的對外事務，還包括重要的內政事務。這期間的經歷既歷練了袁的才乾和膽識，又增長了其處理國際事務的能力。在晚清封疆大吏中有這種特殊經歷的只有他一人，而這種駐外經歷也使袁世凱具有一定的國際視野，思想上受到很多影響，特別是在朝鮮的十多年，經歷了加強清政府的宗主地位到朝鮮變為日本的附庸國再到甲午海戰中國慘敗，他看到了中國和朝鮮的衰落，並將原因歸之為兩國對傳統的固守。因而思想上發生了很大變化，回國後，積極參與維新活動，支持改革變法。

一個人的經歷特別是早期活動對其以後的人生都會產生直接的影響，決定其視野和思維。一般的史學研究認為，袁世凱是一個政治投機者，對其多持否定態度。然而仔細考察其早期駐朝時的活動經歷，結合其性格特徵，可以說處於人生上升時期的袁世凱，其必然是一種積極向上的人生追求，且處在青年時期，思維活躍，觀念開放，易於接受很多新鮮事物和觀念，因而支持變法維新也處於情理之中。然而，儘管年輕，但他已具有豐富的政治經驗和判斷，因此當戊戌政變發生時他選擇了權勢強大的保守派群體，從自身的切身利益出發，沒有堅定的政治理想，見風使舵，這也是被人詬病的地方。

1.1.2 戊戌維新至清末新政時期

袁世凱從朝鮮返回後主要投入到國內的政治活動中，在朝鮮的經歷及甲午戰爭的結局使他看到了保守落後的危險，因而康梁維新運動期間積極參與維新活動，一度與維新派往來密切，曾與康梁「飲酒商談」〔註 2〕，大談練兵

〔註 1〕 〔日〕佐藤鐵治郎著，《一個日本記者筆下的袁世凱》，天津古籍出版社，第35 頁。

〔註 2〕 黃毅編述，《袁氏盜國記》，國民書社，上海，1916 年，第 16 頁。

變法，還捐款加入強學會。但在變法的最後關頭，他權衡利弊後選擇站到以慈禧爲代表的封建頑固派一方，使維新派付出了慘重代價，這也是他政治權術的一個重要表現。

由於家庭背景的影響（父輩主要以軍事起家），以及跟隨吳長慶赴朝鮮鎮壓叛亂，都使他認識到軍隊的重要，特別是訓練一支近代化的部隊，而掌握兵權又是一切權力的基礎，因此在 1895 年之後到處宣傳他的練兵主張。實際上也取得了不錯的宣傳效果，他獲准到小站接管定武軍，並將其改編成新建陸軍。小站練兵肇始於此。袁世凱對練兵一事特別重視，編寫練兵小冊子，採用德國軍隊操練方法，裝備近代武器，聘請洋教習，同時他還非常注重私人勢力的培養。經過一段時間的訓練，到 1898 年戊戌變法發生時其聲譽已隆隆而上，不僅得到了清廷的信任也博得了帝國主義的稱讚。

當他升任山東巡撫時，對境內的義和團運動實行剿殺政策，並將其勢力肅清，有效地維護了山東境內的社會秩序。在庚子年，慈禧利用義和團對抗帝國主義各國，並向各國宣戰，一度使北京形勢失控，導致八國聯軍血洗北京城。而此時身在山東的袁世凱對形勢有一定的判斷，並沒有盲目追隨慈禧，而是與張之洞、劉坤一、李鴻章等督撫形成東南互保，在一定程度上使東南部中國沒有受到帝國主義的攻擊，經濟社會秩序井然。這爲清廷回鑾提供了條件，也使袁世凱贏得了帝國主義信任，進一步得到滿清政府的認可。

可以說在 1895～1901 年之間，袁世凱通過投機維新運動、小站練兵等才使其政治地位進一步穩固，他特別注意處理好與帝國主義各國的關係。中日甲午戰爭、戊戌變法、庚子之變都使他深刻認識到落後的封建制度正在江河日下，滿清的統治搖搖欲墜。就其自身來說，他引進西方近代軍事建設和管理體制，試圖加強近代軍隊建設，而且成績卓著。由此也可以看出，袁世凱主觀上願意革新，並不是一個完全保守派，正是這一點，也使他在接下來的新政建設中取得了不俗的成績，成爲封疆大吏的風向標。

1.2 與新聞事業的初步接觸及其對新聞媒體的認識

中國近代史上袁世凱主要是作爲一個政治人物爲大家所熟悉，特別是擔任中華民國總統後更是家喻戶曉。實際上，他作爲晚清左右政局的關鍵人物，對很多事物特別是一些新生事物主要持一種開放接受的態度。這其中就包括

對近代新聞事業的關注。縱覽袁世凱一生，他並未眞正參與辦報的具體活動，然而由於其特殊的政治地位和對新聞業的態度，使其與近代新聞業有很密切的關聯，影響著新聞事業的發展。

1.2.1 捐助新聞事業

袁世凱自中日甲午戰爭發生回國後，戰爭結果對其亦有很大觸動。面對國內日益高漲的改革呼聲，他與維新人士日益接近，積極支持變法活動。1895年7月強學會在北京創辦時，袁世凱積極讚助〔註3〕，「捐銀五百兩」，爲強學會籌集款項，擬爲譯書刻書刻報之用，並出資支持維新派創辦報刊，由此也贏得維新派的信任。雖然這個時期很多具有維新思想的政治人物對變法都持一種支持態度，然而袁世凱支持維新派創辦報刊，反映其對新聞業有了初步的認識，特別是報刊的功能作用。可以說，面對嚴重的民族危機，社會求變之風日益激烈，而改革的根本以人的改造爲主，辦學堂、興教育都是從根本上改變人的一種有效方式，然而教育並不能立竿見影，因而維新派試圖借助報刊的宣傳功能，大肆鼓吹報刊開風氣、啓民智的功用，這個時期新聞媒體的工具理性佔據了主導地位。在此情形下，袁世凱對維新派創辦報刊活動的支持與資助，說明了其對報刊功能有了一定的瞭解。基於這種認識，袁世凱在清末新政時期大力倡導並推動官報的創辦，爲近代官報的發展做出了一定的成績。

1.2.2 對新聞媒體的認識

首先，重視新聞信息，與媒體報人保持一定的聯繫。袁世凱對新聞較爲重視，如經常翻閱官報——《京報》，以此探知朝中重要的消息，此習慣延續到辛亥革命之時。近代新聞事業的快速發展給袁世凱留下了深刻印象，尤其是新聞輿論的影響力在他的思想裏留下了深刻的痕跡，因此他與當時的新聞報人保持著一定的接觸，如與梁啓超曾經往來頻繁，對梁啓超極爲欣賞，一直想引爲己用；又如杭辛齋創辦《國聞報》時，袁世凱也常與其聚晤。

其次，認爲新聞媒體是可以控制的。如1904年日俄戰爭期間，曾上奏清廷建議「飭屬認眞保護洋人財產、教堂，倘有奸徒煽惑即行嚴拿懲辦，勿稍疏虞，報紙消息往往誤傳，人心易滋惶惑，仍希示以鎮靜不動聲色，妥密籌

〔註3〕丁文江、趙豐田編，《梁啓超年譜長編》，上海人民出版社，1983年，第41頁。

備爲要」〔註4〕，其中就指出了報紙會誤傳消息，蠱惑人心，要求不動聲色，嚴加控制，也反映了此時袁世凱對新聞媒體的態度大體上是控制利用。

再次，建議創辦報刊，加強政府的宣傳能力。《辛丑條約》簽訂後，爲了挽救腐朽的封建王朝，清政府決定推行新政，同時發出上諭要求內外臣工集思廣益、出謀劃策，積極提出改革建議。在此背景下，袁世凱給清廷提出了十條建議，其中的第五條便是「開民智」，指出：「開民智之法，各國重在報館。惟中國各報館，大半有文無行之士，作奸犯科之徒，依託洋商，影射煽惑，迹其譸張爲幻，幾使官家無之如何。似宜通飭各省，一律開設官報局。報端恭錄諭旨，中間記載京外各省政要，後附各國新政近事以及農工商礦各種學術。遴派公正明通委員董司其事，由省局分發外邑村鎮，俾各處士民均得購覽。並申明報律，將一切雌黃不經之說，暨干犯忌諱之詞，概行禁除，專以啓發民智爲主，庶幾風氣日闢，耳目日新，既可利益民生，並可消弭教案。迨官報盛行，購閱者眾，且可抵制各處託名牟利之洋報。縱各洋報館未能一概禁閉，而銷售漸滯，主筆者自有戒心，亦不敢再逞無稽之談，以惑民聽而亂人意矣」。〔註5〕由此可以看出袁世凱對報刊的認識和基本態度。他的建議受到清政府的重視，於是他率先創辦了北洋官報局，作爲新政建設的一個宣傳窗口。

1.3 對官報創設的推進

庚子事變之後，清朝當權集團也深刻認識到非採取新政無以保存其王朝的存在，因而宣佈實行新政。袁世凱此時被任命爲直隸總督兼北洋大臣，在清末新政中有突出的作爲，除軍事外，在近代教育、近代警察制度、興辦商業、郵政建設等方面都有出色的業績。關於袁世凱在清末新政中的角色與成績，學界已有不少研究，並取得了豐碩的成果，這也是近些年重新認識袁世凱的一個主要視角，在此不做過多贅述。這裏重點考察他在直隸任上，對近代官報事業的改革和推進。

此時，作爲古代形態的新聞紙——《京報》依然存在，然而由於其內容和形式的局限，已經很難適應新形勢，在此情形下創辦近代形態的官報成爲

〔註4〕　袁世凱奏摺專輯（五），國立故宮博物院出版，1970 年，第 1205 頁。
〔註5〕　《遵旨敬抒管見上備甄擇折》光緒二十七年三月初七（1901 年 4 月 25 日），
　　　　廖一中、羅眞容整理：《袁世凱奏議》，天津古籍出版社，1987 年，第 272 頁。

一種必然。可以說近代官報的產生是清末社會變革需求的產物，其萌生與維新變法密切相聯。清政府實行新政的詔諭頒發後，各地陸續開展新政活動，為了與各項新政措施相適應，同時也為了開民風，通上下之情，創辦官報也成為新政一項重要內容。近代官報可溯源到 1896 年官書局出版的《官書局報》和《官書局彙報》，其中最著名者為《北洋官報》。

1.3.1 直隸官報局的創設

袁世凱將創設官報作為其推行新政的一項重要舉措，早在 1902 年，他便開始著手進行官報的創設工作，當時的新聞記載到，「袁慰帥創設之官報即在保定省城開辦」，「已委張僎之太守孝謙為官報局總辦」〔註6〕。張孝謙為晚清翰林院編修，袁世凱將創設官報之事委任於他，表明袁對官報的創辦頗為重視。後來隨著袁世凱行署遷到天津，官報局也遷到了天津。1902 年 9 月 26 日的《大公報》上刊登了《詳定直隸官報局暫行試辦章程》，對官報創設的宗旨、體例、編輯、發行等方面都進行了明確的規定，其宗旨是「以宣德通情、啟發民智為要義，登載事實期於簡明易解，力除上下隔閡之弊」，隔日出版，主要欄目包括聖諭廣訓，諭旨，本省政治、學務、兵事以及時務，簡錄各國各省新聞，凡是有重大新聞意義的事件都進行登載；同時也規定了報導的禁區如「不准妄參毀譽致亂聽聞，不准收受私函致挾恩怨，所有離經害俗委談隱事無關官報宗旨者，一概屏不載錄」。在發行方面，初期免費贈閱，直隸省內主要按期寄至府廳州縣，分送到各村長和學堂，發行比較廣泛。在《直隸官報序例》中更強調了通過官報的創設「使人人知新政、新學為今日立國必不可緩之務」〔註7〕，表明了官報與新政是相伴而生的。經過近半年的籌備，官報於當年 12 月初正式創刊出版，此即《北洋官報》。天津作為官報總局，還分設了保定和北京分局。

官報局創設之初，其經費主要來源於袁氏的直隸政府，袁世凱「特捐兩萬金以備開局首三月之津貼」〔註8〕，經費來源決定了其立場。官報作為直隸地方政府的機關報，在內容與形式上具有很多近代報刊的特徵，有一定的進步性。直隸官報局是袁世凱最早支持創辦的，其經營模式已脫離了舊的《京

〔註6〕 《大公報》影印本，1902 年 6 月 23 日、26 日，第三版，中外近事之紀官報、官報續紀。

〔註7〕 《大公報》影印本，1902 年 10 月 31 日，第三版，直隸官報序例。

〔註8〕 《大公報》影印本，1902 年 7 月 28 日，第四版，紀官報

報》體系，與近代新聞業經營模式接近，例如：設立總辦一人，綜理全局事務；設有編纂處主要負責筆政，翻譯處負責翻譯相關外報的新聞內容；繪畫處負責插畫的繪製，主要是新聞畫；另設排印處、文案處、收支處等六個部門。在內容方面既有政府政務信息的發佈，也有社會新聞的報導，同時還選譯外報內容，企圖開通風氣、啓迪民智。官報局的成立有效地推動了直隸各類官報的發展。

官報創設的宗旨在一定程度上反映了袁世凱辦理官報的思想和認識，其目的就是要啓發民智，充分發揮官報在新政中的宣傳作用，擴大新政在民間的影響，試圖向人民灌輸新政、新學的重要意義，代表官方的一種聲音。儘管此時的官報正在向近代化報紙轉變，並邁出了歷史性的一步，然而，就其本質來說，官報的官樣文章和僵化的報導方式並沒能引起人們的普遍興趣，逐漸流爲官方的傳聲筒，並沒有達到其創辦之初的目的。雖然聲名較大，但對下層社會的影響力極其有限，在與民辦報刊競爭中並不具備優勢。

1.3.2　《北洋官報》及其影響

直隸官報局辦的第一份官報就是《北洋官報》，於 1902 年 12 月 30 日在天津出版，兩天一版，免費送給直隸各級政府以及村鎮學堂，除天津、北京外，全國多地都設有代銷處。《北洋官報》除刊登政府的命令政策外，還介紹本省的政治、軍事和教育情況，以及農學、工學、商學、兵學之新式理論和教案等外交事件、外省新聞、各國新聞以及選譯國外的新理論等，同時還刊登各類公司廣告。在形式和內容上，《北洋官報》都有很大的進步，摒棄了舊式官報——《京報》的固有模式，語言也相對淺顯易懂，較好地融合了近代新聞元素，顯示出了一定的活力。特別是它成功採取了郵遞系統，有效地推動了報紙的發行，擴大了影響。

《北洋官報》作爲新式官報，由袁世凱直接出資督辦。它在報導內容和方式上也不斷進行有益嘗試，如在官報中較早開闢了圖片報導的先例，圖片最富有吸引力，這種方式的採用大大提高了報紙的可讀性，擴大了宣傳效果。實際上在創辦的第二年（1903 年），清政府鑒於《北洋官報》試辦成功，決定在全國推廣，「依照北洋章程妥酬開辦」，由此也確立了《北洋官報》在全國的「樣板」地位。

儘管創辦官報的出發點是爲了開風氣、廣見聞，廣泛宣傳新政推廣的實行情況，但由於其特殊的性質，很難廣銷於民間。在《北洋官報》創設發行

的第二年（1903 年），鑒於行銷局面難以打開，袁世凱批示官報局要嚴加推廣〔註9〕。官報局經過努力，發行數量有一定的提高，主要是擴大了州縣等官僚體系的訂閱量。其後，由於官方的大力扶持加之經辦人員善於經營，《北洋官報》的影響才日益擴大，其發行範圍也超出了天津直隸地區，通過郵遞系統發行至山東、四川、湖南等地〔註 10〕，對各地官報的興起起到了推動和示範作用。1903 年外務部向朝廷奏請南洋及各省仿照《北洋官報》創建並推廣各自的官報，「內地各直省漸次開辦，風行一時，其效大著」〔註11〕。吉林省因日俄戰爭的關係，新政各項措施的實施相較他省爲晚，因此專門派出代表考查《北洋官報》創辦經驗，並給予了很高評價。《北洋官報》有力地宣傳了袁世凱的新政措施，得到了清廷的嘉獎，各地亦派代表到天津考查新政施行情況，將北洋新政作爲學習的標本，如 1907 年湖南派員考查直隸新政，爲本省推行新政廣泛取經直隸〔註12〕。《北洋官報》不斷發展壯大，還增編白話報，即使袁世凱被罷黜，也沒有影響它的發展，袁世凱在野期間與北洋官報局也保持著經常聯絡，說明他對官報的實際影響和重視。

1.3.3 對專業類報刊創設的態度

除直接支持《直隸官報》（即《北洋官報》）的創設外，袁世凱還積極支持各類專業性報刊的創辦。如 1904 年創辦的《武備雜誌》，主要研究新式軍隊的編練，介紹西方的軍事思想和理論。北洋官報總局還創辦了《北洋學報》、《北洋法政學報》，前者以介紹科學、新知爲主，後者注重於法律學研究。

在新政推廣期間，振興實業、興辦商業成爲一項重要的內容，於此相應，興辦商報也成爲一種趨勢。1904 年初，因吳桐林所辦《商務報》銷路不廣，商部通飭各省將軍、督撫「按照所屬大小各衙門分寄一冊」〔註 13〕。受此啓發，加之天津又是北方重要商埠，1905 年，「直督袁慰帥以外洋商報研究五洲

〔註 9〕《各屬州縣添購官報清單》《北洋官報》，1903 年，第 66 期。

〔註 10〕《答總稅務司慎重〈北洋官報〉郵轉文》，《北洋官報》1903 年 6 月 7 日。

〔註11〕《准吉林將軍咨調查〈北洋官報〉成案章程簡飭北洋官報局文》，《北洋官報》1907 年 3 月 1 日。

〔註12〕《爲湘撫派員考查直隸新政事簡飭商務總會文》，《北洋官報》1907 年 9 月 1 日。

〔註13〕天津市檔案館編，《袁世凱天津檔案史料選編》，天津古籍出版社，1990 年，第 92 頁。

之物產，調劑萬國之盈虛，最足以聯絡商情、開通商智，現值振興商業之際，亟宜設法仿行俾交通於商部商會之間，推行盡利，特籌官款二萬金，派委熟悉商務、精通報例之某觀察克期興辦，又按月貼費千金以示提倡。」〔註 14〕這一方面反映了袁世凱對商報作用的認識，另一方面說明他對創辦商業報刊的支持態度。

官報在語言的使用上主要以文言爲主，這對當時社會上大多數未受過教育的民眾來說，不啻爲一種語言障礙，不利於官報的發行推廣。當時一些有識之士就指出這一問題，「白話報紙類以十數而鮮聞出於官辦」〔註 15〕，建議推廣白話報刊。對此，袁世凱似乎也有所察覺，在他的支持下，北洋官報局於 1905 年開始增編白話報，並隨主報分發各州縣，不另收費。此外，還有更早創辦的《直隸白話報》，以天津地方方言進行文字編排，民眾更易於閱讀和理解。

1.3.4 支持閱報社

白話報刊的出現是清末新政時期一個重要的新聞現象，說明社會的啓蒙運動開始向民間深入。由於傳統中國社會官話（即文言）佔據著主導地位，而現實狀況是民眾的教育普及率及其低下，儘管之前的康梁維新派鼓吹報刊啓迪民智的重要作用，然而用文言文創辦的報刊實際上很難實現上述目的，且信息受眾範圍有限。在新政浪潮的推動下，白話報刊得到了一定的發展，既有民間創辦的白話報，如《京話日報》，同時官方也開始提倡並推廣白話報。白話報對不識字者或文化水平較低的人群來說，其作用主要是通過講報等口述的方式表現出來，因此設立閱報處成爲當時一種較爲普遍的現象。閱報處有私人創辦的，也有官紳合辦的，一般派有專人進行宣講。袁世凱對直隸白話報的創辦和閱報處的設置都有積極的推動作用。

根據當時報章記載，很多州縣都設立了閱報處或宣講所，這些新政措施的實施無不得到袁世凱的支持和鼓勵。例如，1907 年天津井陘縣令丁某擬試辦《自治機關白話報》，將此事稟報袁世凱，得到了袁世凱的批准，還「通飭各屬一律仿辦，並飭將自治機關白話報名目改爲某縣自治研究白話報，以符名實云」〔註 16〕。另一事表現爲張之洞和袁世凱一致認爲軍機擬議的各項新

〔註 14〕《東方雜誌》，1905 年，第 2 卷第 11 期，各省報界彙志。
〔註 15〕《東方雜誌》，1905 年，第 2 卷第 8 期，論政府宜利用報館並推廣白話演說。
〔註 16〕《東方雜誌》，1907 年，第 4 卷第 3 期，各省報界彙志。

官制之所以窒礙難行，原因在於「民智不開」，所以下令各州縣設立宣講所，並特別電咨直隸首先開辦〔註17〕。這些事情無不表現了作爲地方行政首腦的袁世凱在推行新政方面借助於報刊宣傳的事實，反過來也推動了屬內報刊事業的發展。

1.4 官報影響及對袁世凱的評價

1.4.1 官報作用考察

在近代新聞史的研究中，通常認爲官報是清政府爲搶佔新聞輿論陣地而發起的，實際上這可能是一種誤讀，根據現有的資料來看，正是由於清廷推行新政，才產生了近代意義上的官報。官報的興起在客觀上有利於開通風氣、開化民智，有著積極的歷史意義。

清末新政相較於早期的洋務運動有了更深層的意義，不僅僅是器物層面，而是深入到社會生活的各個層面，包括商業、教育、文化、軍事、財政等，更主要的是推進政治體制的改革，實現君主立憲。新政的推行開啓了中國社會近代化端緒。首先是統治階層觀念的轉變，如時任憲政編查館大臣的奕劻認爲「預備立憲之基礎，必先造成國民之資格，欲造國民之資格，必自國民皆總能明悉國政始。東西各國開化較遲而進化獨速，其憲法成立乃至上下一體，氣脈相通，莫不藉官報以爲行政之機關，是以風動令行，纖悉畢達。或謂英國民人政治智識最富，故其憲法程度最高，蓋收效於官報者非淺鮮也」〔註18〕。不獨奕劻這樣認爲，統治階層的其他人員也表達了類似的觀點，認爲新政的推行須將各項舉措公諸於眾，使朝野上下都能明達國政，保持政令暢通。基於此認識，官報的創辦提上了議事日程。

在袁世凱統轄的直隸地區，官報有力地促進了直隸地方憲政運動的發展。《北洋官報》創辦後在社會上產生了很大的影響，成爲官民信息傳達的一個重要平臺。除了及時發佈各項新政措施外，還有時政紀要、各省新聞、各國新聞、科學知識介紹等內容，突破了原有官報——《京報》的僵化形態，吸收了近代報刊的新元素，其受眾範圍得到了擴大，實現了較好的傳播效果。

〔註17〕《順天時報》，1908年5月22日。

〔註18〕故宮博物院明清檔案部編，《清末籌備立憲檔案史料》，中華書局1979年版，第1060頁。

該報對一些熱點問題表現了極大關注，如 20 世紀初的收回治外法權運動，《北洋官報》和《北洋學報》都積極參與進來，表達自己的觀點，抨擊清政府的治外法權制度，建議加強本國的法律建設和研究，適時收回不平等權利。隨著新政的逐步推行，地方自治的呼聲越來越高，直隸各類官報對此也表現出了極大的熱情，紛紛發表觀點，《北洋官報》曾著文《論地方自治爲預備立憲之根本》一篇〔註19〕，詳細論述了地方自治與預備立憲的關係。《北洋法政學報》也發表文章表達觀點，「何以國家之立憲而有賴於自治乎？則莫不日使人民知公德也，盡義務也，養成下議院之資格也」〔註20〕，從人才培養的角度強調養成公民的自治意識，從而實現憲政目的。

在譯介他報文章方面，官報也有不錯表現。對他國官報發展情況的介紹，如《譯日本官報制度沿革略》〔註21〕，對日本官報的發起、運行方式及其作用進行了系統的介紹，並以此作爲參照對象。此外，對世界各國的地理、風俗、民情政事，也有廣泛介紹。通過譯介活動，使官報也成爲人們瞭解認識世界的一個窗口。

縱觀直隸官報的創設，作爲官方的一種主動行爲，主觀上是統治者爲維護其統治需要，客觀上有力地推動了政府信息公開的發展，一定程度上發揮了輿論導向的作用，傳播了西方先進思想和文化，同時宣告了古代形態報刊的終結，提高了報刊在社會生活中的地位，刺激了中國近代報業的發展。近代官報的創辦在一定程度上也是對清政府言論政策的一種突破，特別是地方官報主張地方自治，逐漸與民間報刊相互融合，這種迹象也表明中央對地方控制的鬆弛，出現了權力下移的趨勢。然而由於官報的政府背景，它主要由上而下發佈政令，由下而上的言論道路則受到窒礙，不能有效溝通中央與地方、官員與平民的關係，其實際影響力仍有限。

1.4.2 官報視野下袁世凱的作爲

直隸官報的發展與袁世凱的親力推動密切相關。袁世凱雖沒有發表過直接論述報刊功能的文章，然而他處於新舊維新之際、中西文化激盪之時，早期又支持過維新派創辦報刊活動，因此對報刊的宣傳教化、啓迪民智、輸入新知、輿論導向等功能，可以說已耳濡目染多時了。督直伊始，他很注重利

〔註19〕《東方雜誌》，第 4 卷，第 1 期，內務。
〔註20〕《北洋法政學報》，第 36 冊。
〔註21〕《北洋官報》，1903 年，第 65～66 期，專件。

用報刊的這些功能。天津還未接收過來，在保定時他便著手官報的創設，任命翰林院編修張孝謙全面負責官報局的籌備工作。袁曾派張到日本選購各種印刷設備，從日本聘請了銅版雕刻及印刷、石板印刷、照相製版、鋅凸版製造等方面的人才，又從上海雇人照相製版、電鍍銅版、活字版、石印、鉛印等印刷工人，「思慮周密，規模宏敞」，傾入很大精力和財力。《北洋官報》從編輯到發行，袁世凱都親自過問，並要求「廣爲搜錄立憲之事」〔註22〕，表面上雖然將官報創辦的具體工作委任給張孝謙，但他並不做甩手掌櫃，而是不時詢問報務情況，甚至對官報的體例也詳加過問，如北洋官報局曾呈報增設「論說」一欄，袁世凱批覆道「據稟擬將官報改良增添論說，並增改辦法四條，尚屬妥協。仰即隨時督飭編纂各員，實力經理，以期開通民智，宣揚治化，是爲至要」〔註23〕。此外，還曾於 1906 年 4 月 22 日委派周學熙擔任《北洋官報》總辦，進一步加強官報的經營和管理。增設論說是官報業務改革的一項重要內容，使官報在版面上更「親民」，從而實現更好的傳播效果，爲新政改革服務。此外，袁氏對官報的發行尤其關注，在他的督促下開闢了官報郵發新途徑。正是在他的影響和推動下《北洋官報》取得了不俗的成績，後來成爲各省官報模仿的範式〔註24〕。當時全國主要官報創辦情況請參見表 1*：

表 1　清末主要官報創辦情況表

序　號	創辦時間	地　點	報　名	出版者
1	1896 年	北京	《官書局報》、《官書局彙報》	官書局出版
2	1898 年 5 月	河南	《彙報輯要》	河南官書局
3	1899 年 4 月	漢口	《湖北商務報》	漢口商務局

〔註22〕《面諭北洋官報局總辦官報廣爲搜錄立憲之事》，《北洋官報》1906 年 12 月 5 日。

〔註23〕《批北洋官報局稟官報增添論說送呈樣本請批示由》，《北洋官報》1906 年 12 月 9 日。

〔註24〕《東方雜誌》，第 4 卷第 7 期，各省報界彙志中記載黑龍江前署將軍程雪帥以黑省風氣未開，特在齊齊哈爾創設官報局，略仿北洋官報辦法，反映了《北洋官報》的影響。

* 此表信息主要來源於兩個部分，一是方漢奇主編《中國新聞事業編年史》（福建人民出版社，2000）、一是李斯頤《清末 10 年官報活動概貌》一文，《新聞與傳播研究》1991 年第 3 期。

4	1900 年 3 月	上海	《江南商務報》	江南商務總局
5	1902 年 4 月	長沙	《湖南官報》	湖南洋務局
6	1902 年 12 月	天津	《北洋官報》	北洋官報局
7	1902 年	江西	《江西官報》	南昌官報局
8	1903 年 8 月	西安	《秦中官報》	陝西課吏館
9	1903 年 12 月	北京	《商務報》	商部
10	1904 年 2 月	南京	《南洋官報》	南京官報局
11	1905 年 1 月	天津	《教育雜誌》後更名爲《直隸教育官報》	直隸學務公所
12	1905 年 4 月	湖北	《湖北官報》	
13	1905 年 4 月	安慶	《安徽官報》	安徽省官報局
14	1905 年 8 月	濟南	《山東官報》	山東官報局
15	1905 年	北京	《訓兵報》	練兵處
16	1906 年 4 月	北京	《商務官報》	農工商部
17	1906 年 8 月	北京	《學部官報》	學部
18	1906 年 12 月	東京	《官報》	清政府留學生監督處
19	1907 年 7 月	東京	《遠東聞見錄》	陸軍部留學生監督處
20	1907 年 8 月	吉林	《吉林官報》	吉林官報局
21	1907 年 10	北京	《政治官報》（1911 年被《內閣官報》取代）	清政府機關報
22	1907 年 11 月	蘭州	《甘肅官報》	甘肅省官書局
23	1907 年	湖北	《兩湖官報》	
24	1909 年 8 月	北京	《交通官報》	郵傳部
25	1909 年 8 月	杭州	《浙江官報》	浙江官報局
26	1910 年 12 月	北京	《北京日報》（英文）	外務部
27	1911 年 5 月	廣東	《兩廣官報》	
28	1911 年 9 月	瀋陽	《東三省官報》	
29	1904 年 3 月	成都	《四川官報》	四川官報書局
30	1904 年 12 月	開封	《河南官報》	河南官報局

　　從袁世凱率先創辦官報，使《北洋官報》成爲第一份影響廣泛的地方官報，開風氣之先，可以看出他具有很好的新聞敏銳性，「是在一種順應變法諭

旨的原則底下，並沒有得到中央認可就徑行開辦的」〔註25〕。1903 年在伍廷芳等鼓勵辦理地方官報奏請的影響下，外務部飭令各地仿照辦理官報，《北洋官報》的創辦宗旨、章程以至欄目內容、人員選聘等各方面都成為模仿對象，成為各省官報的典範。以《北洋官報》為中心，由官報局出版或代印、代派的官報共 11 種，絕大多數為各門類專業報，「幾乎每立一新政即有一相應內容的官報產生」。〔註26〕袁世凱從資金上給予積極支持，各省官報時常因經費問題而難以為繼，直隸官報的發展可謂獨領風騷，《北洋官報》直到辛亥革命爆發時才停刊，可謂清末歷時最久的近代官報，它並沒有因袁世凱的隱退而停辦。

除支持創辦官報外，直督袁世凱通飭各衙署局所，購閱《外交報》，支持創辦白話報，支持設立閱報所，使直省在新政時期走在了各省之前，成為仿傚對象，這些動作也表明袁世凱與同期的封疆大吏相比確有一些革新的思想，單就對官報的改進和發展方面而論，實有極大的促進作用。官報是近代我國新聞業的一個重要組成部分，由於他的重視，帶動了各地官報的發展，從而使近代報業受到主流階層的關注和重視，作為清政府官方信息發佈渠道的《政治官報》於 1907 誕生，較《北洋官報》為晚，顯係受後者影響。

從袁世凱積極創辦官報活動來看，他的思想較為活躍，善於接受新事物。他也通過創辦官報推行其新政措施，從而在清政府面前博得了「能臣」名譽，獲得了朝野上下的認可。直隸能夠成為「清末十年官報的濫觴之地，正是他率先推行新政的結果」〔註27〕，其功勞可謂大矣。袁世凱將新聞媒體的創設與新政的推行有機結合，取得了較好的傳播效果，也獲得了明顯的政績。他不僅支持創辦官報，同時也支持設立閱報處和講報所，這些都密切關係著中國近代新聞事業的發展。實際上，他也一直試圖將新聞媒體及其技術掌控在手中，當無線電傳播技術出現時，他及時上書清廷要求嚴格控制無線電技術，不允許私設無線電臺〔註28〕，可見，他對新聞傳播活動和傳播技術的發展極為關注，保持著較強的敏感性。

〔註25〕唐志宏，《清末新式官報的成立與演變》收錄於《近代中國社會轉型與變遷》，胡春惠、薛化元主編，國立政治大學歷史學系 2004 年，第 330 頁。
〔註26〕李斯頤，《清末 10 年官報活動概貌》，《新聞與傳播研究》，1991 年第 3 期。
〔註27〕李斯頤，《清末 10 年官報活動概貌》，《新聞與傳播研究》，1991 年第 3 期。
〔註28〕沈祖憲輯，《養壽園奏議輯要》影印本，臺北文海出版社， 1966 年，第 53 頁。

1.5 清末傳媒視野下的袁世凱

　　袁世凱作爲清末興起的政治新秀，備受時人和媒體的關注，尤其在清政府推行「新政」的諭令下，他率先開始直隸地區的新政實踐運動，興學、興商，推動近代軍事建設，推行近代警察制度等，同時作爲直隸總督兼北洋大臣，本身所具有的顯赫政治地位，這些都成爲當時新聞媒體關注的重點。

1.5.1 新聞媒體對袁世凱的關注與報導

　　由於袁世凱在政治方面的積極作爲，這個時期無論是南北方報紙都對其進行了較爲肯定的報導和評價。首先，北方媒體對他的關注和報導，主要以北京和天津的報紙報導爲例。在天津以《大公報》的報導爲例，在督直的初期階段，新聞報導主要集中在他對天津接收工作的報導上，關注天津市面的整頓和恢復措施，對他創設官報也進行了跟蹤報導。該報還持續報導了袁世凱的新政措施，主要在興辦學堂發展現代教育以及對民族工業的支持和提倡方面。在被罷免期間表現出了對他的極大的同情。整體上看，當地的新聞媒體多以新聞報導爲主，很少發表關於袁世凱的議論性文章，對袁世凱的舉動非常關注，對他的政績表示肯定。革命來臨之際，呼喚袁出山。在北京以《順天時報》的報導爲例，該報對袁極爲肯定，特別是他在新政中的作爲，進行積極報導。其次，南方媒體的相關報導和評論，主要以上海地區的報紙爲例。《申報》、《新聞報》等都進行了積極正面報導。

　　晚清時期國門被迫打開，國際社會對中國的關注日益加深，清朝末年國外一些知名通訊社和報社紛紛向中國派駐記者，境外媒體對中國的關注和報導逐步加強。這時正值袁世凱的上升時期，尤其在李鴻章之後，袁接替李的位置出任直隸總督，其果敢作風和新政政績爲其贏得了國外輿論的一致好評，當時最著名的報紙《泰晤士報》向世界報導：「大清帝國多了一個握有實權的改革者……他的名字叫袁世凱。」《紐約時報》則派記者對袁世凱進行了專訪，稱他「是一個具有異常才智的人」，是李鴻章最傑出的接班人，是「大清國當代最重要的人物」。〔註 29〕後來在清政府權力角逐中袁被迫下野，其開缺回籍曾一度得到了中外媒體的熱切關注，如《大公報》慨然評論道：「袁世凱，舉辦新政之最有魄力人也。袁去而新政雖不至退縮，然強忍不屈。冥意孤行而又深明於中外時局者，京內外諸大老中如袁者，曾有幾

〔註 29〕鄭曦原：《帝國的回憶》，當代中國出版社，2008 年版，第 138～139 頁。

人？」﹝註30﹞，儘管《大公報》曾被袁下令禁止發行，彼此曾經交惡，但此時該報同情之態溢於言表，對其進行了較高評價。外媒方面，《泰晤士報》則以誇張的語調盛讚他的「才能、進步立場」和「對朝廷的偉大貢獻」，說他是個「被滿人侮辱性地趕下臺的偉人」。﹝註31﹞國內外媒體對其廣泛的良好印象及讚譽之詞，反映了袁世凱爲自己樹立了積極的媒介形象。下野後，他的活動也始終未有離開媒體的視線，這主要是由於一方面他通過主動與媒體聯繫，對其隱居生活進行曝光，如著名的「垂釣圖」，企圖通過新聞照片塑造其與世無爭的歸隱生活，掩蓋眞實意圖；另一方面，雖然袁世凱表面歸隱田園，然而由其培養的北洋勢力依然很強大，仍然有相當的影響力，因此也是媒體對其關注的主要因素。據駱寶善先生統計，從光緒三十四年臘月底（即公元 1909 年 1 月）袁世凱被罷黜，到宣統三年八月中旬（1911 年 10 月）武昌起義爆發，通過對天津《大公報》與奉天《盛京時報》兩家報紙新聞報導的統計，有關袁世凱的新聞報導就有 106 條之多，其中半數以上主要涉及「出山」問題的報導（大約 64 條）。在這些報導中，保薦或敦促袁世凱出山的人既有皇族貴冑，也有封疆大吏，既有北洋將領，又有立憲領袖，還有未指名的「某樞臣」、「某閣老」等。可以說舉凡能有資格說上話的頭面人物，無不積極進言。他們爲袁設計的任職，內有資政院院長或副院長、內閣協理、弼德院顧問大臣、外務部尚書、軍事顧問；外有直督、川督、東三省總督、查勘滇緬邊界事務等。但袁世凱認爲時機未到，他在寫給其老師的信中說：「前者都下偶有議論，報紙所傳，未免失實。受業屢世受國厚恩，何敢淡忘大局。弟以時艱方亟，誠不當以羸疾之軀，再肩巨任。」﹝註32﹞袁雖言不由衷，但可從側面看出「報紙所傳」的內容和傾向。袁世凱在彰德養疴期間，還積極與歸國留學生，特別是留日學生積極接洽，他們之中有不少思想激進傾向革命的年輕人，這也爲其在後來的革命中贏得了一定的革命派的支持種下了因果。辛亥革命發生後，袁世凱出山已成定局，這其中既有政局的需要，也有「非袁莫屬」輿論的營造。即使革命派報刊也多對其有讚譽，如革命派報紙《神州日報》評論「今日滿漢相持，其向背足爲中外所重者，當推袁世凱」，「吾中華民國能納袁氏，則可杜外人干涉，速滿族之滅亡，免生靈之塗

﹝註30﹞《大公報》(影印本)，1909 年 1 月 16 日，第一版，對於政府退袁宮保之確評。

﹝註31﹞《泰晤士報》，1909 年 1 月 4 日。

﹝註32﹞駱寶善：《駱寶善評點袁世凱函牘》，長沙：嶽麓書社，2005 年版，第 244—245 頁。

炭，目前至計係一最要法著也。」〔註33〕袁世凱受命討伐革命軍已成事實後，革命報紙《大漢報》發文認爲「袁果親來，吾軍萬非其敵，大勢去矣。」爲了阻止袁氏南下鎮壓革命，該報以全鄂人民的名義於 1911 年 10 月 20 日致書袁世凱，排印數百封，發往各地，希望袁世凱能夠看到該信，望袁世凱識滿漢之別，順應時勢，「回旗北向，犁掃虜廷，惟閣下是望。」〔註34〕《民立報》10 月 29 日曾轉發這封以「鄂人」名義寫給袁世凱的信件。「率部下健兒回旗北向，犁掃虜廷」，「以迅雷之勢，建不世之業，漢族之華盛頓惟閣下之是望」。〔註35〕由此可見革命派在袁世凱受命南下討伐之際，鑒於其實力和影響力，對其仍給予厚望，勸其倒戈。一般社會輿論更是對袁喁喁以望，在新舊之間、革命派與政府間，袁世凱成了雙方都可以接受的人物，爲時人所期待，儼然成爲力挽狂瀾的關鍵人物。儘管如此，報界仍然存在反袁呼聲，上海的革命報刊在袁世凱出山之際仍有一些觀望和猶疑，甚至惡語相向，如對袁世凱出山一事時人曾做漫畫「出山」（如圖1），將袁世凱比作猿猴，拿著望遠鏡進行觀望，以此諷刺袁世凱。隨著革命形勢的發展，以及袁世凱態度的變化，在其成功逼宮退位後，輿論一致擁護袁世凱，使其獲得了廣泛支持。

圖1　選自 1911 年 10 月 19 日《時報》

〔註33〕《神州日報》，1911 年 11 月 15 日，第二版，新國家建設之謀劃（沈朵山，孫星如）。
〔註34〕胡石庵：《湖北革命實見記》，《辛亥革命在湖北史料選輯》，武漢大學出版社，1981 年版，第 39～40 頁。
〔註35〕《民立報》，1911 年 10 月 29 日，第三頁，新聞一：鄂人致袁書。

儘管如此，清末時期袁世凱對新聞業的迫害也被媒體所揭載，如這個時期發生了一場抵制美貨的運動。美國於 1882 年通過《排華法案》，使在美華工遭到了不平等對待，深受歧視與排斥，1904 年隨著《北京條約》期滿，美國又提出要求續訂有關限制華工的條約，遭到了國人的嚴重抗議和反對，因此在 1905～1906 年發生了大規模的抵制美貨運動。當時的天津也是抵制美貨運動的一個重要地區，商民廣泛展開抵制美貨運動。袁世凱害怕釀成交涉，屢次指示巡警總辦「壓抑風潮」，他傳諭天津商會，大意說，「此等事盡可稟請政府向美力爭，何必私自爲此舉動」。《大公報》刊載了抵制美貨的報導，袁竟下令禁止發行〔註 36〕。此前的 1904 年對天津《直報》以「播散謠言，惑亂聽聞，殊與地方平安大局有礙」〔註 37〕名義，要求巡警、地方府縣嚴查禁運，這兩件事都反映了袁世凱摧殘破壞新聞事業的一面。

1.5.2 外國記者對袁世凱的印象與評價

袁世凱自駐朝嶄露頭角後，隨著其在國內政治舞臺上地位的逐步上升，日益引起國外新聞記者的關注和報導。他在 1908 年接受了《紐約時報》駐華記者托馬斯‧F‧米拉德的採訪，米拉德詳細描寫了採訪的經過，「他目光炯炯，敏銳的眼神顯示出他對自己手中掌握的事情非常關切」，認爲袁是一個鐵腕人物，是清末「趨向進步的高層官員中被推認爲第一」〔註 38〕的人物。在回答中國「何處最需要初步的改革」時，袁世凱談到了財政制度、貨幣流通體系以及法律結構，其實這些都是當時晚清政府面臨的重大問題。關於體制改革的話題，袁世凱並沒有深入談論，只是說道這個存在多個世紀的古老體制一旦發生根本改變將會牽涉到很多問題，反映了他對這個問題的保留態度。在米拉德的印象和描述中，我們可以看出這個西方記者對袁世凱幾乎是完全肯定的，同時也認爲袁是中國未來的希望，給與了很高評價。在發回《紐約時報》的報導中，他這樣寫到「袁認識到國內

〔註 36〕袁世凱於 1905 年 6 月下令《大公報》禁止發行，同年 10 月天津商會函請巡警局解除禁閱《大公報》的規定，袁世凱批覆，要求報館館主具結不再登載有妨地方治安和平各節，表現了嚴屬的懲罰。

〔註 37〕《本埠‧天津府示》，《大公報》（第三冊），1904 年 3 月 30 日，人民出版社，1982 年影印，第 169 頁。

〔註 38〕鄭曦原編，《帝國的回憶——紐約時報晚清觀察記》，當代中國出版社，2007年，第 138 頁。

外輿論會造成的各種政治機遇，並聰明地利用了它」〔註39〕，這充分反映了袁世凱善於利用輿論，包括國際輿論，而輿論中的很大一部分為新聞輿論，他在報導中使用的標題是「終於認識到國際影響是一種力量」〔註40〕，這些都飽含了對袁世凱的高度認可和評價。

　　與袁世凱同時代的日本記者佐藤鐵治郎經過長期觀察和思考撰寫了《袁世凱》一書，主要對被罷免之前的袁世凱進行了全面分析和評價。書中雖然存在一定的偏見，並為日本侵華做辯護，但在他看來晚清 20 年間決定中國興亡有五大關鍵事件，其中之一就是「袁世凱呼倡立憲」〔註41〕，反映了袁氏在清末時期的重要作用。他認為「袁處甲午庚子大創之後，知非變法不能生存於世界，乃乘時興起，為時勢所造之英雄，倡偉大之功業。雖然曾、李皆論定之人物，袁尚不能預定。就其思想與魄力言之，袁尚在曾、李之上」〔註42〕，雖有過譽之處，但確實反映了袁氏受到外人的肯定。佐藤鐵治郎還將袁與古今中外人物進行比較，認為中國如果有三五個若袁世凱者，則中國富強指日可待，對袁世凱的文治武功給予了高度評價，特別對袁世凱被罷免一事深表惋惜，對他的復出給予殷切希望。

　　晚清《泰晤士報》駐華記者莫理循（G．E．Morrison）也對當時的袁世凱給予了高度的評價。1906 年秋，袁世凱操練的北洋新軍在河間舉行秋操演習，這是清末一次大規模的軍事演練。為了展示新建陸軍形象，袁世凱特邀各國駐華武官、各省代表以及中外記者共 487 人前往觀操。期間，記者被允許自由採訪和發布新聞。英國《泰晤士報》駐北京記者莫理循作為被邀對象觀看了閱兵典禮和軍隊演練，並寫了多篇通訊，將袁世凱和北洋軍的形象通過媒體傳播出去，由此使莫理循與袁世凱建立了良好的友誼，其影響直至民國以後。莫理循對袁氏讚譽很高，稱「中國出現了改革的轉機，大清國一個握有實權的改革家，他的名字叫袁世凱」。通過記者的報導，袁世凱「新政先

〔註39〕鄭曦原編，《帝國的回憶——紐約時報晚清觀察記》，當代中國出版社，2007年，第 140 頁。
〔註40〕同 29。
〔註41〕〔日〕佐藤鐵治郎著，孔祥吉、〔日〕村田雄二郎整理，《一個日本記者筆下的袁世凱》，天津古籍出版社，2005 年，第 4 頁。佐藤鐵治郎認為五大關鍵事件分別是：甲午之戰，戊戌變政，庚子聯軍之役，丙午五大臣遊列邦考察政治，袁世凱呼倡立憲。
〔註42〕〔日〕佐藤鐵治郎著，孔祥吉、〔日〕村田雄二郎整理，《一個日本記者筆下的袁世凱》，天津古籍出版社，2005 年，第 206～207 頁。

鋒」〔註43〕的形象被傳播出去。在袁世凱被以足疾名義解甲歸田、落寞回鄉時,「在一篇長文中,《泰晤士報》讚揚了袁傑出的才能、進步的立場和對朝廷的偉大貢獻」〔註44〕,表現了莫理循對袁世凱的推崇。在歸隱洹上期間,莫理循曾拍發電報給袁,表示極大的同情,袁世凱對此「大為感動」。〔註45〕由此可見,莫理循由記者進而與袁建立了深厚的個人關係,也體現了袁世凱善於與記者打交道。

晚清駐京美國官員赫蘭德在其著作中也描述到,在所有的王公大臣中袁世凱的地位舉足輕重,雖然袁不懂外語,但在朝廷中擔任要職,「為國家掌握航向,引導國家不僅躲過了保守派的暗礁,也躲過了激進的變法派的暗礁,在一定時期內把國家引向了安全的港灣。洋人希望看到袁世凱東山再起」〔註46〕,其中不乏誇大之詞,但也表達了對袁世凱的肯定與期望。

因此可以看出,在這些外國記者的眼裏,此時的袁世凱是清政府的希望和中國的希望。時人特別是新聞記者對袁世凱的描述和評價,有助於我們認識一個真實的袁世凱。與新聞記者的接觸和對新聞輿論的重視也表明袁世凱在同僚中不僅是一個思想上稍具新派的人物,也表明他對新聞媒體較為重視和敏感,特別關注新聞輿論,他從中慢慢掌握了控制和利用新聞輿論的技巧和方法,在新聞界建立錯綜複雜的人際關係網,利用這種關係為其形象和政策服務,例如他洹上養疴期間,為掩人耳目有意拍攝的照片並通過新聞記者向外界發佈,這些也為他後來的新聞政策和掌控輿論的手法積累了經驗。

本章小結

拋開負面評價對人們的影響,認真分析清末時期的袁世凱及其事迹,我們會發現袁世凱在同期的官僚中確實是一個出類拔萃的人物。他督辦了很多近代化事業,而且成績顯著,得到了清廷的信任和支持。在任時期大大推動了直隸和天津近代化事業的發展,時人對他的評價以及中外新聞媒體對他的

〔註43〕 劉憶江著:《袁世凱評傳》,經濟日報出版社,2004年,第383頁。
〔註44〕 〔加〕陳志讓著,傅志明、鮮于浩譯,《亂世奸雄袁世凱》,湖南人民出版社,1988年,第91頁。
〔註45〕 〔澳〕西里爾·珀爾著,檀東鍟、竇坤譯,《北京的莫理循》,福建教育出版社,2003年,第352頁。
〔註46〕 〔美〕I.T.赫蘭德著,吳自選、李欣譯,《一個美國人眼中的晚清宮廷》,百花文藝出版社,2002年,第17頁。

報導都是比較積極正面的。在後來的歷史敘述中，或出於某種政治需要，或受其他因素的干擾，袁世凱的形象漸漸地模糊了，其本身存在的不足被放大了，道德標準的評判被放到了很高的位置，這是時代對政治人物的苛求。因此在歷史唯物主義原則下，本著遵循客觀事實的態度，從多面來分析歷史人物。在實際政績基礎上重新認識和評價袁世凱時，需要充分考慮當時的歷史條件，參考時人對他的認識和評價，在此前提下認識歷史、評價人物才更符合事實。袁世凱被清末時期的輿論普遍認為是鐵腕人物，曾為朝廷立下汗馬功勞，「在 1911 年、1912 年甚至到 1913 年輿論一致認為只有袁世凱能使中國統一」〔註47〕。這一點也解釋了袁世凱擔任中華民國大總統的來由，「竊國大盜」的提法未必符合當時的情況。在經過大量研究後，費正清也認為「晚清時期，沒有一個官員能像袁世凱一樣，在短時期內取得如此多的改革成就。……在幕僚人員的幫助下，袁世凱幾乎參加了所有晚清倡議的制度改革與各個方面的革新。袁氏樂於實踐勝過樂於理論，也沒有構想出改革方案，沒有為這個方案制定下原則，只是對改革加以貫徹，並證明改革的可行性。」〔註48〕這些都使我們對袁世凱的認識有了一個客觀的態度，從而更好地分析其後的歷史和事件。從媒介視角分析袁世凱的行為和他對媒介的認識和利用，對於我們豐富歷史人物的認識將是有益而必要的。他對官報改革的支持和推動對近代新聞事業發展產生了積極影響，使新聞業進一步得到官方認可和重視，他直接參與官報創辦也表明政府開始主動介入新聞業。同時，這種經歷對他後來創辦《政府公報》產生了直接影響。

〔註47〕〔加〕陳志讓著，傅志明、鮮于浩譯，《亂世奸雄袁世凱》，湖南人民出版社，1988 年，第 227 頁。

〔註48〕費正清主編，劉敬坤、潘君拯譯，《劍橋中國史》（第十二冊）民國篇（上），中國社會科學出版社，1994 年，第 273 頁。

第二章 民初政治思潮對新聞發展的影響及袁世凱的應對

　　因袁氏贊成共和，迫使清帝退位而使革命迅速結束，2000 多年的封建帝制轟然倒塌，亞洲第一個共和國產生了，人們歡呼著革命的勝利和新制度的誕生，從而使整個國家表面上仍然處於統一狀態。實際上，這也掩蓋了很多深層次問題，人們沒有或者來不及進行深入思考，更沒有意識到自由民主因缺乏社會土壤和思想條件，在面對封建思想的再次侵襲和外國勢力的左右時，可能遭遇的危險。然而這種新生的制度畢竟使社會看到了希望，代表了歷史發展不可逆的趨勢。新制度的建立給社會帶來了新的機遇，特別是《中華民國臨時約法》的頒佈，使人們參政議政有了合法依據，尤其是言論出版自由的規定，極大地鼓舞了新聞業的發展。實際上這種新聞自由的背後潛藏著一股危險的暗流，一旦條件成熟，將會形成對新聞自由的致命打擊。

　　革命似乎是一蹴而就的，與此同時，各種社會政治思潮從 19 世紀末葉已經傳入中國境內，在這些思潮的推動下，逐漸由量變實現了質變的飛躍。共和制度的建立一方面說明了革命思想的勝利，另一方面它也為各種社會政治思潮的流入和發展提供了機遇。

2.1 民初社會狀況概述

2.1.1 政治環境

　　辛亥革命後，中國依然面臨著各種複雜的社會問題。武力革命實際上在清帝宣佈退位後已基本結束，像所有的社會革命一樣，武力革命解決的是政

權的合法性問題，更深層的社會問題並不能被武力革命所解決。當時的中國面臨的建設任務非常繁重，一方面是國家政權的穩定性，另一方面嚴重的經濟問題制約著整個社會的發展。與此同時，封建帝制的驟然垮臺對社會民眾心理產生一定的衝擊（社會心理是一個容易被忽略的問題），接踵而至的就是如何改造建設新國家以及出路在哪裏等疑問，面對這些亟待解決的問題，「中國的知識界和廣大知識分子，出於愛國熱情，曾提出或從國外移植過種種改造中國的理論和方案，諸如教育救國、職業救國、實業救國以及後來倡導的鄉村建設運動等」〔註1〕，這些思潮對民初社會產生直接影響。

在社會思潮方面，民國初年各種社會政治思潮在中國激蕩，隨著共和制度的確立，民主自由主義成為當時主要政治思潮。同時清末時期傳入中國的社會達爾文主義也是一股重要的社會思潮，強調「物競天擇、適者生存」的競爭理念，這股思潮不斷瓦解著傳統中國的道德體系，特別是在知識分子中產生了廣泛影響。民初政黨林立，政治派別紛繁，無不與這一思潮密切相關，同時又與民族主義息息相關，它強調通過自強自立使中華民族走上復興之路；表現在具體的政治活動中則強調通過競爭參與政治生活。社會達爾文主義、民族主義與民主自由思想在激烈地碰撞。在現實的政治生活中，象徵民主自由的共和制度已經確立，臨時約法業已頒佈，議會政治、政黨政治成為現實，知識分子階層特別是對革命有功的國民黨都試圖通過合法程序參與政權建設。在國際環境方面，此時的中國剛剛經歷革命的動蕩，各帝國主義列強伺機而動，外國在華的實際影響力和隱約控制力是當時中國社會權勢結構的一個重要特徵〔註2〕，從而導致內政與外交密切互動，邊疆出現危機，西藏問題、外蒙古問題都成為困擾民國的重要事件，此時民族主義禦外的一面表現得更為明顯。與此同時，國內政局並不是鐵板一塊，仍然存在著動蕩力量，局部起義不時發生，急需安定的政治局面。

伴隨著辛亥革命的發生，民主自由思想在國內逐漸傳播開來，政黨政治逐步確立，政黨政治的實踐反過來又進一步促進民主思想的傳播。民主思想實際上就是倡導自由、平等、法治精神，《臨時約法》的制定和頒佈為這種民主思想提供了法律依據，共和政體的確立為其提供了制度保障，客觀上說這樣的政治環境為新聞事業的發展提供了難得的機遇。

〔註 1〕 張憲文，《再論民國史研究中的幾個重大問題》，《江海學刊》，2008 年第 5 期。
〔註 2〕 羅志田，《亂世潛流：民族主義與民國政治》，上海古籍出版社，2001 年，第 2 頁。

在政治實踐方面，政黨政治伴隨著清政府的垮臺和革命的勝利，逐步確立和發展起來。但是這種從西方引入的政黨體制較早地從一系列民主政治制度和文明中剝離出來，在資產階級革命黨人的介紹和宣傳下，很快在中國生根發芽，然而當時中國的社會狀況（包括教育水平、現代政治素養、文化傳統等）必然會使這種制度發生變形，不再是資本主義社會狀況下的民主政黨政治，演變成爲追逐小集團利益、相互傾軋的各類政黨組織，它們缺乏堅強有力的經濟支持力量，主要依靠行政撥款維持運轉，從而決定了其政治立場的不穩定性以及政治道德與操守的缺失，出現了眾聲喧嘩的場景，使得社會的政治秩序顯得混亂，這在一定程度上也促使整個社會呼喚一種強權政治的出現，以領導整個國家儘快進入有序化建設。然而當時的新聞界對此是否有統一而清醒的認識，是我們考察新聞事業理性發展的一個重要方面。

2.1.2 經濟條件

民國初年的社會經濟面臨著嚴重的困難，一方面辛亥革命所產生的破壞與消耗，使有限的財政來源和財政儲存遭受了重大損失；另一方面，袁世凱政府實際上繼承了清廷滿目瘡痍的爛攤子，加之庚子賠款使本已拮据的財政更是步履維艱。儘管清末十年新政，民族經濟有一定發展，但整個社會的經濟結構仍然沒有發生根本改變，依然是封建自然經濟佔據主導地位，民國雖然建立，「建設之事，更不容緩」〔註3〕，「亟當振興實業，改良商貨，方於國計民生，有所裨益」〔註4〕，凸顯了經濟建設的緊迫性以及經濟形勢的困難。南京臨時政府制定並頒佈了有利於振興實業的經濟政策；袁世凱接任臨時大總統後啓用了周學熙、張謇等實業家，這些措施對經濟發展起到了促進作用，但並不能立刻解決面臨的財政困局，袁世凱政府主要依賴借款度日，大借款成爲當時媒體關注的焦點，也成爲黨派攻擊的目標，窘迫的經濟狀態也使袁世凱政府面臨重重困境。

縱觀全國，袁世凱完全掌控的主要是直隸、河南、山東等幾個省份，東三省和西北，富裕的南方並未完全馴服於他，他的統治並不牢靠，國家實際上處於分裂狀況。地方勢力興起，地方財政並不能有效到達中央，整個經濟體系還不完善，未能有效發揮作用。在歲入方面，鑒於南方各省游離於中央政府的狀態，各省不願或無力向北京中央政府解款。「民國元、二兩年，北京

〔註3〕　《孫中山全集》第2卷，中華書局1982年版，第1頁。
〔註4〕　《辛亥革命資料》，中華書局1961年版，第217頁。

政府幾乎沒有收入，彼時維持之道全恃外債」〔註5〕。因此，窘迫的財政經濟狀況給袁世凱政府造成很大困擾，也使舉借外債成為媒體異常關注的焦點，舉借外債也使袁政府經常處於新聞輿論的風口浪尖。特別是民國元年和二年，「籌款問題」成為當時中國急待解決的三大問題之一〔註6〕。

2.1.3 社會矛盾

　　這個時期社會矛盾也異常激烈。隨著革命的結束與共和建設的開始，滿漢民族矛盾逐漸退居次要位置，主要矛盾轉向了國內建設以及邊疆問題，表現為中央集權與地方分權的矛盾、黨派矛盾、落後的社會經濟與國家財政需求的矛盾、邊疆危機等。表面上國家統一，實際上剛剛經歷過革命，地方勢力仍然存在，特別是南方的革命黨力量有著一定的影響，在一定程度上形成了中央與地方的對抗，尤其是袁世凱上臺後其個人的集權思想與共和政體責任內閣制之間的政治博弈，使整個社會不能很快進入正軌。困難的財政局面與複雜的政治鬥爭牽涉在一起，掣肘了社會的發展。與此同時，共和政體雖然可以驟然建立，但社會意識形態並沒有發生根本改變，袁世凱策略性承認共和政體，實際上「袁世凱不懂得共和國是個什麼樣子，也不知道共和國為什麼一定比其他形式的政體優越」〔註7〕，「他不只是不瞭解共和國需要什麼或民主如何起作用，看來他根本沒有實現共和或民主的願望」，對民主的內容則是「一無所知的」。由此看出統治者的思想意識並沒有根本改變，也為日後「帝制自為」留下了隱患。

2.1.4 輿論空間

　　雖然民國元年存在著各種各樣的問題，但相對寬鬆的政治環境為新聞事業的發展提供了難得的機遇，特別是臨時約法規定了「人民享有出版、集會、結社自由」，大大激勵了新聞業的發展，出現了又一次辦報高潮，「一時報紙，風起雲湧，蔚為大觀」〔註8〕，而此時袁世凱還處於臨時大總統身份，對新聞

〔註5〕　張神根，《袁世凱統治時期北京政府的財政變革》南京大學博士論文，1993年，第7頁。
〔註6〕　沙曾詒，《論中國今日急待解決之三大問題》，《東方雜誌》第九卷第三號。其他兩個問題分別是黨爭問題和統一問題。
〔註7〕　顧維鈞，《顧維鈞回憶錄》（第一分冊），中國社會科學院近代史研究所譯，中華書局，1983年，第92頁。
〔註8〕　戈公振，《中國報學史》，中國新聞出版社，1985年，第147頁。

事業的發展暫時持一種寬容的態度，這些都給新聞事業的進一步發展提供了可能。

　　民元以後隨著北京政治中心地位的確立，全國各地新式知識分子大批北上入京，顧維鈞曾在他的回憶錄中描述了這一現象：「可以令人感到來自全國各地（主要是南方）的新式人物的影響以及新思想的輸入。」〔註9〕這些新情況促使北京新聞輿論機構急劇發展，「當時統計全國達五百家，北京為政治中心，故獨佔五分之一，可謂盛矣」。〔註10〕新式知識分子具有強烈的參政議政意識，而有限的政權空間並不能滿足他們的現實需要，因此通過創辦報刊拓展輿論空間，表達自己的政見和社會訴求。同時，新式知識分子的大批湧入為北京新聞界的發展增添了活力。其實不只北京，當時全國新聞界尤其是沿海開放城市新聞事業都取得了快速發展。當時黨禁開放，自由結社，這樣的寬鬆環境自然為新式知識分子發表政見、表達思想提供了難得的空間。從民初「抗議暫行報律事件」可以看出新聞業界和廣大知識分子對輿論空間的重視和抗爭。1912 年 3 月 4 日南京臨時政府內務部公佈《民國暫行報律》三章，就報刊註冊、破壞共和國體、污毀個人名譽三方面作出規定〔註11〕。報律甫經公佈，即招來報界尤其是南方報界的普遍反對。3 月 6 日，上海報界俱進會及《申報》《新聞報》《時報》《民立報》《時事新報》《神州日報》《天鐸報》《大共和日報》《民聲日報》等報聯名致電臨時大總統孫中山，反對暫行報律，稱「今統一政府未立，民選國會未開，內務部擬定報律，侵奪立法之權，且云煽惑，關於共和國體有破壞弊害者，坐以應得之罪；政府喪權失利報紙監督並非破壞共和。今殺人行劫之律尚未定，而先定報律，是欲襲滿清專制之故智，鉗制輿論，報界全體萬難承認」〔註12〕。第二天，《申報》《大共和日報》刊出章太炎所撰「卻還內務部所定報律議」進一步申明反對內務部暫行報律的理由，「其所持立場顯係受西方新聞自由觀念影響的新式輿論觀，而尤其強調輿論對政府的批評和監督功能」〔註13〕。實際來看，《內務部暫行報律》只稱得上是綱領性的規定，與清末控制新聞言論的嚴刑峻法不可等同視之，新

〔註 9〕　顧維鈞，《顧維鈞回憶錄》（第一分冊），中國社會科學院近代史研究所譯，中華書局，1983 年，第 86 頁。

〔註10〕　戈公振，《中國報學史》，中國新聞出版社，1985 年，第 149 頁。

〔註11〕　方漢奇主編，《中國新聞事業編年史》（上），第 614 頁。

〔註12〕　《申報》，1912 年 3 月 6 日，第一版，上海報界上孫大總統電。

〔註13〕　楊早，《清末民初北京輿論環境與新文化的登場》，北京大學出版社，2008 年，第 105～106 頁。

聞界做出如此激烈的反應，表達了新聞界同仁希望在法理上確立言論的自由
獨立地位。這場抗議報律的行動最後以政府的退讓而告終，實際上保證了新
聞媒體所擁有的話語權利，這也是民初報界同仁爭取新聞自由的典型案例。

2.2 民初時期的袁世凱及其政治活動

　　民國肇建，百事維新，一切規章建制都要重新擬定。民初二年的袁世凱
忙於爭奪、穩固統治權的同時，在政體運行、行政制度安排、人事任免以及
外交事務上投注了大量精力。清帝宣佈退位後，孫中山即刻兌現了他的諾言，
宣佈辭去臨時大總統職務，同時南京臨時參議院推舉袁世凱爲中華民國臨時
大總統。在此之前，南京臨時政府已就民國未來的發展方向做了框定，如制
定並頒佈了《臨時約法》（注：「《臨時約法》遺漏甚多，而參議院卻正期待以
它來遏制袁世凱的野心」〔註14〕），實行責任內閣制，建立政黨政治等，同時
要求袁世凱到南京就職，企圖通過制度以及遷都的方式制約袁世凱的權力，
但後來的歷史證明這些並不能達到約束袁世凱權力的目的。在民國初建階
段，作爲實踐者和政治家，當革命勢力即將控制全國的時候，袁世凱認識到
共和制度是大勢所趨，爲了避免與革命領袖有激烈衝突，他虛與委蛇，以退
爲進，首先在就職宣誓中表明了遵守約法、擁護共和制度的決心，以便順利
當選正式大總統。在初期他基本上遵守了各種制度規定，他在觀察、在試探，
同時他也不斷在尋找機會。在袁任總統的最初兩年，「最感憂慮的國內問題是
政黨和議會的作用以及省與中央的關係」。〔註15〕他不瞭解也不喜歡代議制，
常對此抱怨，尤其是 1912 年底的國會選舉令他憂心忡忡。對袁世凱執政期間
總統府與國會、內閣等三權之間的權力衝突，時任總統府秘書的顧維鈞曾有
較爲詳細的敘述。

　　在 1912 年底的國會選舉中，國民黨取得了絕對優勢，袁世凱因此將國民
黨視爲主要敵人，而對其他各黨仍然很少關注。在袁氏致力於統治機構的組
建時，他感到「臨時約法……，必不適用於正式政府也。即其內容規定，束
縛政府，使對於內政外交及緊急事變，幾無發展伸縮之餘地。本大總統證以

〔註14〕　〔加〕陳志讓，傅志明　鮮于浩譯，《亂世奸雄袁世凱》，湖南人民出版社，1988
　　　　年，第 125 頁。
〔註15〕　費正清主編，劉敬坤、潘君拯譯，《劍橋中國史》（第十二冊）民國篇（上），
　　　　中國社會科學出版社,1994 年，第 273 頁。

種種往事之經驗，身受其痛苦，且間接而使四萬萬同胞無不身受其痛苦者」〔註16〕。此種觀點是袁世凱在國民黨被摧毀、國會破產之後，社會各界一致要求制定一部更合乎政府要求的憲法時，他才公開表述的。加強中央集權更是袁世凱擔任臨時總統後的深刻感受，「袁總統日前尚與人言總統制之利，謂現制總統總長都督爲三級制，共有三總殊多滯隔」〔註17〕，因此1914年新憲法中確立了總統制。

　　袁世凱上臺後，維護社會穩定及秩序是當務之急。表面上革命結束了，但革命帶給人們和整個社會的衝擊是深遠的，幾千年的封建帝制思想並沒有隨著中華民國的建立而消失，實際上革命所造成的社會價值失範給整個國家帶來了長遠的影響。袁世凱對此也有深刻體會，「邇來兵事擾攘，四民失業，公私交困，已達極點，而士卒多昧服從之誼，人民鮮知公共之益，空談者偏於理想，營私者多牟權利。循此不變，必將紀綱廢墜，法度蕩然，欲保障人民之生命財產而不可得」，這裏他仍然強調傳統的紀綱、法度，對於新社會的各項制度他並沒有完全理解，也並不想遵照執行。同時，對革命後政治與社會的開明風尚，袁世凱變得日益不滿。「袁氏認爲學生變得無法無天。對鼓吹婦女平等，他感到是在抨擊家庭，並因此認爲是抨擊社會倫理綱常，他還抱怨官場的規矩在革命後已蕩然無存，各種稅收爲地方勢力揮霍殆盡。總之，袁世凱深感中國的落後。袁氏經常指出，改革是必須的，但不能操之過急，也不能要求太多。袁氏的主旨是收縮整頓」〔註18〕。他對共和制度的認識仍然是相當模糊的，曾於1912年秋問顧維鈞「中國怎樣才能成爲一個共和國，像中國這樣的情況，實現共和意味著什麼」「共和的含義是什麼」，從這些問題可以看出袁世凱對共和制度並沒有真正理解，實際上「他對共和的原則沒有真正的認識和瞭解，只是把這些當作必然的惡事接受下來，但認爲其應用範圍越小越好」〔註19〕。因此，雖然擔任中華民國臨時大總統，但在思想深處並不認同共和體制，共和制度給他帶來的困擾也一直存在，直至產生了懷

〔註16〕《大總統在國務院發表的就職演說》，英國外交部檔案，1913年12月15日，英國國家檔案局，F.O.228/1852，轉引自費正清主編《劍橋中國史》（第十二冊）民國篇（上）1912～1949，第273頁。

〔註17〕《申報》，1914年3月5日，第二版，北京電。

〔註18〕費正清主編，劉敬坤、潘君拯譯，《劍橋中國史》（第十二冊）民國篇（上）1912～1949，第273頁。

〔註19〕〔美〕保羅.S.芮恩施，《一個美國外交官使華記》，商務印書館，1982年，第13頁。

疑乃至改頭換面的想法。唐紹儀內閣的集體辭職集中反映了他與責任內閣制之間的矛盾。可以說二次革命前，袁世凱一直對新體制不適應，從而形成總統與內閣、議會之間的權力鬥爭，主要是內閣制對總統權力的架空，這使袁世凱處處感到掣肘。對於革命派，袁世凱仍然保留著較高的警惕，此時他們還有一些軍事力量，南方省份多數還在革命派控制之下。

辛亥革命後新舊力量對比格局並沒有真正改觀，中國的文化傳統與當時民眾群體的民主素質仍然保持在革命之前的樣貌。這場推翻封建帝制的革命並不是中國社會自身經濟發展的客觀需要，而是政治上的激進變革，因此思想文化基礎、民眾基礎都相當薄弱。時人對當時普遍社會現象有如下描述：「吾國之民如何者，十年以前風氣尚閉，近雖稍稍開通，然不過沿海省份而已，深辟之內地，窮遠之邊方，其閉塞如故也……觀預備立憲亦已有年，然執蚩蚩者之民而問以立憲二字作何解釋，其知者百無一二，其瞠目撟舌而不能對者遍中國皆是也。」〔註20〕革命後孫中山也曾感歎地說「今中國國民四萬萬，其能明瞭瞭解共和之意義，有共和之思想者，尚不得謂多。」〔註21〕這些都表明了民初民眾的普遍智識。鑒於這樣的實際情況，袁世凱希望加強中央集權，消弱地方與中央的對抗。而縱觀當時的輿論環境和民眾心理，也希望建立強有力的中央政府，創造安定的政治環境，因此袁世凱在民國肇始的一個短時間內尚孚民望。

2.3　政治制度變更及產生的影響

2.3.1　臨時政府的自由限度

1912 年 1 月 1 日中華民國臨時政府在南京宣告成立，3 月頒佈了具有憲法效力的《中華民國臨時約法》，規定「中華民國之主權屬於國民全體」，「人民有言論、著作、刊行及集會結社之自由」〔註22〕。由此可以看出，以孫中山為首的南京臨時政府，為實現多年的革命理想，把中國建成一個民主自由的資本主義共和國，努力按照西方資本主義國家的榜樣，制定和推行了一系列資本主義的政策法令和革新措施。其中推行言論自由的政策，是其在新聞

〔註20〕《大公報》，1912 年 1 月 1 日，第二版，君主民主立憲問題之解決（孫鑑秋）。
〔註21〕孫中山，《孫中山全集》第 3 卷，中華書局 1986，第 374 頁。
〔註22〕據中國史學會主編《辛亥革命》第八冊，《臨時政府文件輯要》中所載《中華民國臨時約法》。

出版方面遵循資產階級民主原則的主要體現。

　　作為西方自由民主思想重要組成部分的言論出版自由，一直以來為資產階級改良派和革命派所推崇，他們通過創辦報刊不斷表達對言論出版自由的嚮往，對封建言禁政策進行批判，革命派更為激進和堅決，如《蘇報》案就是為爭取言論自由的一個典型案例。因而他們一旦掌握政權就立即著手實現其自由表達的理想。當《民國暫行報律》出臺時，立即遭到了全國報界俱進會的聲討（注：前文已有詳細論述），他們引《臨時約法》為例，拒不接受。客觀上看，該《暫行報律》的產生除不合法定程序外，內容上並沒有特別約束之意，卻導致了民國成立後報界與政府的第一次對抗，這在一定意義上顯示了臨時政府和孫中山在言論自由問題上的大度，同時也反映了南京臨時政府的新聞自由政策也是有限度的。其實不論任何時代自由都是相對的自由，並不存在絕對自由，近代西方資本主義國家亦是如此，他們對新聞出版也制定相應法律進行約束。不過，對於久受言論束縛之苦的民族來說，剛獲得的自由忽而又被加上了限制，表現出一種非理性的反抗似乎也是正常現象。

2.3.2 新聞業的繁榮

　　就這樣，在《臨時約法》的護駕下，民元及二年初，全國的新聞業都呈現出一派空前繁榮的景象。北京獨領風騷，新創辦報刊的數量尤其可觀。從數量上折射出當時新聞業的繁榮概況。這裏需要說明的是，雖然數量可觀，但仔細分析就會發現其中多數為政治色彩強烈的各類政黨報刊，而常態化的商業性報刊則為數甚少，這也是其中非常突出的特點。

2.3.2.1 新聞媒體蓬勃發展

　　新聞一旦被賦予了自由權利，其必然會迎來一個光輝燦爛的發展機遇。民元至二次革命前的這段時期新聞界享有一定的話語權，而新聞媒體一旦獲得了話語權，其表達的衝動也充分顯露，它們廣泛參與報導時事新聞、討論熱點話題，發表言論，表達立場觀點，如關於遷都問題的爭論、大借款的討論以及對邊疆民族問題的關注和報導，積極維護國家主權，對袁世凱臨時政府進行監督。

　　早在辛亥革命之前，一方面，隨著立憲運動的發展，國民特別是知識階層參政議政意識逐漸強烈，很多立憲團體創辦刊物，宣傳思想，表達政見；另一方面，隨著清政府政治控制力的下降，各種問題不斷湧現，無暇顧及新

聞出版業。因此新聞事業在此時已經顯現出較快的發展勢頭，尤以北京發展最快，「在宣統二年和三年之間，北京報紙如雨後春筍，⋯⋯北京報界頓形熱鬧，加上小報，合起來有三十多家，比全國任何地方都多」〔註23〕，不僅數量多，有些報紙在言論上也能「口誅筆伐」，揭露社會現象，批判社會現實。民國建立後，黨禁報禁解除，新聞業得到更快發展，北京報刊數量多至百家，不可謂不繁盛。在 1911 年底至 1912 年底，全國的新聞業都出現了短期的繁榮，進入所謂「中國報界的黃金時代」〔註24〕，報業的勃興使其成爲社會關注的中心，獨立與主體意識漸趨增強，報界的整體面貌獲得了較大改觀，報人社會地位得到了很大提升，他們被譽爲「不冠之皇帝，不開庭之最高法官」〔註25〕。對於新聞宣傳在辛亥革命中的作用，孫中山曾有評論，認爲「此次中國推倒滿清，固賴軍人之力，而人心一致，則由於各報鼓吹之功」〔註26〕，黃興也認爲「今日中國達到共和統一目的，實係報界鼓吹之力」〔註27〕，而著名報人、政論家梁啓超則提高到了「黑血革命」的高度。〔註28〕

　　報刊的宣傳報導促進了革命發展，而革命的勝利又給報界發展帶來了新的生機，使整個新聞業呈現出少有的繁榮。在這一時期，新建政權的各級機關報大量出版，如各級各類政府公報的出版發行，取代了前清官報，開創了現代政府公報之先例。「南京臨時政府成立後，袁世凱政府於次日出版了由原《內閣官報》改頭換面而成的《臨時公報》，南北統一後，又改名爲《政府公報》。此外，袁世凱政權的參議院、眾議院、中央各部、各省乃至省內的一些廳局，也競相出版了機關報，數目大大超過了清代官報。」〔註29〕鼓吹發展實業的經濟報刊、發展教育的教育報刊、要求女子參政的婦女報刊大量出版，通訊社和政黨報紙蜂擁而來。〔註30〕北京是全國政治文化中心，大批知識分

〔註23〕曾虛白，《中國新聞史》，臺灣，三民書局印行，第 266 頁。
〔註24〕孫少荊，《成都報界回想錄》，楊光輝等編《中國近代報刊發展概況》，新華出版社 1986 年，第 568 頁。
〔註25〕《大中華雜誌》，1913 年 4 月 30 日、5 月 19 日。
〔註26〕《孫中山全集》（第二卷），中華書局 1981 年，第 336〜348 頁。
〔註27〕《申報》，1912 年 9 月 18 日，第二版，黃克強亦傾心袁項城矣。
〔註28〕劉望齡，《湖北的輿論導向與武昌起義的成敗》，《辛亥革命與近代中國》（下），中華書局 1994 年，第 987 頁。
〔註29〕方漢奇主編，《中國新聞事業通史》（第一卷），中國人民大學出版社 1992 年，第 1017 頁。
〔註30〕方漢奇、張之華主編，《中國新聞事業簡史》，中國人民大學出版社 1995 年，第 150〜151 頁。

子聚集於此，受革命思想影響異常強烈，但由於早前受清政府言禁政策限制，新聞業卻落後於上海等地。民國建立後北京新聞界抓住機遇，新辦報刊一躍而據全國領先，「據1912年北京政府內務部公佈的報告，從2月12日清帝宣佈退位到10月22日的八個月內，在內務部註冊立案的北京報紙有89家。有的報紙爲搶時間，還增出午刊、晚刊，印發號外」〔註31〕。新聞媒體的普遍建立，從一個側面反映了新聞業的興盛狀況。

　　除報刊媒體外，通訊社也發展較快。早在清末時期，一些報人和報社也試圖建立通訊社，如中興通訊社（1904年創立於廣州）、遠東通訊社（1908年創設於比利時）。進入民國後，隨著新聞事業的快速發展，專門爲新聞機構提供新聞信息服務的通訊社也得到了一定的發展。僅民國元年就有六家通訊社產生，如表2所示：

表2　民國初年通訊社創辦情況*

創辦時間	名　　稱	創辦者	創辦地	備　　註
1912年1月	公民通訊社	楊公民	廣州	
1912年3月	湖北通訊社	冉劍虹	武漢	湖北地區的第一個通訊團體
1912年7月	湖南通訊社	李景僑	長沙	湖南地區最早的通訊社
1912年8月	民國第一通訊社	李卓民	上海	
1912年10月	民國新聞社		杭州	浙江地區最早的通訊社
1912年11月	展民通訊社		廣州	

　　但仔細考察就會發現，雖然通訊社一時興起很多，然而業務情況並不樂觀，發稿次數不高，如廣州的展民通訊社每日發稿僅十二份，稿件質量也存在很大問題，與專業通訊社還有很大差距。因此它們存在的時間並不長，都很短命。有一點值得一提，1912年秋天路透社上海分社開始向中文報紙發行譯稿〔註32〕，說明民初我國新聞事業的興起也引起了國外知名通訊社的關注，並且將業務擴展至中國，搶佔新聞市場。

〔註31〕方漢奇主編，《中國新聞傳播史》，中國人民大學出版社2002年，第152～153頁。
* 此表信息來源於方漢奇主編的《中國新聞事業編年史》（上卷），福建人民出版社。
〔註32〕方漢奇主編，《中國新聞事業編年史》（上），福建人民出版社，2000年，第662頁。

2.3.2.2 新聞團體興起

新聞事業的蓬勃發展還表現在新聞團體的興起與建立。中國近代報業的興起和發展主要受西方來華傳教士創辦報刊的影響，因而早期報刊的創辦工作是處於封建主流社會之外的，並不爲所謂「有身份有地位」者所矚目，曾被左宗棠罵作「江浙無賴文人，以報館爲末路」。〔註33〕受諸多因素以及認識水平的影響，同業間的聯合更是遲遲未能建立。現在最早可查的報界同業組織是 1906 年 7 月 1 日在天津成立的天津報館俱樂部〔註34〕，其後上海日報公會、北京報界公會等地區性團體開始建立，1910 年近代第一個全國性的報界團體——中國報界俱進會在南京組織成立，其後一直到民國初期，該團體對民初報業的發展產生了積極的促進作用。隨著報刊新聞傳播優勢的逐步顯現，以及其所具有的輿論潛力和實際功用，新聞團體逐漸爲整個社會所接納與認可。

民國建立後，隨著報業的迅速發展，報界的勢力和影響也不斷在擴大，已有的新聞團體隨著形勢的發展進行改組和重建，新團體的組建也高潮迭現。除了新聞業相對發達的沿海城市外，即使地處偏遠的西南地區和相對封閉的湖南，受報業發展的推動，報界團體也相繼建立起來，以加強報業內部的聯絡和團結。如貴州報界同盟會於 1912 年 2 月宣告成立，宣稱「報紙爲言論之機關，於政治人心實有絕大之影響，不可各懷黨私，致啓紛爭。尤不可僻言詭論，顛倒黑白」〔註35〕，號召各報「宗旨統一，言論一致」促成共和國家的成立。同年，四川報界公會、湖南報界聯合會,武漢報界聯合會等都相繼成立。其中，中國報界俱進會召開上海特別大會，表明報界聯合臻於高潮。〔註36〕由於單個報館聲勢有限，報界團體的建立凝聚了報界的活動能量，對於同業爭取自身權利特別是言論自由權，發揮著一定的促進作用。晚清時期《大清報律》頒佈時，曾招來一片反對之聲，北京報界聯合起來呈請民政部採納報界意見，並得到了一定回應，初步顯示了聯合的力量。民國元年，當南京臨時政府公佈《中華民國暫行報律》時，立刻遭到全國新聞界的一致聲

〔註33〕姚公鶴，《上海閒話》，上海古籍出版社，1989 年，第 128 頁。

〔註34〕《英斂之先生日記遺稿》，沈雲龍主編《近代中國史料叢刊續編》，第 23 輯，第 1046 頁。

〔註35〕《申報》1912 年 2 月 23 日，第六版，貴州報界同盟會致各省報館書。

〔註36〕趙建國，《分解與重構：清季民初的報界團體》，北京，生活‧讀書‧新知三聯書店，2008 年，第 140 頁。

討，尤其是中國報界俱進會上海事務所聯合其所屬《申報》、《新聞報》、《時報》等上海報館聯名致電孫中山，並通電全國報界，堅決拒絕承認《暫行報律》。迫使南京臨時政府取消《暫行報律》。這一事件影響深遠，一方面彰顯了新聞界的聲勢，另一方面反映了報界聯合的力量。

　　新聞團體的興起表明新聞業的發展達到了一定水平和規模。這些團體活動也較為頻繁，中國報界俱進會、上海日報公會、廣州報界公會、北京報界同志會等團體幾度就報律、新聞郵電費、報紙與報人的權益問題和袁世凱當局展開交涉，更張大了報界的聲勢。〔註37〕整個新聞界呈現出一派繁榮景象。和清末比較起來，民初的新聞界確實發生了很大的變化。但是民初報業雖有一日千里之勢，不過「大率作機關者多數，而卓然獨立者實寥寥」，「合乎新聞紙之資格寥若晨星」。〔註38〕政見不一，言論四分五裂，報界中爾虞我詐的現象時而有之，報界團體面臨著分化的危險，尤其是國民黨新聞團和北京報界同志會的相繼成立，加速了分化趨向。1912 年 8 月國民黨成立後，《國風日報》、《國光新聞》、《民國報》、《亞東新報》、《民主報》、《民立報》、《中央新聞》等同盟會成員所辦報紙在京組建國民黨新聞團，正式標明其為新聞政治團體，以統一步調，共同進行宣傳。為對抗國民黨新聞團，1913 年 2 月非國民黨系統的報館聯合起來成立北京報界同志會。這樣兩大團體相互對抗，加劇了報界內部的鬥爭和分化，這也是非常令人遺憾的事情。

2.3.2.3 新聞言論活躍

　　受益於抗議《中華民國暫行報律》的勝利，在袁世凱政府 1914 年出臺《報紙條例》前，可以說新聞界並沒有嚴格意義新聞法進行約束，政府以維護治安為藉口對報界進行言論管制，報業在新聞報導和言論自由方面享有著較大的空間。沒有專門法律的干預，自然也助長了新聞媒體的大膽作風，對政界開始「直言諷諫」，昌言無忌，「朝氣甚盛，上足以監督政府，下足以指導人民」。〔註39〕各政治團體為擴大自己的影響和聲勢，分別借助報館便宜行事，報館與政治過從甚密，從而導致因黨派利益不同報館之間發生口水戰，嚴重影響了報界的形象和聲譽。

〔註37〕方漢奇主編，《中國新聞事業通史》（第一卷），中國人民大學出版社，1992年，第 1016～1017 頁。

〔註38〕《大公報》1913 年 10 月 29 日，第三版，北京近來之十大發達。

〔註39〕戈公振，《中國報紙進化之概觀》，張靜廬輯注《中國現代出版史料》（丁編），中華書局 1959 年，第 12 頁。

　　報紙論調「以事雜言龐為病」，時常突破政界所能容忍的界限，難免招來政界的警覺與非難，激化矛盾，多次引發糾紛，各地封報館、捕報人之事時有發生。各報館在言論上爭鋒相對、互相傾軋的情況也不少見。以政爭激烈的北京為例，由於黨派與政見摻雜在各報館之中，他們黨同伐異，甚至借助權勢，付諸武力。1912 年 7 月 6 日《國民公報》曾在時評中以「南京所設假政府以迄今日」諷刺南京臨時政府，激怒了同盟會，同盟會系統的報館如《國光新聞》、《國風日報》、《亞東新聞》、《民意報》等二十餘人，搗毀了《國民公報》，並毆辱該報經理徐佛蘇及主筆藍公武，並將徐扭送警廳。〔註40〕此舉引起了北京報界及社會各界人士的公憤，顯示了職業操守的嚴重缺失以及報館背後的政治利益。當時的報界不獨北京這樣，湖北、廣東、浙江等地都存在著因黨爭、政爭引發的報界內部鬥爭，當時上海《民立報》發表通訊《武漢報界一席話》介紹了武漢各報相互「傾軋」情況。其文如下：

> 湖北報界前因滿清鉗制，言論不昌，自《大江報》被封，《夏報》被辱，言論界幾成為荊棘場。迨民國成立，報館日增，言論自由，勢力日形膨脹。由《大漢報》經理胡石庵發起組織報界公會，力圖進行，詎同業相忌，其中不無破壞公益者，前漢口《強國公報》出版之始，改國字為囻字，《民國公報》即出時評，極力痛詆，兩方並幾於肆口亂罵。日前《大漢報》登載張鳴鸞選舉舞弊劣跡，本屬確實，乃《群報》社無端干涉，在報端登函請問訪員。又湖北理財司司長潘祖裕引用私人，浸蝕舞弊，經《大漢報》揭載，以昭大公，而《民國公報》亦無端干涉，在本報登辯駁書更正，詞甚激烈。《大漢報》以該館有違公理，致書質問。現各報彼此各懷意見，互相傾軋，亦報界前途之隱憂也。〔註41〕

時人對民初的新聞界也有生動的描述，「今日盈篇累幅之論載，非斷斷於瑣屑，即肆力於謾罵，其投身報界而主持筆政者，非以其為新聞業而好之也，亦非以其能效力於國家社會也，徒以有此憑藉，則可擇一二大官而肆其攻擊咒罵，因以博肥缺。新聞家之最優者，不過以目前之地位為作官致富之階梯，學養無素，識力至薄」、「一有可乘之機會即躍然而起，大肆抨擊，務達其一

〔註40〕《申報》1912 年 7 月 13 日，第二版，國民公報風潮始末記。
〔註41〕轉引自方漢奇主編，《中國新聞事業編年史》(上卷)，福建人民出版社，第 637 頁。

己之目的，否則被封被禁被驅逐懲創耳。至於為眾請命之文字，或見義勇為之著作則固非若輩所能夢見。此所以封禁報館之舉為中國所常見」〔註 42〕，雖然記載有些偏激，但也反映了新聞界的一般現象。

在新聞報導方面，民初新聞界也存在捕風捉影、假新聞現象。為此一些遭到誣陷的報館常出面澄清。還有冒充記者的現象存在，如寧波人沈祐之冒充報館訪事，欺詐取財遭到報館起訴一事。〔註 43〕這些表明了當時的新聞界存在的亂象，破壞了新聞界的信譽，也反映了新聞專業教育的缺失。

民元時期抗議《暫行報律》事件也反映了新聞界對言論自由的認識存在一定偏差，當時普遍的觀點認為「共和國言論自由，無所謂報律」。而實際上在報律風波發生之際，仍然有人認為報館應該權利與義務並重，承認言論自由應受到相關法律的制約，但是這只是少數人的聲音。沒有合理的新聞法進行約束和維權，對報業的發展來說並不是很有利的事情。

2.3.3 袁世凱對新聞自由的態度及原因分析

可以說自晚清以來，袁世凱一直與新聞界保持著密切的關係，包括與新聞記者的私人關係，如著名的《泰晤士報》駐京記者莫理循退任後被他聘為政府顧問。因為與新聞媒體保持著不錯的關係，所以辛亥革命時期媒體比較支持他，他也因此獲得一定的輿論支持。進入民國以後，隨著共和體制在全國的確立，言論自由的呼聲日益高漲，受臨時約法的束縛，袁基本上遵守言論自由，對報界持一種寬容和支持的姿態。例如：1912 年 6 月，《中央新聞》案發生時，趙秉鈞曾建議「規定報律」，袁世凱以「各文明國家，許人民以言論自由」為由，予以拒絕。又如 1913 年馮國璋曾呈報「北京中國報損害名譽」，要求袁世凱封拿報館，對此袁批覆道「查該上將等業已通電辯誣，似無須再為過濾。當向該報自行函請更正，以期和平了結。本大總統尊重言論，不忍過事摧殘，而共和國亦許言論自由載在約法，雖該報不知自愛，顛倒是非，惟社會自有公評，所請封拿之處，應毋庸議」〔註 44〕。由此可以看出，民國肇建時期的袁世凱對新聞界並不是傳統認為的那樣，動輒封禁報館、捉拿報

〔註 42〕《論中國之報紙（錄時事新報譯論）》，《東方雜誌》，第十卷第十一號，內外時報。

〔註 43〕《民立報》，1912 年 8 月 25 日，第六頁，假訪事初審記。

〔註 44〕《批馮上將等請封禁報館呈》，徐有鵬編輯，《袁大總統書牘彙編》卷四，上海，廣益書局 1920 年，第 20 頁。

人。除與國內的新聞界保持著較爲融洽的關係外，他還密切關注國際輿論環境，政府顧問莫理循實際上充當著輿情觀察員的角色，爲維護袁世凱的國際形象不斷出謀劃策，特別是利用他在新聞界的地位，除建議袁世凱設置駐外新聞機構外，還親自上陣撰寫新聞稿爲袁世凱政府製造聲勢，贏得西方社會的支持。袁世凱還在外交部設立翻譯科，主要任務是翻譯各類外文報紙，尤其是社論和專欄，以此瞭解外國政府的觀點和態度，掌握國際輿論動態，「事實上閱讀新聞譯本成了總統日常工作的一部分」〔註 45〕，袁世凱早晨第一件事就是瀏覽「新聞簡報」，還專門訂閱了一份路透社的新聞稿。這些都說明袁世凱對新聞輿論以及新聞報導的重視，對新聞界保持著警惕和關注。

由於言禁大開，很多報紙對袁世凱的攻擊也相當大膽。1912 年 5 月 20 日，戴季陶在《民權報》上發表了一篇署名爲「天仇」的短文《殺》，「熊希齡賣國，殺！唐紹儀愚民，殺！袁世凱專橫，殺！章炳麟阿權，殺！」 這一篇短論《殺》，一連用了四個「殺」字，殺氣騰騰。年輕氣盛的戴天仇（是年三十二歲）只是爲了反對當時初生的民國政府向四國銀行團借債，熊希齡是財政總長，唐紹儀是國務總理，袁世凱是臨時大總統，章太炎大概是贊成這一舉措，被捎帶上的。後上海公共租界便以「鼓吹殺人」「殊與治安有礙」〔註46〕的罪名拘捕了戴天仇，但被罵者並沒有直接對戴天仇有回應，相反唐紹儀以國務總理的名義致電上海，公開爲戴天仇說話，他的理由很簡單：「言論自由，爲約法所保障。」袁世凱也未加追究，最後只以罰款三十元收場。這也說明了當時的輿論環境比較寬鬆，但新聞媒體並沒有充分有效地利用這些機會提高自己，在漫罵聲中墮落，在爭吵聲中退步。

這個時期袁世凱與新聞媒體保持著和平共處的關係，主要原因一方面是因爲民國初建民主自由觀念深入人心，特別是知識分子階層和民族資產階級，他們都渴望民主自由，積極參與政權建設；另一方面是因爲袁世凱此時還是臨時總統身份，《臨時約法》明確規定了人民享有言論出版集會結社的自由，因此在政權還未牢牢抓穩之前，他還不敢輕易觸犯言論界，違背約法，在形式上表現出一副尊重言論自由的姿態。梁啓超在民國元年《上袁世凱書》一文中，對袁世凱如何處理與媒體的關係，曾提出過巧妙建議，「政黨之論，今騰喧於國中。

〔註45〕顧維鈞，《顧維鈞回憶錄》（第一分冊），中國社會科學院近代史研究所譯，中華書局，1983 年，第 106 頁。
〔註46〕《民立報》，1912 年 6 月 14 日，第 10 頁，民權報意外案今日始了。

以今日民智之稚，民德之漓，其果能產出健全之政黨與否，此當別論。要之，既以共和爲政體，則非有多數輿論之擁護，不能成爲有力之政治家，此殆不煩言而解也。善爲政者，必暗中爲輿論之主，而表面自居輿論之僕，夫是以能有成。今後之中國，非參用開明專制之意，不足以奏整齊嚴肅之治。夫開明專制與服從輿論，爲道若大相反，然在共和國非居服從輿論之名，不能舉開明專制之實，以公之明，於此中消息當已參之極熟，無俟啓超詞費也。然則欲表面爲僕而暗中爲主，其道何由？亦曰訪集國中有政治常識之人，而好爲政治上之活動者禮羅之，以爲己黨而已。」〔註47〕因此諳熟其中玄機的袁世凱自然在表面上與新聞媒體保持著和諧的關係，不輕易動怒。此時他還需要新聞輿論的支持，同時他也在「引蛇出洞」，以便時機成熟一網打盡。因此，在一定範圍內他允許新聞媒體自由報導和評論，哪怕是對他的人身攻擊，等到時機成熟，他就會毫不留情，剷除異己言論，加強管制，這也爲後來的事實所證明。

2.4 自由的危機

2.4.1 媒體對新聞自由的理解與實踐

革命的目的就是要推翻封建專制政權，建立資產階級民主共和國，在多方妥協下，革命目的實現了，而且自由民主很快寫入了《中華民國臨時約法》。就歷史的縱向發展來看，在現代西方資產階級國家需要經歷幾十年甚至更長時間因社會制度更迭所帶來的陣痛，在中國並沒有因爲共和制度的快速建立陣痛就消失了，實際上很多人把問題想得太簡單了，對共和體制的含義沒有真正理解，封建專制的文化傳統對社會民眾的影響並沒有因革命的結束而結束。實際上在很長時間內封建傳統思想的影響一直存在。

在新聞出版領域受自由思潮的鼓舞和激勵，新聞事業再掀發展高潮。但是以一種客觀態度來分析當時的新聞媒體對自由的理解也是我們現今需要面對的問題。共和制度取代封建帝制順應了歷史發展潮流，民主自由觀念在革命黨人多年傳播的努力下，逐漸被人們所熟悉，特別是知識階層廣爲接受和採納。然而他們對此理解並不一致，多數人認爲「人民有言論、著作、刊行及集會結社之自由」載在約法，自由權利不容侵犯。這一點是不容質疑的，

〔註47〕丁文江、趙豐田編，《梁啓超年譜長編》，上海人民出版社，1983 年，第 617 頁。

但自從抗議「暫行報律」事件發生後，有關新聞業的法律法規遲遲沒有明文規定，因此對當時以報刊為主的新聞業而言，新聞言論空間較大，新聞媒體以及記者在新聞報導以及新聞評論上，往往以共和國言論自由為憑證，屢屢觸犯政界，因此與之交惡。這在一定程度上反映了當時報界思想上的幼稚和對共和國新聞自由認識上的偏差。

　　新聞媒體所理解的自由實際上帶有絕對自由的傾向，希望政府對他們完全透明，他們可以報導一切，這一點在當時的部分新聞媒體中表現得尤為突出，尤其是同盟會系統的報紙，往往因黨派利益關係對北京政府存有偏見，對其進行言論攻擊，例如關於大借款的報導，民國元年中央財政體系崩潰，民窮財盡，朝不保夕，以致全國財政命脈仰於外債。時任總理唐紹儀困於窘迫的財政問題，為擺脫四國銀行團的控制，決定另闢蹊徑向比國借款，媒體藉此大肆報導，掀起了舉國反對浪潮，迫於行政和輿論壓力，唐內閣以辭職收場。針對當時新聞輿論狀況，著名記者黃遠生曾感慨地說：「民國最近可悲之現象，乃在全國人心漸已厭倦政黨、厭倦輿論、厭倦政治，而政界大勢日益混沌，騰波造浪，已漸率國運趨於斷潢絕流之中」〔註 48〕。鑒於報界對新聞自由的理解和實施所導致的現實輿論情況，時人表達了厭倦情緒，以漫畫諷刺報界以自由為任的尷尬（如圖 2）。

圖 2　選自 1912 年 6 月 5 日《申報》

〔註 48〕黃遠庸，《遠生遺著下》（影印本），北京商務印書館，第三卷，1984 年，第69 頁。

　　其實在全國報界集體抗議報律事件中，集中體現了他們對新聞自由的理解和認識。這裏的抗議報律事件既有對民國暫行報律的抵制，也有對晚清報律的反抗。他們反抗的理論依據主要是「共和國言論自由」以及臨時約法的相關規定。這種反抗本無可厚非，但隨著民元報業發展和社會影響劇增，其自信力和聲勢逐漸高漲，而反抗也取得了一定的實效，這些實際上也影響著報界對報律的認知和理解，助長了新聞媒體借著自由的招牌橫議人與事，沒有適度把握自由的「度」，因而民初的報案也是屢有發生，正印證了對新聞自由理解的偏差。

　　就當時的媒體報導來看，時人曾發出不滿的聲音，「自民國成立以來，報館林立，報紙風行，言論界之發達，幾有一日千里之勢，然究其內容，或由政府收買，或由政黨收買，或由一機關收買，故一言一論，必須隨買主之旨意而不能自由，其有卓然獨立，而不爲金錢利用者，又不免爲兩方所忌，此報界所以日趨黑暗也。」〔註49〕《大公報》也面臨著被污蔑的威脅。由於報業缺乏獨立的經濟支持，很多草草創辦的報紙大多依附於某個政黨或機關，舉著輿論大旗，爲某黨某派的利益搖旗吶喊，這種情況下對新聞自由的理解實際上也是一種非客觀的態度，因此在新聞實踐上濫用或誤用自由的現象也廣泛存在。可以說民初新聞界遭受後來的暴風雨洗禮，其自身也擔有一定的責任。缺乏相應法律法規的約束與制約，對新聞事業本身發展來說是不健全的，也脫離了現實的政治環境。

2.4.2　自由表象下的言論界

　　民國元年的新聞界出現了一派繁華的景象，新聞事業的發展確實有很多值得肯定的地方，前文已有述及。但新聞界看似眾聲喧嘩，實則各爲其主。因而在此意義下考察和研究言論界的實際狀況，會發現一些新的情況。在自由的前提下，報館大都自認爲是天然的「輿論之母」、「輿論代表」，是「四萬萬眾共有之言論機關」，極力宣揚在民主制度下，「報館與國務院、總統府平等對待，其性質與參議院均同爲輿論公僕之機關」「共和國之最高勢力在輿論」，新聞記者是「不冠之皇帝，不開庭之最高法官」，當仁不讓地負起了「監督政府，指導國民」的「天職」，筆走龍蛇，昌言無忌，人們不但可以在報上批評政府官員，甚至可以點名罵大總統。〔註50〕一方面報館自由言說，尤其

〔註49〕《大公報》（影印本），1913年6月16日，第3版，閒評一。

〔註50〕方漢奇主編，《中國新聞事業通史》（第一卷），中國人民大學出版社，1992年，第1015頁。

是同盟會報刊對現政府大行鞭撻之風，以此表達在野黨派監督政府之職責；另一方面，報案時有發生（可參見附錄一），顯示了自由並不是無邊界的。各報批評各地乃至中央執政者，也是暢所欲言，肆無忌憚，如傾向共和黨的《亞細亞日報》〔註51〕1912 年 4 月 9 日發表「社說」，稱袁世凱「不適於共和國之人物也，而國人偏舉爲臨時總統，然則袁氏之不幸，實我民國之大不幸也」。7 月 1 日時評批評上海都督陳其美爲「下等流氓」，陳向袁世凱申訴，《亞細亞日報》不但不更正，反而於 7 月 6 日時評以反語再度發難。雖然摻雜黨派之爭，其大膽程度亦屬民國報史上僅見。這種言論自由狀況實際上是非常值得肯定的。

黨派報刊因政治觀點和立場的不同，政見分歧較革命前更加明顯，相互討伐之聲不斷。正是借由言論自由權利，各政黨報刊充分表達自己的觀點，攻擊對方時也毫不留情，但也自毀形象和聲譽，潛伏著危機。商業性報刊在此時期得到了一定的發展，民國元年《申報》由史量才接手，大膽革新新聞業務，取得了不錯的發展成績，但言論上相對保守；《新聞報》在此時已發展成商業大報，逐漸改革報導內容，以報導經濟新聞爲主，以工商界爲主要讀者對象，言論上宣持中立，因而受政治風波干擾較小。民間商業報紙的發展使我們看到了報紙職業化發展道路，他們有獨立的經濟來源，因而持論較爲中立公允。對民間報業來說，民初的新聞自由政策確實給它們帶來了難得的發展機遇，它們也充分利用這樣的機會，對新聞業務進行改革，在言論上與政治保持著距離，不觸犯政界，因此報案很少發生在它們身上。當然，這種商業化的趨勢主要出現在南方，以上海爲代表。北京的情況並不樂觀，時人池吳藩曾在《大公報》發表《北京近來之十大發達》一文，其中說到新聞紙發達之情況，但感歎道「惟鄙人閱京報不下十餘份，察其口吻，大率爲人作機關者占多數，而卓然獨立者實寥寥」，「吾願北京新聞界日漸改良，脫離羈絆，監督政府，匡正議員，俯察社會，代表輿論，出以正直無私之立論。」〔註52〕這也反映出了北京言論界的一般狀況，雖然表面上一派欣欣向榮，實際上並沒有贏得社會普遍認可與尊重，並沒有發揮媒體支持輿論、俯察民

〔註51〕《亞細亞日報》經歷了前後不同的兩個發展階段，前期對袁世凱的報導較爲客觀，並不能歸爲帝製鼓吹派，可參見拙作《袁世凱當政早期北京〈亞細亞日報〉研究》，《北京理工大學學報（社會科學版）》，2010 年 04 期。
〔註52〕《大公報》（影印本），1913 年 10 月 29 日，第 3 版，代論：北京近來之十大發達（池吳藩）。

情、監督政府的社會功能，缺少獨立輿論。

2.4.3 危機的觸發——以宋案爲例

可以說，民初新聞業的繁榮確有很多值得肯定的地方，反映了新制度帶來的新氣象，顯得生機勃勃。然而，隨著政黨政治的實踐，政黨間的爭鬥加劇，「報紙的政治立場日益明確，‘言論自由’的理念不僅爲舊官僚出身的袁世凱政府棄之若敝屣，即使是以孫中山爲首的國民黨和立憲派發展而來的進步黨基於政治立場和黨派利益，也從未眞正認同自由主義的輿論觀」。〔註53〕在他們看來新聞是可以任人打扮的小姑娘，是可以用來爲政治服務的。在這種觀念的影響下，新舊兩派並沒有脫離傳統觀念的束縛，新聞界也沒有產生出健康、獨立的輿論，因而各報館與政治的親密關係也使袁世凱政府對新聞媒體產生了不信任和不耐煩情緒。實際上這種不良印象是逐步積纍起來的。從元年及至宋教仁遇刺，新聞自由危機從潛伏到爆發，期間與袁世凱對待新聞業的態度有著莫大的關係。

1913 年 3 月 20 日宋教仁被刺殺於上海車站，震驚全國，直接引發國民黨反抗袁世凱專制獨裁統治的「二次革命」。宋教仁本身也是著名的報刊評論家和實踐者，曾參與創辦或主編的報刊有《二十世紀之支那》（後改爲同盟會機關報——《民報》）、《醒獅》以及《民立報》等，將報刊作爲其宣傳革命思想的主要陣地。在他的促使下，國民黨在民國元年 8 月宣告成立，成爲國會中的第一大黨。他通過發表演說、撰寫政論文章，宣傳自己的憲政思想。加之民國元年的輿論環境比較自由開放，因而宋教仁的影響日益擴大，聲譽得到提升，但也正是這些遭到了反對他的政治力量的忌恨，招來了殺身之禍。

宋案發生後，全國輿論一片譁然，隨著案件調查的逐步深入，有迹象表明宋案與袁世凱有著脫不開的關係，這使得輿論矛頭轉向了袁世凱及其北京政府。宋案的發生，使其立即成爲新聞媒體關注的焦點，許多報紙進行了連續跟蹤報導，包括各種證據不斷曝光，線索愈發與袁世凱近臣洪述祖、趙秉鈞關係密切，引起了人們對袁世凱的懷疑。輿論批評之聲日益激烈，特別是國民黨報刊，形成了討伐之勢，矛頭直指袁世凱，對袁世凱譴責、謾罵之聲不絕，一度引起政府干預，內務部曾明確要求各報館禁刊「宋案」和「借款」

〔註53〕楊早，《清末民初北京輿論環境與新文化的登場》，北京大學出版社，2008 年，第 108 頁。

新聞〔註54〕。袁世凱政府正是借著宋案發生後，新聞界輿論過於龐雜，「南北猜疑，謠言蠢起」〔註55〕，藉口擾亂社會秩序，加強了對新聞媒體的控制和打壓。到5月份，南北雙方形成對立之勢，箭在弦上一觸即發。新聞輿論頓出險象，北京報館接到政府告誡，不得登載南北分裂消息，否則就被勒令停刊，為此《申報》於5月8日發表時評文章《言論界之厄》，直指政府摧殘言論自由。至此民國元年南北勢力均衡下形成的新聞界自由現象漸次衰落，袁世凱加強中央集權建設，收緊新聞輿論政策。

2.5 利用與控制——二次革命前袁政府新聞政策考察

　　可以說從袁世凱登上政治舞臺以來，他一直都積極地與媒體及媒體人打交道，在清末各大督撫中他是一個新派人物，他善於利用媒體為自己服務，注重塑造良好的政治形象，有效利用新聞的傳播力和輿論影響力，不僅資助維新派創辦報刊，還主動創辦官媒——《北洋官報》，作為政府喉舌，且辦得有聲有色，成為各督撫傚仿的模板。他還接受媒體採訪，特別是1906年開放北洋新軍秋操演練，邀請中外記者觀摩報導，這些都說明袁世凱在利用與處理新聞媒體關係方面，已經積纍了不少經驗。

　　民國成立後，由於政體的相對開放性，決定了政府的各項政策決議等，在一定程度上需要對媒體開放，與新聞媒體建立經常性往來，也是現代政府區別於封建專制政權的一個鮮明特徵。經過辛亥年間新聞報刊的宣傳造勢，更加使袁世凱看清了新聞媒體的強大力量，他之所以順利接手中華民國臨時大總統之職，中外新聞媒體營造的「非袁不可」輿論使他深受其益。他出任民國元首後，在新聞政策方面有一些新的舉措，被其後各屆民國政府所沿用，影響深遠。一、公報體系的建立。如《政府公報》、《內務公報》等現代政府公報體例起於民初，儘管屬於官報性質，但很多規章制度、各類政策法規都首先經由公報對外公佈，袁世凱的一些重要發言也授意公報首先發表，試圖建立公報的權威性與合法性。繼《政府公報》後，各類專業性的公報逐步創立，如海關公報、稅務公報以及地方各省公報等，形成了公報體系。公報的創辦，使各級政府信息發佈形成了規範渠道，與封建時代《京報》不可

〔註54〕中國第二歷史檔案館編，《中華民國史檔案資料彙編》第三輯，文化，江蘇古
　　　　籍出版社，1991年，第491頁。
〔註55〕《申報》1913年5月6日，第二版，謠言之影響。

同日而語，它不僅使社會及時瞭解政府信息，如《上海市政公報》的創辦曾得到市民的歡迎〔註56〕；也發揮監督作用，同時保留了很多有價值的資料。二、製作新聞剪報。袁世凱非常重視新聞輿論，尤其是外國輿論。民國元年，外交部還未設立新聞司，於是組建了翻譯科，由當時留學歸國的顧維鈞主要負責，主要任務「瀏覽外文報紙，把外國報紙中有關我國的新聞報導剪下來，譯成中文存檔」、「由於時效性問題，因此其重要性不在其新聞報導，而在其社論和專欄」〔註57〕。他們製作的新聞剪報會及時呈交給總統府，袁世凱總會抽出時間翻閱剪報，瞭解國內外輿論動向。因此翻譯科的工作得到了各個部門的稱讚，尤其受到總統府的肯定。三、設新聞記者招待所。袁世凱就任臨時總統後不久，國務院就於陸軍貴冑學堂設立新聞記者招待所，對於此舉袁氏極為贊成，並要求「每日勻出鐘點接見新聞記者，廣徵輿論，以為行政方針」〔註58〕。實際上這一制度的設立有如現代政府的例行記者會，通過定時向報界宣佈信息保持與報界和外部的溝通，也受到了報界歡迎。袁世凱政府的第一次記者見面會由唐總理率領有關總長和議員與記者面對面溝通，解釋一些政策和記者的誤會，希望與報界保持良好關係，體現了袁世凱政府注重新聞媒體的積極面。袁世凱支持並親自參與此事，直接反映了他對新聞政策或制度的積極干預。這些有關新聞政策的設立或嘗試，具有積極的正面影響，有值得肯定的地方。此外，袁氏在召開某些政府會議時也會邀請記者出席旁聽，政府的其他部門也會不定時與媒體召開茶話會，如警廳招待報界等〔註59〕，以此聯絡感情，爭取輿論支持。袁世凱之所以採取這些積極的新聞措施，在一次接受記者採訪時表露了他的心迹，「我華人黨派分歧，純以感情用事，不以國家為前提，即輿論亦未能一律，致外人疑我內訌」、「尤望代表輿論之報界諸君主持公論，勿黨同伐異，議論偏激」。〔註60〕袁氏憂心於輿論的擾攘，希望實現輿論一致，因此民國元年積極採取措施與新聞媒體保持溝通。但是在共和政體的政治實踐中，追求新聞自由的報人不可能聽從政府的統一安排，他們以監督政府為天職，因此不可能達到輿論劃一的狀態。

〔註56〕《民立報》，1912 年 9 月 22 日，第 10 頁，市民有公報看了。
〔註57〕《顧維鈞回憶錄》（第一分冊），中國社會科學院近代史研究所譯，中華書局，1983 年，第 105 頁。
〔註58〕《民立報》，1912 年 5 月 24 日，第 9 頁，國務院新聞記者談話會。
〔註59〕此方面可以參見《民立報》，1912 年 9 月 21 日，第 3 頁，專電；9 月 22 日，第 7 頁，安慶會館談話會。
〔註60〕《民立報》，1912 年 5 月 25 日，第 3 頁，專電。

袁世凱試圖操控輿論，他深信梁啓超的建議「善爲政者，必暗中爲輿論之主」，然而後來的事實證明他對媒體自由的容忍是有限度的，後又通過加強中央集權弱化輿論影響。

　　袁世凱及其政府通過一些積極的新聞措施試圖加強與媒體的聯繫，目的是利用媒體。唐紹儀內閣的倒臺從一個側面反映了袁世凱操控輿論的手段。唐紹儀在袁世凱總理朝鮮事務時期與其相識，後一直跟隨袁氏，一路的陞遷與袁世凱的提攜密不可分。南北議和期間，唐擔任袁世凱特使與南方代表談判，後又出任民國第一任內閣總理，表現了袁對其充分信任。但唐紹儀接受過西式教育，在思想上較爲開明，也受到革命派的推崇。唐出任總理後，在很多問題上堅持按照新的政體行事，對袁並不是俯首聽命，與袁的矛盾日益加深。袁世凱日益覺得唐紹儀掣肘其權力，欲推倒唐內閣，建立一個聽命於自己的「聽話內閣」，因此開始向媒體吹風，特別是親袁派報紙開始對唐紹儀進行大肆攻擊，尤其是借款問題。財政困難是唐紹儀內閣面臨的最大問題，鑒於四國銀行團的苛刻條件，唐總理意圖利用外國銀行團之間的競爭，突破四國壟斷借款局面，另闢蹊徑，與華比銀行簽訂借款合同，事前也獲得袁世凱的同意，然而此事很快被熊希齡透露給媒體，報導一出，袁世凱及時撇清與自己的關係，稱並不知情，將借款責任全部推給了唐紹儀，從而使報界掀起了一次倒唐高潮，各報極盡譏評之能事，就在此時袁氏心腹趙秉鈞致書各報社，假惺惺地爲唐總理辯護；其後與袁親近的共和黨報紙主張超然內閣，而熊希齡正是共和黨黨首，這些都爲迫使唐內閣解散創造了輿論條件。更有甚者某黨散佈謠言欲推翻唐紹儀內閣，對此袁世凱及時表態「唐少川果被推翻本總統立即解任」〔註61〕，這些都使袁世凱獲得了輿論的支持。在王芝祥督直事件後，責任內閣精神被袁破壞殆盡，又處於輿論的風口浪尖，唐紹儀不辭而別。唐紹儀後來也說道「受人攻擊，事多掣肘，遂萌退意」。唐紹儀的下臺在一定程度上也是袁世凱背後推動輿論攻擊的結果。

　　另一方面，對於不利於自己的言論也進行打壓和控制。如《民意報》案，《民意報》爲國民黨派報紙，由汪兆銘主持，在天津法租界出版，辛亥革命時期常對袁世凱進行非議，曾使袁頗爲不悅。民國成立後，袁曾託人示意別再對他進行攻擊，但該報以共和制下言論自由爲標榜，不爲袁利誘

〔註61〕《民立報》，1912 年 5 月 31 日，第 3 頁，專電。

所動，對違背共和體制與約法行為之事大力揭發，尤其對內閣改組、軍警干預政治、謀殺張振武和方維等事極力披露，不遺餘力進行攻擊，終於惹怒袁世凱。總統府通過與法國領事交涉，以「言論激烈」之罪，要求法領事「設法飭令遷出租界」〔註62〕，同時與英、俄、德、日交涉，不許該報在其租界發行；國內官員也接到公文不許該報出版發行。政府通過行政命令，對《民意報》實行全面封殺。此舉遭到全國報界一致抗議，要求以法律程序提起訴訟，誓與袁總統抗爭到底。《民意報》可能言論過於激烈，但單以「言論激烈」為由進行定罪，且借由外力查封報館，促使外人干涉國之內政，這些都使時人質疑政府行事的方式及其合法性。《民意報》案使我們看到了袁世凱對言論自由的壓迫，反映了政府沒有依照法律辦事，存在行政隨意性，嚴重違反了《臨時約法》的相關規定，引起了報界一致抗議；也表明在政府行政強權面前，《民意報》的力量是微弱的。不獨《民意報》，《中央新聞》〔註63〕、《新民公報》〔註64〕等也遭到軍人迫害，地方也時有報案發生。民國元年報案的發生不是偶然的，雖然表面上新聞業一片繁榮，但破壞新聞自由的行為也時有發生，報館報導新聞稍不合意便妄加迫害。雖然這些報案多數與袁世凱沒有直接關係，但是在其統治之下頻有發生，而沒有有效制止，至少是其默許的，代表了政府行為。這些都反映了袁世凱對新聞自由的容忍是有限的，對報館和報人的控制和利用是其主要目的，試圖使新聞界馴服於他。

2.6 媒介鏡象：民國肇建初期新聞媒體視野中的袁世凱

這一時期對袁世凱媒介鏡象的考察，對於我們認識袁世凱的新聞政策及其與新聞媒體的關係有重要的意義。辛亥革命時期新聞媒體對袁世凱的關注和報導可謂空前，特別是他表示贊成共和後，革命報刊、立憲報刊乃至商業報刊都對袁世凱給予了很高厚望，《申報》認為袁氏如能「翻然變計，勸清帝以遜位，與南軍以聯合，戮力同心，廓清禹甸。以袁之才，而加袁之功，他

〔註62〕《民立報》，1912 年 9 月 8 日，第三頁，民意報停版記。

〔註63〕《真相畫報》第三期，1912 年 7 月出版，袁世凱查封報社迫害言論自由，其中說道因北京中央新聞社刊登揭發趙秉鈞等人營私舞弊、趙爾 勾結宗社黨圖謀不軌等情況，1912 年 6 月 2 日被查封，全社人員均被捕。6 月 10《申報》也進行了詳細報導。

〔註64〕《民立報》，1912 年 9 月 18 日，第六頁，軍人又鬧報館。

年議會成立，大總統之位置，非袁莫屬。」〔註65〕可以說在清末民初鼎革之際，全國輿論對袁的呼聲很高，袁很受媒體青睞與推崇。在外國記者眼裏，袁世凱也被認爲是能夠力挽狂瀾的關鍵人物，袁世凱也善與媒體打交道，促使媒體積極爲其塑造正面形象。

　　對政府的輿論監督是近代新聞媒體的重要職責，也是社會進步的重要標誌。民國建立後，以袁世凱爲首的北京政府自然也是新聞媒體關注的中心和焦點。隨著袁世凱在北京就職臨時大總統，新聞媒體對他的態度益漸分歧，有支持者更有批評者。處於萬眾矚目的位置，作爲一個新舊體制的過渡人物，其一舉一動備受關注且具有很大的新聞價值。袁世凱在就任臨時大總統時，其就職誓詞曾被媒體廣泛登載，其中說道：「深願竭其能力，發揚共和之精神，滌蕩專制之瑕穢，謹守憲法」。〔註66〕袁氏信誓旦旦贊同共和、維護國體，其實也向國內外媒體宣佈了自己的政治立場，因此也有意無意將自己置諸媒體監督之下，他有沒有實現諾言、遵守《臨時約法》、維護責任內閣制、實行民主自由等方面，自然爲新聞媒體尤其是在野黨報刊所關注。二次革命前，有兩個新聞節點需要我們尤其關注。其一，擅殺張振武、方維〔註67〕。張方案發生後，國內外報紙都進行了廣泛報導，矛頭直指袁世凱。輿論普遍認爲張、方二人是革命功臣，即使存在跋扈現象，也應通過法律程序。沒有任何徵兆只憑一紙命令就將二人正法，政府的獨斷專橫表現得一覽無遺。對此中外報界咸感震動，對黎袁大加撻伐。《民立報》曾以「嗜殺之兩總統」發表評論文章，對黎袁的違法行爲進行揭露〔註68〕；外媒對於此事的發生也表示了擔憂，英國報界因此對民國前途「多持悲觀」，日本《每日新聞》認爲此事是「專制之先聲」〔註69〕。面對報界的質

〔註65〕《申報》，1911 年 12 月 22 日，第一版，共和篇一（平子）。

〔註66〕《政府公報》，1912 年 3 月 11 日。

〔註67〕民國元年八月十六日袁世凱政府以煽惑軍心，謀爲不軌等爲藉口，將張振武、方維在北京正法，此舉引起了社會震驚和公憤。張振武在武昌首義中發揮了重要作用，於辛亥革命有功，方維是張的副官。民國成立後張振武有居功自傲等情況，引起黎元洪不滿和忌恨，袁曾委任張振武爲蒙古調查員意圖使其遠離湖北，他並不滿意徑直回鄂，黎氏遂起殺機，但又不便於在武漢將二人殺害。於是，八月初黎氏將張、方等人騙至北京，之後他又連發兩道密電，要求袁世凱在北京就近正法，因此張、方二人深夜被捕未經審判而被槍斃。袁世凱政府這種未經法律程序弒殺革命功臣的行爲激起了新聞界的不滿和抗議，更引起社會對共和前途的悲觀，也使袁世凱限於輿論的被動地位。

〔註68〕《民立報》，1912 年 8 月 19 日，第 7 頁，嗜殺之兩總統（秋水）。

〔註69〕《民立報》，1912 年 8 月 26 日，第 7 頁，張方案之外論。

問和被動的輿論局面，總統府開始散佈謠言，捏造張振武十大罪狀，〔註70〕企圖開拓罪責。面對媒體和軍政各界的節節追問，袁以軍事秘密不便泄漏搪塞，最後將責任推到了黎元洪身上。這一次形成了報界對袁世凱的廣泛批評和責難。其二，宋案的發生。這一次更是轟動一時，成為新聞界關注很久的話題。國民黨派報紙將矛頭直指袁世凱，一些中立派報紙也義憤填膺。雖然後來有研究者指出宋教仁遇害與袁世凱沒有直接關係，〔註71〕但是種種證據表明與政府有著直接的聯繫，袁世凱又豈能推脫乾淨。這兩次新聞事件影響較大，媒體呈現給人們一個專制的袁世凱形象。

　　總體上看，儘管有上述兩次新聞事件的發生，他的部分政策和行為受到詬病，反對派報紙對他的批判並不只是在道德層面，對他的政治實踐也多直言不諱，甚至謾罵。但是袁氏仍然獲得多數輿論的支持，包括部分國民黨報刊、立憲派報刊以及外媒的支持。在孫黃北上期間，黃興曾接受媒體採訪，他對袁世凱的印象極好，認為是「民國可靠人」，「望新聞界注意維持，遇有不法隨時糾正，方為妥善，萬不宜心存成見，取過激之攻擊態度」〔註72〕，為袁氏做宣傳。在邊疆危機形成時，國內報界曾團結一致支持袁政府。俄蒙協議出爐後，報界除民主黨和共和黨機關報支持袁政府外，國民黨報紙也拋開嫌怨，聯合一致，主張武力解決蒙古問題，擬開全國報界大會，「以全國一致為政府之後勁」〔註73〕，反映了以袁世凱為首的北京政府在民元及二年初仍然得到多數媒體的支持，具有廣泛的民眾基礎，儘管存在違背共和精神、踐踏言論自由的行徑，但加強中央政權一致對外的現實需要也使各類媒體認為袁世凱是一個強有力的政治人物，因而多取支持態度。此外，報界自身也存在一些濫用新聞自由的現象，對此部分報紙也意識到了這個問題，如《民立報》曾發文「論國民對於總統決不可持謾罵之態度」〔註74〕，《申報》也多次報導袁世凱勵精圖治的消息。

　　這個時期中外媒體報導和塑造的袁世凱仍然是一個強人形象，他們將其統治視為撥亂反正而必須的開明專制：「在許多人看來，袁世凱是中國最強有

〔註70〕《民立報》，1912 年 8 月 28 日，第 6 頁，總統府散謠。
〔註71〕張永在《民初宋教仁遇刺案探疑》（《歷史檔案》，2010 年第 3 期）一文中，對袁世凱是刺宋案元兇的主流說法表示懷疑，並以大量史料分析了宋教仁案的發生屬於偶然事件，與袁世凱沒有直接關係。
〔註72〕《民立報》，1912 年 9 月 14 日，第 3 頁，專電。
〔註73〕《民立報》，1912 年 11 月 19 日，第 3 頁，新聞一。
〔註74〕參見《民立報》第 692 號。

力、最能幹的政治領袖。同時是惟一能夠在國家的艱難時世統一全國，爲潛伏的混亂狀態帶來秩序和安定的人。」〔註75〕是不可替代的「使中國事務團結所必不可少的領袖。」〔註76〕儘管有一些負面報導，但整個社會渴求統一、穩定的心理，仍然使媒體和社會對他寄予厚望。

本章小結

　　本章主要對二次革命前袁世凱及其政府與新聞媒體和人物的關係進行全面考察，分析了此時期袁世凱奉行新聞政策的背景條件、現實因素及其對新聞事業發展產生的實際影響，認爲袁世凱及其北京政府這個階段基本上遵行了臨時約法所規定的言論出版自由權，袁世凱多次公開表示尊重言論自由，在某些報刊對其進行人身攻擊時，他也多持容忍態度，注意與新聞界建立溝通橋梁，如國務院的例行記者會，舉辦茶話會招待新聞記者等等，試圖與媒體保持良好關係，他也注意利用輿論爲政治鬥爭服務；同時對新聞界的批評盡量保持剋制，靜觀其變。新聞界也充分利用這樣的機會，一方面擴建業務，廣辦報刊；另一方面組建團體，擴大聲勢。同時本章也從媒體自身發展的角度考察了其存在的問題，認爲這個時期新聞媒體主要是政黨報刊在新聞職業操守與道德方面，存在著一些問題，它們過度參與黨派政爭，將報刊作爲工具，常帶有攻擊性，對自身業務發展的反省與自查缺失，使自身陷入政治鬥爭漩渦之中。本章還著重考察了袁世凱的媒介影像，在這個階段，除卻某些政黨報刊的攻擊外，立憲派、中立派報紙以及國外媒體對袁世凱主要持積極肯定的態度，「誠以時勢艱難，捨袁實無他人勝此重任者，當爲中外所同認也。」〔註77〕表明袁世凱當此內憂外患之時仍被中外輿論看好，其媒體形象依然積極正面。

〔註75〕Akira Iriye：Across the Pacific：An Inner History of American-East Asian Relations,1967,NewYork Press,p125～126.轉引自丁苗苗《多重視野下革命的建構與報導》（博士後出站報告），浙江大學博士後出站報告，2011 年，第 99 頁。

〔註76〕布羅克曼致 J・R・穆德（1913 年 11 月 26 日），青年會，《世界服務報告》。轉引自（美）米泰洛著 沈雲鷗譯：《美國傳教士、孫逸仙和中國革命》，《辛亥革命史叢刊》（三），第 105 頁。

〔註77〕《申報》，1913 年 5 月 25 日，第一版，論說：倫敦泰晤士報之中國論。

第三章　媒體與政黨：袁世凱政府對政黨報刊態度研究

　　新聞媒體具有雙重功能，一方面可以代表民眾，對政府和議政過程形成制約，發揮監督作用，促進政治進步；另一方面又可以被政治集團利用，成為控制社會的利器。這種媒體與政治的密切關係，在民初已有明顯的表徵。在歷史發展潮流的推動下，媒體與政治間的互動已成為事實，袁世凱政府面臨著新的輿論環境，尤其是政黨報刊的監督和政爭。以報刊為代表的新聞媒體成為政黨參與政治活動的一個重要途徑。

3.1　民初政黨報刊的發展

　　共和制度的創立為政黨政治的發展提供了先決條件，清末發展而來的各政治派別為適應新的政治環境，紛紛改組組建政黨，積極投身於現實政治。政黨的發展和運作離不開對新聞媒體的利用，早在南北議和時期革命派報刊和立憲派報刊為各自利益就展開過爭論。南京臨時政府言論出版自由載在臨時約法，因而極大地促進了報刊業的繁榮，民初繁盛的報刊業「其半數為私黨」所辦，可見政黨報刊在民初的重要性。政黨報刊與政治密切相連，袁世凱一直較為關注各派報刊言論，然而政黨報刊過於「敢言」也曾一度使袁世凱極為惱怒。

3.1.1　政黨政治的緣起與政黨報刊的繁榮

　　近代中國政黨政治完全可以說是一個舶來品。中國封建社會禁止結黨營

私，黨的概念是一種貶義，人們大多敬而遠之。現代政黨政治概念主要從西方引入，大多數新式知識分子對此較爲熱衷，它主要是指西方民主政體實行的代議制形式，各政治勢力或利益集團通過組建合法政黨參與政權建設。這種照搬西方的政治概念，當時的知識分子拿來之後就直接運用到政治實踐，而沒有過多考慮西方的社會背景以及文化傳統與當時中國社會狀況的差異，因此理解上自然也較爲僵化，思想上消化不良，導致實踐中存在諸多問題。很多人將政黨作爲一種工具；實際的運行中很多政治投機分子試圖以政黨爲旗號，臨時組建名目不一的黨派，實際上缺乏政治理想，政綱基本相同，「各黨政綱之內容則無異，印板文章千人一面，頗似春聯之成語、八行之俗套，吾不知設此政綱果何爲耶，且以主義最相衝突之黨而其政綱反同一鼻孔出氣」〔註 1〕，反映了各黨對近代政黨意義不甚瞭解，只追求政黨形式而不顧實質內容。對政黨政治有一定見解的宋教仁，爲組建政黨內閣奔走呼號，最終亡於非命。「在建立中央政府的過程中，袁世凱必須處理政治生活中的新情況，即政黨問題，他在民主、共和方面知識的貧乏便充分暴露出來。」〔註 2〕他對政黨政治沒有專門的研究，也沒有這方面的知識儲備，在他看來當時的中國急需要加強中央集權，而黨派的權力之爭並不利於中央政權的強化，因而他並不歡迎政黨政治，表現得較爲冷漠（筆者注：儘管他的判斷有一定的道理），甚而在以宋教仁爲首的國民黨在國會選舉中取得絕對優勢後他極爲擔憂，乃至其屬下使用過激手段，置宋教仁於死地。這其中各黨派之間爲各自政治利益彼此相互攻擊、謾罵，甚至全武行上陣，對於政黨間的相互爭鬥時人也常以漫畫進行諷刺（見圖 3）。一個人同時加入兩個以上宗旨完全不同的政黨也不是稀有之事，不同黨派則通過支持或創辦報刊充當自己的輿論喉舌，從而進一步推動了黨派間的鬥爭，袁世凱因此作壁上觀，宣佈不加入任何黨派，曾有人問他是否已入統一黨，他答道「我並無黨」，「以免黨見橫起，阻礙進行」〔註 3〕，對政黨政治更多次在公開場合表示不滿。當然民初各政黨的形成並不是突然的，也有其歷史淵源，其關係也極爲複雜，請見圖 4〔註 4〕：

〔註 1〕 《民視報》，1912 年 6 月 12 日，第三頁，時評：政黨與政綱。
〔註 2〕 〔加〕陳志讓著，傅志明、鮮于浩譯，《亂世奸雄袁世凱》，湖南人民出版社，1988 年，第 129 頁。
〔註 3〕 《申報》1912 年 4 月 3 日，二版，專電。
〔註 4〕 此圖轉引自張玉法主編《中國現代史論集》（第四輯），第 98 頁。

圖 3　選自 1912 年 5 月 3 日《申報》

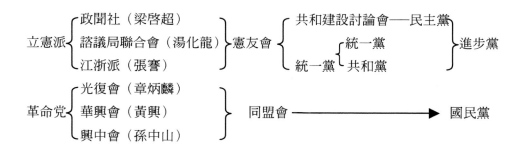

圖 4　民初主要黨派演化圖

　　其中黎元洪領導的民社與國民黨和共和黨都有一定的聯繫。共和國體下實行政黨政治本無可厚非，但各政黨的不作為，甚至將政局弄得一片混亂，沒有意識到革命後全國需團結一致，黨派間能夠拋開嫌怨通力合作，內搞建設，外謀禦敵。政黨間的內耗使社會各層人士都極為不滿，且民國初年法治尚未建立，人治色彩依然濃烈，這些都不利於政黨政治的實行，政黨政治難以為繼也是意料之內之事。

　　政黨政治的實踐與發展推動了政黨報刊的繁榮，各政黨大多也通過資助或創辦報刊為自己陣營宣傳造勢。政黨報刊的繁榮一方面表現為數量的激增，辛亥革命時期創立的黨派報刊在民國初年得以延續，臨時政府統一南北後，各黨

派為了在新政治體制中獲得一席之地，也紛紛通過創辦報刊擴大自己的影響。民初全國 500 家報紙中，政黨報刊占居半數以上，其發展固然有政黨的推動，當時的制度環境也提供了難得的機遇。另一方面，政黨報刊的繁榮還表現為廣泛參與政治生活，對時任政府充分發揮輿論監督之職，不斷掀起輿論高潮，在言論界大放異彩。縱觀袁世凱統治時期政黨報刊的發展，經歷了從混亂到有序，從謾罵到論爭，從分散到集中的過程，其背後反映的是政局的繁複和政治鬥爭的實際，也反映了報刊的話語對現實的影響。政黨報刊的眾聲喧嘩其背後凸顯了其職業素質與道德問題。有些辦報人沒有獨立的經濟來源，主要依靠黨派津貼，誰資助就為誰大造輿論，沒有堅定的政治立場，毫無報格可言，例如同盟會福州分會所辦《共和日報》，接受彭壽松〔註5〕資助的幾千元後，就變成了其個人機關報，後國民黨閩支部成立後，斥責該報，令其改組。〔註6〕此同盟會報紙亦見風使舵，遑論其他小黨派報紙。對此時人曾痛陳「言論界之根本病痛為何，即主持論壇者，強半無純潔之道德是也」，「言論界之有黨見何足為病，蓋各黨真正之主張莫不可以致於國利民福，各從其所信，雖有同異之辨，難而不溢於理論之外，誠可尚矣。惟知有黨而不知有國，視異黨為仇寇，不惜毀其天性，以徇黨見，則自損其言論家之道德與政黨之道德也。觀於今日言論界，日所記載日所評論，半為誣衊異黨之作，而專肆攻擊個人之風乃大盛……令人思之絕望」〔註7〕。對各派報紙昌言無忌攻擊政府和袁世凱時，當時保持中立的《申報》和《民立報》都發出過忠告。〔註8〕

3.1.2 主要黨派報刊發展情況

政黨報刊的興起和發展直接推動了民初新聞業的繁榮，在配合政黨政治鬥爭的過程中，原先不同黨派的報刊為了擴大勢力、加強聲勢，在政黨聯合的基礎上逐步形成統一戰線。各派報刊經過分化組合，逐漸聚攏到兩大政黨名下——

〔註5〕 彭壽松為同盟會會員， 1912 年任福建都督府政務院總長。南北議和後，袁世凱委以福建都督府總參議長及警察總監。後居功自傲，驕橫跋扈，摧殘言論界，還查封《群報》和《民言報》，逮捕並嚴刑拷打《群報》主筆。

〔註6〕《民立報》，1912 年 12 月 22 日，第八頁，地方通信。

〔註7〕《民立報》，1912 年 9 月 26 日，第二頁，言論界之根本病痛（血兒）。

〔註8〕《申報》，1913 年 5 月 13 日，第三版，時評：勿過激（無名）；《民立報》，壬子年八月五日，第二頁，論國民對於總統決不可持謾罵之態度（血兒），這兩篇評論文章，一方面從反對政府的角度，一方面從謾罵個人的角度，呼籲言論界不要過激，保持剋制態度，有理有據力爭，反映了當時的言論界確實存在問題。

一國民黨與進步黨。同盟會在宋教仁的建議和推動下，於 1912 年 8 月聯合統一共和黨、國民共進會、共和實進會、國民公黨等幾個小黨，改組成國民黨，這樣便在全國範圍形成了同盟會——國民黨系統報刊陣營。因國民黨早年宣傳革命時已充分發揮報刊輿論喉舌之作用，因而在報刊的創辦和經營上更有經驗，民元時得到進一步發展和完善。北京主要有民國前創刊的《國風日報》、《國光新聞》、《民國報》和新出版的《亞東新報》、《民主報》、《民立報》、《中央新聞》等；天津主要有《民意報》和《國風報》；南京方面最有影響的是《民生報》；武漢方面主要有《民心報》、《大江報》、《春秋報》、《震旦民報》、《民國日報》等；長沙方面有《長沙日報》、《國民日報》；廣州有《中原報》、《評民日報》、《民生報》、《中國日報》；其他一些省會和某些中小城鎮也有同盟會的報紙，如開封《民立報》、安慶《安徽船》、《青年軍報》、成都《天民報》、《四川公報》、《中華國民報》、《四川民報》、《寰一報》、重慶的《國民報》、《新中華報》，昆明《天南新報》、南寧《民風報》、桂林《民報》、福州《福建民報》、《群報》等〔註9〕，可以看出國民黨已經在全國範圍建立起了自己的報刊宣傳網絡。與此同時，統一、演進等黨合併成立共和黨，並創辦機關報《公論報》和《演進報》，共和黨後又演變成進步黨，梁啓超實爲精神領袖，他們也形成了自己的報刊宣傳體系，旗下的《時報》、《時事新報》、《亞細亞日報》、《大共和日報》等在立場傾向上日趨接近，爲本黨利益竭力宣傳。政黨報刊的廣泛創辦及其擁有的宣傳能量，使袁世凱對政黨報刊有了更充分的認識。

　　國民黨系統的報紙因內部成員意見的不統一，在對外宣傳口徑上常出現相左之處，如關於唐紹儀內閣借款問題，唐力圖抵制四國銀行團的壟斷，另謀他款，惹惱了四國銀行團，他們力圖排唐，袁世凱此時也置身事外。此時與袁較爲親近的統一黨爲此大力攻擊唐內閣。唐紹儀此前已經加入同盟會，但此時部分同盟會報紙沒有認清形勢，也附和著對唐大加責難，如《民權報》發短論稱「唐紹儀愚民，殺。」而《民立報》則相對清醒，意識到敵派報紙試圖營造輿論、力圖推翻唐紹儀內閣時，立即指出「近日統一黨機關報數家，力攻唐總理，示意該黨參議員以唐總理借款爲口實，提出彈劾，謀推翻唐內閣，另舉熊希齡爲總理從新組織。」〔註10〕當唐紹儀迫於內外壓力不辭而別

〔註 9〕 此段統計資料轉引自方漢奇主編《中國新聞事業通史》第一卷，中國人民大學出版社，1992 年，第 1022～1030 頁。

〔註10〕《民立報》，1912 年 5 月 14 日，第二版，北京電。

時，報界幾乎一致表達了不滿和譏誚，由此可以看出同盟會內部矛盾，這也影響了其報刊的發展，因立場和言論的不統一，不能形成一致防線。

在言論較爲開放的民國元年，依然可以看到報案屢有發生，經初步統計大多爲國民黨派的報紙被封被抓。因報刊政治立場不成熟、言論過激而惹禍上身者常見諸報端。時人對報刊上的黨爭也多爲厭煩，「今日報紙各偏其黨，非甲報攻擊乙報，即乙報攻擊丙報，社論洋洋數千言各爭黨見，所謂專電特電者，彼報諉某都督被刺、某軍獨立，此報則謂某偉人逃走、某軍潰敗，顚倒是非，淆亂觀聽，即眞有其事者，人亦因之將信將疑，此種報紙是無異村巷婦孺口吻，嗚呼，輿論之代表，嗚呼，報紙之價值。」〔註11〕可見，各挾私見的黨爭使報紙失去信用，自毀形象。

在國會選舉運動中，爲了在選舉中贏得優勢，不同黨派報刊的政治立場和言論口徑在各自黨派的指導下漸趨一致。國民黨爲加強新聞輿論宣傳，將本系統的北京各報館報人聯合起來組建「國民黨新聞團」，並制定章程，規定一切言論「皆多本本黨高尙之知識，作政府及國民之指導」〔註12〕。通過宣傳方式的統一和改進，國民黨派報刊面貌爲之一變，大多圍繞本黨利益與他黨展開論戰，輿論口徑也變得較爲一致，以往本黨派內部相互攻擊的情況有很大改觀，爲國會大選國民黨的勝出創造了輿論條件。此時進步黨組織上雖不如國民黨緊密，但在梁啓超的號召下，明確了聯合袁世凱反對國民黨的鬥爭策略，特別重視輿論鬥爭。因此在新聞宣傳上顯得較爲穩進，進而博取中間派的同情和支持。在宋案發生及二次革命時期，國民黨系統報刊大力進行反袁宣傳，但由於策略不當，反而使進步黨報刊佔據上風。二次革命的失敗，使得國民黨失去了存在的合法性，其黨派報刊因而大受摧殘。

3.1.3 黨派報刊媒體人的研究

在政黨報刊繁榮發展的過程中，同樣有一批報人在推動著，值得我們關注和研究。這裏的媒體人主要是指主持筆政的知識分子。在我國近代歷史和新聞事業發展史中，政黨報刊發揮著重要作用，在清末時期這種政黨性質的報刊主要是作爲各政治團體的機關刊物存在的；民國以來，「人民享有集會、結社的自由」已經寫入約法，組建政黨參與政治生活成爲常態，與此同時政

〔註11〕《申報》，1913 年 8 月 10 日，第十版，自由談話會。
〔註12〕《申報》，1912 年 11 月 10 日，國民黨新聞團開會紀事。

－66－

黨報刊亦如雨後春筍，由此也催生了一批政黨報人。他們在民初政黨報紙上或盡情表達時事觀點，或闡述政治理想，或發動輿論監督政府，在當時的報界乃至政界都產生了廣泛的影響。他們懷著濃烈的政治熱情，積極參與政黨活動，將政黨報刊作為主要陣地。這些報人作為各黨派思想最為活躍的人物，把政治理念滲透於政論之中，以期引導讀者認清時事，把握政局變遷，乃至希圖影響當政者——袁世凱。通過分析這些報人的特點及其與袁世凱關係，更加全面認識袁世凱對政黨報刊的態度及作為。

　　由於民初政黨名目繁多且較為複雜，為論述方便，這裏主要以兩大黨派——國民黨和進步黨主要報刊報人為研究對象，分析報人與政治的密切關係。在國民黨報人方面，主要以《民權報》、《民立報》、《天鐸報》、《民國新聞》、《中華民報》、《亞東新聞》等報的主要人物為研究對象，其報人簡略情況參見表 3〔註 13〕：

表 3　國民黨系主要報刊報人

主筆（編輯）	筆　名	教育背景	任職刊物	代表性政論文章
于右任（1879～1964）	騷心	曾入上海震旦學院	民立報	
宋教仁（1882～1913）	漁父	曾留學日本，習法政	民立報	
章士釗（1881～1973）	行嚴	英國愛丁堡大學，習法政	民立報	《政黨政治與新聞》、《毀黨造黨論說》
徐血兒（1893～1916）	血兒	不詳	民立報	《言論界之根本病痛》、《論國民對於總統決不可持謾罵之態度》
邵力子（1882～1967）	力子	復旦公學	民立報	《總統府與國務院》
戴季陶（1891～1949）	天仇	日本東京法政大學	民權報	
梁重民	重民		民立報	《事實與輿論》、《予之毀黨造黨說》
柳亞子（1887～1958）	青兕	同里自治學社	天鐸報	

〔註 13〕表 3、表 4 主要參照陳忠純博士論文《民初的媒體與政治——1912～1916 年政黨報刊與政爭》中「國民黨系報刊報人，進步黨系報刊報人」部分內容制定的。

　　進步黨報人主要以《時事新報》、《亞細亞日報》、《大共和日報》、《大自由報》、《神州日報》、《庸言》等報主要人物爲研究對象，其簡略情況參見表4：

表4　進步黨系主要報刊報人

主筆（編輯）	筆名	教育背景	任職刊物	代表性政論文章
孟森（1869～1937）	心史	日本東京法政大學	時事新報	
梁啓超（1873～1929）	梁啓超	曾周遊列國	庸言	異哉所謂國體問題者
劉少少（1870～1929）	少少	不詳	大共和日報 亞細亞日報	勢力者人造者也
藍公武（1887～1957）	藍公武	留學日德	國民公報 庸言	
黃遠生（1885～1915）	遠生	日本中央大學習法律	亞細亞日報 時報	
邵飄萍（1886～1926）	邵振青 阿平	浙江高等學堂 日本法政大學	時事新報	
楊蔭杭（1878～1945）	老圃	賓夕法尼亞大學法學碩士	時事新報	

　　在國民黨方面，儘管清末時期活躍於報界的于右任、宋教仁等人在民國成立後轉入政界，但他們在報界的影響仍然存在，如于右任曾創辦影響一時的「豎三民」：《民呼日報》、《民吁日報》、《民立報》，宋教仁擔任《民立報》主筆期間發表的膾炙人口的政論文章，使其名噪一時。從政以後，他們與報界的聯繫依然密切，某種程度上充當著政府與報界溝通角色，如趙秉鈞發動的《中央新聞》案，當時報界公推于右任做爲調停人，在他的斡旋下，經過報界的努力，最後，人員全部釋放，和平了結。後在趙秉鈞舉行的招待會上，記者又推舉于右任代表報界致答詞，謂「在報界所求者言論自由四字，政府之對報界亦望以言論自由四字爲愛護」。〔註14〕于右任與袁世凱也一度有過密切的來往。國民黨報刊報人在言論立場上大致分爲兩派，以《民立報》爲代表的「穩健派」和以《民權報》爲代表的「激進派」，民國元年兩派觀點並不一致，宋案發生後在反袁立場上逐漸趨於一致。

　　國民黨報人整體上較爲年輕，大多在三十歲左右，受過新式教育，思想較

〔註14〕《申報》，1912年6月13日，第六版，京報風潮之尾聲。

為獨立，但缺乏現實政治經驗，表現在言論上顯得較為激烈，政治態度有些浮躁，常常脫離現實政治環境，過度追求言論自由權利，使黨爭常淪為無謂的口水戰，因此在民國初年的報刊宣傳中國民黨報刊並不佔優勢，和其他黨派的報刊基本沒有差別。但是有些擔任特派記者的報人，在新聞採訪上積極獲取一手信息，發出一些很有價值的報導，包括直接採訪袁世凱，瞭解袁世凱的最新動態並向社會報導，如《民立報》旅京記者楊君曾發回就時事問題對袁氏採訪的專電〔註15〕，從而使報人與袁氏有近距離交流的機會，而此時的袁世凱也常接受媒體採訪。因此國民黨系報人與袁世凱也有著一定的交集。

這些報人對政治觀察較為敏銳，且有新學背景，「在討論新共和政體等一系列政治問題時，能夠給一般人一定的政治理論指導和政策分析」〔註16〕，如章士釗關於總統責任問題的論述，曾引起廣泛爭論。章士釗筆名行嚴，擔任《民立報》主筆期間以其過人的學識和獨立的政治態度，堅持《民立報》的穩健風格，走中立路線。在張振武、方維案發生時，全國輿論莫衷一是，同盟會激進派代表戴天仇認為袁世凱應負全部責任，認為「總統隱於不負責任之幕下，而實際上濫用權力破壞法律」，〔註17〕對袁世凱進行討伐，對此章士釗以其冷靜的觀察，提出責任內閣制下，內閣負有行政責任，由此與戴天仇（季陶）、林學衡展開辯論，以其嚴密的邏輯、豐富的法理知識保持了其見解的獨立性，然而由此也招來了同盟會激進派的不滿，最終被迫離開《民立報》。實際上，共和體制下，黎、袁擅用武力殺害張、方，違背法律，遭到新聞輿論一致譴責，使袁處於被動地位，並躲避新聞記者採訪〔註18〕。章士釗主持《民立報》時期盡量使該報保持較為客觀的言論，在黨爭立場上不做無謂的攻擊，在大的政治事件中，盡量從維護共和政體的角度，分析各種政治現象背後的學理問題，這種不偏不倚甚至有偏向敵對陣營的言論引起了國民黨系報刊的不滿，章離開《民立報》不久，隨著黨爭的激化，《民立報》的言論也逐步轉向激進。

另一方面，以戴天仇為首的《民權報》、汪兆銘主持的《民意報》等一直以來言論較為激進，始終舉著反袁大旗。正如前文所述，辛亥革命時期袁世凱以

〔註15〕《民立報》，1912 年 7 月 9 日，第三頁，北京專電（北京特派員）。
〔註16〕陳忠純，《民初的媒體與政治──1912～1916 年政黨報刊與政爭》，北京師範大學博士論文 2007 年，第 30 頁。
〔註17〕《民立報》，1912 年 6 月 23 日，第三頁，再論總統責任問題（行嚴）。
〔註18〕《民立報》，1912 年 8 月 20 日，第三頁，北京電報，登載了記者為張振武、方維案專訪袁世凱，袁氏以有要政為辭，委託秘書接見記者，秘書搪塞此事關係軍事，秘書廳並不知曉等因。

其掌握的軍事政治實力，認識到共和爲大勢所趨，迫使清廷接受和議並退位，促成南北統一，由此接任民國臨時大總統。這一歷史事實爲當時一般民眾和國際社會所認可，但以戴季陶爲代表的部分同盟會成員，起初就懷疑袁氏擁護共和的誠意，處處主張限制袁的權力，防止其走向專制獨裁，這種主張幾乎日日見諸報端。因此，在遷都之爭、大借款、唐紹儀內閣辭職、張、方案等問題上，同盟會激進派都站到了一般輿論的對立面，公開聲討袁世凱，因此進步黨系和一般中立派報刊對他們的暴烈言行並不認同。雖然後來的歷史證明了戴季陶等人關於袁世凱「帝制自爲」的預先論斷，但辛亥革命後民心思寧，社會心理普遍希望穩定，經濟急需發展，過激行爲和言論並沒有多少附和者；加之袁世凱政治上並不穩固，行事低調圓滑，不漏過多把柄，反袁言論並沒有充分的事實和理論根據，這種情況下，一味鼓吹反袁，反倒讓人懷疑戴季陶等人的目的。因此，以戴季陶爲代表的國民黨激進派其言論並未被民眾所接受，反而使自己成爲別人攻擊的靶子，也不利於國民黨良好形象的樹立。

在進步黨方面，梁啓超是著名的報刊活動家，曾是清末輿論驕子，對報刊的功能有深刻的認識，也有豐富的辦報經驗。辛亥革命時期公開表示擁護共和制度，何天柱曾向其致函，「爲今日計，仍以辦一日報，以張黨勢爲要義。今日受人唾罵，而無一報以自申辯，雖有《國風》以發表政見，而不能普及於國人，此黨勢之所以不張也。……今所難者，開辦費二三萬金耳。」〔註19〕希望梁啓超能爲其籌集經費。民國成立後，梁啓超對袁世凱給予極大希望，決定與其合作，並多次向其獻策，希望他能掌控輿論，通過言論「轉移國民心理」〔註20〕。後創辦《庸言》、《大中華》雜誌等，繼續以富有感染力的文字影響國人。梁啓超作爲進步黨的精神領袖，但其言論主張仍然影響廣泛，其建國主張甚至被國民黨系的《民立報》轉載。對於起用梁啓超，粵報界曾上書袁世凱表示反對，認爲梁「託名保皇誆騙財務」「倡爲虛君位以破壞共和」，是爲「民國罪人」。〔註21〕同時雲南各報也醜詆梁啓超，但袁世凱不爲所動，毅然起用梁啓超。袁世凱非常關注國外媒體輿論，在此方面梁啓超也盡力爲袁氏牽線，「昨有日本《朝日新聞》訪事神田正雄來見，叩啓超以此後政府辦理善後之方策，啓超略告以整頓吏治綜覈名實等語。此人在日本訪事員中向算不附亂黨者，彼

〔註19〕 丁文江、趙豐田編，《梁啓超年譜長編》，上海人民出版社，1983 年，第 528 頁。

〔註20〕 丁力，《梁啓超覆楊度的親筆信》，《歷史與文物資料》第 1 期。

〔註21〕 《民立報》，1912 年 7 月 9 日，第三版，北京電報。

政府亦頗信任之……《朝日新聞》在日本最有勢力，意欲總統稍假以詞色，能約彼一見尤妙，否則亦令祕書敷衍之，何如？」〔註22〕反映了梁與袁的密切關係。梁啓超憑藉其在新聞界的影響以及其深厚的政治理論功底，其所主持《庸言》發行量很大，在民眾中有著廣泛的影響，誠如胡繩武所言，梁啓超及其追隨者的言論，「在事實上成了以原立憲派為主的擁袁勢力，支持袁世凱破壞約法搞專制獨裁，同革命黨人進行鬥爭的理論依據」〔註23〕。梁啓超回國後所發表的言論，統一了進步黨系報刊的宣傳口徑，確定了進步黨的政治目標。梁啓超也試圖借助進步黨實現其政治理想，提出聯合袁氏對抗國民黨，並用法律與輿論引導袁氏，這些都成為進步黨報刊的主要策略。

這些政黨報刊人物與袁世凱有著各種各樣的聯繫，不論是同盟會-國民黨還是共和-進步黨，袁世凱都注意與他們搞好關係。在民國元年即使國民黨激進派不斷向其發起進攻，他多數情況下依然保持包容姿態，儘管有《民意報》案，但袁世凱仍然得到多數輿論支持。他想方設法拉攏記者報人，或舉行招待會，或進行資助，而他在此時期的態度也讓很多報人對其抱有希望。如以新聞通訊著名的《申報》記者黃遠生就對袁很有好感，常以非常尊敬的口吻報導袁世凱的動態消息。但在宋案發生後，袁世凱對攻擊自己的報刊漸露真實面目，實行打壓，至二次革命後反對派報刊全部遭殃，甚至進步黨系報刊也逐漸萎縮，政黨報刊報人也受此打擊，或逃亡海外，或隱匿租界，在新聞界的影響被弱化了。

3.2 癸丑報災：政黨報刊的致命打擊

政黨報刊的發展為民初報業的繁榮增添了不少色彩，然而其自身所具有的特性——黨派性，加之整個社會環境處於異動時期，使其在快速發展時也暴露了很多問題，備受質疑，終在黨禍牽連下陷入低谷，從此一蹶不振。「二次革命」的爆發可以說是袁世凱與國民黨矛盾激化的結果，而袁世凱借由此摧毀國民黨報刊及異己報刊，企圖刷新新聞界，強化新聞控制是其既定目標。

3.2.1 報災表現

所謂「癸丑報災」主要指二次革命發生後，袁世凱政府對異己報刊的大力

〔註22〕 丁文江、趙豐田編，《梁啓超年譜長編》，上海人民出版社，1983 年，第 677 頁。
〔註23〕 胡繩武，《梁啓超與民國政治》，《近代史研究》，1991 年第 6 期，第 87 頁。

迫害，造成大量記者被捕被害，導致報業蕭條的一場災禍，1913 年農曆適逢癸丑年，因此新聞史上稱爲「癸丑報災」。其實民國元年開始就有報案發生，如與袁世凱發生直接關聯的《民意報》報案，前文已有述及，此不贅述。又如《中央新聞》案〔註 24〕，因該報揭載趙秉鈞等營私賄弊，因此爲趙所忌恨，找準時機後，藉由該報對宗社黨的不敬，以「擾亂治安」之罪對該報實行打壓，動用軍警捕拿全社人員，造成轟動一時的《中央新聞》報案。袁世凱得知此事後，頗爲不悅，斥責趙秉鈞、烏珍「該報如確係擾亂治安，查明切實，自有相當辦法，今汝等濫使職權，蔑視輿論，罪奚辭」。後雖和平了結，由此可見，趙秉鈞行爲並非袁指使，但事出內務總長之手，袁亦難辭其咎。相較於袁世凱，時任副總統的黎元洪在摧殘報社言論自由方面毫不遜色，先是對革命報紙《大江報》進行封禁〔註 25〕，企圖逮捕主筆政之何海鳴，何海鳴聞風逃走，黎元洪又「通電全國嚴緝何海鳴、淩大同，就地正法」〔註 26〕，《民權畫報》對《大江報》連遭厄運表示不滿，以漫畫揭露事實（如圖 5）；繼又將《民立報》武昌通信員冉劍虹抓捕，冉劍虹因報導武昌退伍兵風潮槍斃數人，報導有誤，

圖 5　選自 1912 年 8 月 18 日《民權畫報》

〔註 24〕《申報》，1912 年 6 月 10 日，第三版，中央新聞社員被捕續志，其中對此次事件經過有詳細記載。

〔註 25〕《大江報》在辛亥革命前因言論激烈，遭時任總督瑞澂封禁；革命後因宣傳無政府主義招致黎元洪封禁。

〔註 26〕《民立報》，1912 年 8 月 15 日，第三頁，上海各報館致黎都督電。

後更正，黎依然不饒，稱「電報造謠，搖惑人心」﹝註27﹞，本欲軍法處置，後經報界調停，判監禁兩年。此外，《民權報》案，福州的《群報》案，太原《共和白話報》案，紹興《越鐸日報》《一得報》案，廣州《廣南日報》案，四川《天民報》案等等。綜觀這些報案，在地域上，既有發生於北京者，也有發生於地方者；觀其起因，既有因報紙未能有效自律大肆攻訐致禍者，也有政府違背言論自由肆意干涉者，還有報社之間相互結怨致生枝節者。這個時期的報案特別是地方政府主導的報案，其多數爲當政者的肆意妄爲，踐踏臨時約法，破壞言論自由，對報社報導稍不如意，即命令軍警封報拿人，甚至刺殺報人﹝註28﹞。時人對此評論道：「今之在位者動輒封報館拘主筆，防人之議，禁人之論，夫防其口不能防其心，不能防其心終不能防其口。」﹝註29﹞由此可見，民國元年，新聞事業一片繁榮的背後，仍然較爲普遍地存在摧殘言論自由的不法行爲，即使報社報導失實，亦或者存在其他不當之處，完全可以依據法律程序提起訴訟，而不是動輒封報，違背共和精神。實際上仔細考察各個案，都有其具體原因，其中與袁世凱有直接關聯者爲數甚少，很多是地方當權者的行爲，包括南方各省處於國民黨勢力範圍下仍時有報案發生，而袁世凱此時仍力圖保持遵守約法、保障言論自由的統治者形象，這也是報案頻有發生而袁世凱仍然爲多數媒體所認同的原因。

　　宋教仁被刺案發生後，媒體震動，待主使者水落石出後，輿論一片譁然。此時國民黨報紙在反袁態度上達成了一致，認定袁、趙爲眞凶，要求袁、趙對宋案負責，但在具體做法上存在分歧，穩健派主張法律解決，激進派則主張訴諸武力，最後以法律解決占上風，但倒袁之宣傳並未停止。在宋案、大借款之後，袁世凱仍然力圖削弱國民黨勢力，相繼免去李烈鈞、胡漢民、柏文蔚都督之職，此舉亦成爲「二次革命」導火索。革命之前，1913 年 5 月份報界之厄運已露端倪，由於宋案發生，在案件調查過程中各種線索直與趙秉鈞密切相關，而趙爲袁之心腹，人所共知；袁世凱與此案的關係究竟如何，今天仍然是個謎題。從當時袁氏得到消息後的反應看，似乎並沒有直接參與策劃和指揮，「袁總統於二十一得宋被刺消息，大爲驚詫，至二十二午後四時袁方午睡初起，秘書等走告宋逝消息，袁愕然曰：有此事乎？即命拿電報來，及捧電報至，則陳貽

﹝註27﹞《民立報》，1912 年 8 月 17 日，第六頁，本社武昌通信員冤獄記。
﹝註28﹞《民立報》，1912 年 5 月 26 日登載《民心報》幹事黃復被刺消息。
﹝註29﹞《民立報》，1912 年 9 月 11 日，第七頁，東西南北（耐冷）。

範一電、黃克強一電、江孔殷一電，袁愕然曰：確矣，這是怎麼好，國民黨失去宋豚初少了一個大主腦，以後越難說話，遂命擬電報，擬優恤命令，此袁總統得消息後之確情也。」〔註30〕但新聞輿論對袁世凱及其北京政府極為不利，對此總統府秘書廳表示不滿，曾函達內務部：「近日京中各報對於宋案妄加批評，往往甲論乙駁，飛短流長，實足淆亂人心。查宋案既經法庭審判，將來自可水落石出，未經審判以前，照律不得登載。乃四月二十九日《國風報》《國光新聞》《中國報》任意誣衊，有萬惡政府、政府殺人、政府罪狀及民賊獨夫等字樣，應由貴部按照報律或刑律第十六章、第三十一章嚴重取締，以重秩序而安人心。」〔註31〕國民黨內部訴諸法律解決宋案已成為主要趨勢，而其報紙言論仍然激烈，謾罵之態不僅招來政府懲罰，也易失去中立報紙的同情，將自己陷於孤立之地。總統府秘書廳的態度實際上代表了袁世凱的態度，國民黨報紙向來不乏倒袁之聲，此次更藉宋案對袁世凱大加攻擊，雙方結怨已深，袁世凱也借著宋案對新聞輿論進行打壓。京師發出報界告誡令後，各地聞風而起，天津警廳亦欲干涉報界〔註32〕，廣東、杭州以煽亂之罪封閉報館，相繼停版者有北京《國風日報》、廣東《國華報》等。針對新聞界遭受的種種厄運，《申報》於同年5月8日發表時評《言論界之厄》：「北京告誡報館輿論已非廣東報紙為反對南北分裂之故，已被停刊，奈何行政官之手段如出一轍也，順我者生，逆我者死，專制國無道之群也，……無論中央與地方，無論官僚派與平民派，其抑壓摧殘逆己之言論則一。」

　　隨著宋案的進展，南北雙方矛盾日漸激化，不僅表現在言論上的對峙，也反映在實際的政治生活中，南北分裂的謠言不脛而走，為此袁世凱政府加強了書信檢查的範圍和力度，「對於各種電函異常嚴重，或停止發送，或變更電碼，尋常郵件亦未免浮沉。」〔註33〕尤其是變更電碼，梗塞郵政，嚴重侵犯了民眾的書信自由秘密權。革命未發之際已然形成了緊張之勢，不僅對報刊言論大力偵察，還對人們的書信內容進行檢查，沒有戒嚴之時有此行為，遭到了中外報刊的反對。5月初倪嗣沖已「豫備整師」，更有報導「袁總統與國民黨戰爭之時機即在目前，中國非遭內訌即須由個人治理，

〔註30〕黃遠庸，《宋豚初君死後之觀察》，《遠生遺著下》（影印本），北京商務印書館，1984年，第93頁。
〔註31〕《申報》，1913年5月12日，第三版，京師警察廳之通告。
〔註32〕《申報》，1913年5月13日，第六版，要聞二。
〔註33〕《順天時報》，1913年5月22日，侵害書信秘密權。

二者必居其一」〔註 34〕。到了 6 月份，國民黨表面上表示擁護中央，實際上已在準備戰事；而袁世凱也在暗調兵力，準備對國民黨勢力進行打壓。全國的氣氛都在緊張之中，此時報紙報導稍有出入即招致災禍，廣東《粵聲報》因登載「武漢遊客談」，且係轉載上海報紙，但警廳認為「多造謠之言，煽動南北惡感，不一而足」，轉奉都督勒令「永遠停版」。〔註 35〕6 月以來，報界被干擾情形常見諸報端，警廳未按法定程序隨意搜查通信社，嚴重干擾正常新聞業務，如京師警察廳搜查北京通信社，遭到了通信社強烈抗議；蘇州出現流氓搗毀報館事件；杭州《漢民日報》因登載聚賭案牽涉當權者，記者邵振青（即邵飄萍）被圍捕等等，針對種種干涉新聞自由，任意踐踏新聞權利，擾亂秩序的不法行為，《申報》曾發出感歎，「自今以往，我同業將畏軍警、畏學生、畏女偉人、畏暴烈分子、畏流氓，夫至於畏流氓我言論界尚有立足地耶。」〔註 36〕表達了在中央政府存在的前提下，報界已得不到合法的保護，備遭蹂躪的現實。儘管不是袁世凱直接所為，但這種普遍發生的打壓報界的行為，已經越出了政黨報刊的範圍，在其統治之下公然出現這些不法行為，他並沒有制止，而是默認，甚至縱容，袁世凱負有無可推卸的責任。

　　1913 年 7 月中旬李烈鈞湖口起義，宣佈江西獨立，二次革命正式發動。此後各地相繼進入警戒狀態，先後宣佈戒嚴。革命發生後，國民黨被定為亂黨，其政黨報刊相繼遭到封殺停版，報人多被捕被殺。袁世凱政府對報刊的迫害主要有以下幾種方式：首先，禁售「叛黨」報紙〔註 37〕，警察廳發出命令不得售賣叛黨報，「邇有民權、民立、民強各報專為亂黨鼓吹異說，破壞民國，捏造事實，顛倒是非，信口開渠，肆無忌憚，亟應嚴速禁售，……凡民權、民立、民強暨亂黨各種機關報紙均即禁止售賣。」〔註 38〕由此對國民黨的各種報紙都視為非法，全面禁售；其次，禁郵擾亂民意之報。此禁郵較禁售已擴大範圍，「擾亂民意」的解釋可有多種，只要政府認為擾亂民意皆可禁郵，不論「亂黨」與「非黨」，因此打擊範圍進一步擴大。再次，實行新聞檢查，以特殊時期為藉口，對報章內容進行檢查，包括來往通信電函等，嚴重

〔註 34〕《申報》，1913 年 5 月 1 日，第二版，譯電。

〔註 35〕《申報》，1913 年 6 月 8 日，粵東言論界又起風潮。

〔註 36〕《申報》，1913 年 6 月 13 日，第三版，雜評。

〔註 37〕《時報》，1913 年 8 月 5 日，第七版，警察廳禁售叛黨報。

〔註 38〕《申報》，1913 年 8 月 5 日，第七版，專電。

干擾了正常通信秩序，侵犯自由權利。第四，捕殺報人，《民主報》總編輯仇亮在癸丑之役被捕入獄〔註39〕，《愛國報》主筆丁保鈞（譯音）（即《正宗愛國報》社長丁寶臣，筆者注）以「助匪」罪被捕，被判爲死罪並處決，「報界爲之大震」〔註40〕。《正宗愛國報》政治上向來保守，因一篇時評惹惱當局丁因之而被捕被害。至此，捕殺報人的範圍已經超出黨派的局限，使報界爲之恐懼，一般報刊紛紛收緊言論。第五，封閉報館。革命發生後，在北京，《亞東新聞》、《民國報》、《民主報》等國民黨系報紙相繼被憲兵查封，《京話日報》因觸怒權貴而被封禁；地方上，福建封閉三報，四川封閉四報，浙江的《東甌日報》《越鐸報》、蘇州的《錫報》都相繼禁閉。在大封報館的同時，北京城內大捕議員，將國民黨中與革命派關係密切的議員進行逮捕，對於袁世凱政府大規模摧殘異己報紙、逮捕議員之舉，部分中立報紙表達了不滿，「議員代表民意，報館代表輿論，至尊嚴者也。有喪失其代表資格者，則按法律上之手續裁判。」〔註41〕第六，以戒嚴之名盡肆摧殘報業。江西宣佈起義後，北京於 7 月 21 日頒佈戒嚴令，「數日以來軍警干涉政治異常激烈，共和景象俄然掃地，政界情形極爲暗淡。蓋政府對於國民黨早已決意壓迫言論機關，所有《日日新聞》《亞東時報》《民主報》《民國報》等相繼停版，所剩《中央新聞》亦有岌岌可危之勢。所謂言論之自由，出版之自由均遭摧殘，剖擊之災至於國民黨集會結社之自由，亦受絕大壓力。」「京師頒佈戒嚴命令後，逮捕案及停止報紙出版等事日有所聞。茲於日前警察廳偵緝隊兵等在丞相胡同《民立報》館內逮捕張姓一人，係陝西籍，並於是日復將《愛國報》總理丁寶臣捕縛送軍政執法處。」〔註42〕此外，南方五省國民黨勢力被打垮後，袁世凱派親信出任各省都督，如以湯薌銘爲湖南都督，湯到湖南後，爲附和逢迎袁世凱，「殘酷屠殺國民黨人，所有國民黨系的報紙全部被查封」〔註43〕，地方報紙大受摧殘。

由於人心思穩，國民黨主導的二次革命並沒有像辛亥革命那樣一呼百應，反而在厭亂的社會心理下，使國民黨處於孤立地位，大肆鼓吹革命的言

〔註39〕王建中，《洪憲慘史》，上海書店出版社，1998 年，第 5 頁。

〔註40〕《時報》，1913 年 8 月 21 日，第二版，特約路透電。

〔註41〕《申報》，1913 年 8 月 30 日，第十版，雜評。

〔註42〕《順天時報》，1913 年 7 月 24 日，第九版，北京政界之暗淡；8 月 6 日，第九版，戒嚴聲中之近聞。

〔註43〕陶菊隱，《記者生活三十年》，《新聞研究資料》1979 年第 1 輯。

論也招致民眾的反感，因此在袁世凱優勢兵力下，「革命」的結果很快見分曉。國民黨的失敗一定程度上反映了其政黨報刊宣傳策略的失當，革命的失敗更導致國民黨被取締，成為非法政黨，政黨報刊體系完全被破壞，「革命報紙和同情革命的報紙全部被封，北京報紙只剩下二十多家。」〔註44〕袁世凱借著革命之機，對反對派報刊痛下殺手，以此加強新聞控制，進而加強中央集權，統一輿論。隨著國民黨的全面潰敗，袁世凱的志氣得到張揚，11月5日竟下令解散國民黨：「既據發現該國民黨本部與該黨議員勾結為亂各重情，為挽救國家之危亡，減輕國民之痛苦計，已飭北京警備地域司令官將該國民黨京師本部立予解散，仍通行各戒嚴地域司令官、各都督、民政長轉飭各該地警察廳長及該管地方官，凡國民黨所設機關，不拘為支部、分部、交通部及其他名稱，凡現未解散者，限令到三日內一律勒令解散，嗣後再有以國民黨名義發佈印刷品、公開演說或秘密集會者，均屬亂黨，應即一體拿辦，毋稍寬縱。」〔註45〕此命令一出，國民黨已無立足之地，其出版物更無生存空間，當然遭受橫禍的不只國民黨派報紙。「據統計，在軍閥、官僚的摧殘下，到1913年底，全國繼續出版的報紙只剩下139家，和民國元年的500家相比銳減了200多家。北京的上百家報紙只剩下20餘家。」〔註46〕報業受災情況可見一斑。現將癸丑年報刊停刊情況列表如下（見表5）：

表5　癸丑年（1913年）停版（或被干涉）報刊列舉

序號	報　名	所屬黨派	出版地	停刊日期	停刊（被干涉）原因
1	《新醒報》		廣州	1913年3月13日	因登載陳景華外交之一般，觸怒當局，被勒令停版。
2	《國風日報》	國民黨	北京	1913年5月12日	發傳單捏稱財政總長周學熙已逃，被封。
3	《國華報》		廣東	1913年5月6日	因登載李烈鈞事，被警廳勒令停版。
4	《國光新聞》	國民黨	北京	1913年5月	遭百餘軍警搜查被迫停刊三日。

〔註44〕曾虛白，《中國新聞史》，三民書局印行，第267頁。

〔註45〕鳳岡及門弟子謹編，《三水梁燕孫先生年譜》（上），中華民國三十五年再版二十八年初版，第160頁。

〔註46〕方漢奇主編，《中國新聞事業通史》（第一卷），中國人民大學出版社1992年，第1048頁。

5	《民意報》	國民黨	天津	1913 年 5 月 26 日	被軍警搗毀而停刊。
6	《湖南公報》	共和黨	湖南	1913 年 5 月底	因黨爭被炸。
7	《天鐸報》	國民黨	上海	1913 年 5 月 28 日	因經費困難停刊。
8	《粵聲報》		廣東	1913 年 6 月初	因登載「武漢遊客談」，煽動南北惡感，被飭令永遠停版。
9	北京通信社			1913 年 6 月 8 日	警隊以該社藏有煽惑軍界之印刷物為由，進行搜查。
10	《漢民日報》		杭州	1913 年 6 月 13 日	登載聚賭，其中有長浙江司法籌備處參與賭博，記者邵振青被捕。
11	《自由日報》		漢口	1913 年 6 月 27 日	被湖北當局查封。
12	《民國日報》	國民黨	漢口	1913 年 6 月	以窩藏軍械為由，黎元洪派軍警強行查封
13	《四川日報》	共和黨	四川	1913 年 8 月 10 日	因登載論說與事實不符，當局迫令停版。
14	《國民公報》	共和黨	四川	1913 年 8 月 11 日	四川政府以妄評政事，下令封禁。
15	《討報》		湖北	1913 年 9 月	呈請立案時即被勒令停止出版。
16	上海工部局取締租界內華字報紙			1913 年 9 月	煽惑聞聽。
17	《愛國報》		北京	1913 年 8 月 7 日	以暗助匪黨，被警局停止出版，主筆丁寶臣被殺。
18	《進化報》		北京	1913 年 8 月 7 日	
19	《民主報》	國民黨	北京	1913 年 7 月 23 日	因著論謂人民有革命特權載在約法，遭憲兵搜查，被停版。同被搜查的還有《亞東新聞》。
20	《越鐸報》		紹興	1913 年 9 月	因評論地方事件因當局不滿被封。

21	《公言報》		常州	1913 年 9 月 10 日	當局以附和亂黨迫令停刊。
22	《實報》		香港	1913 年 9 月	主筆被押。
23			成都	1913 年 8 月	都督封閉主亂報館四家。
24	《中華民報》	國民黨	上海	1913 年 8 月 20 日	中央政府以該報捏造事實，函請公共公廨傳該報總理及編輯人到案訊究。
25	《長沙日報》、《國民日報》	國民黨	湖南	1913 年 8 月 14 日	湖南取消獨立後，該二報以改組為由，自行停版。
26	《四川民報》、《四川正報》、《憲演報》、《人權報》	國民黨	四川	1913 年 8 月 24 日	以搖惑人心為由，警廳特令停止出版。
27	《民報》、《共和報》、《群報》	國民黨	福建	1913 年 8 月 29 日	福建取消獨立後，此三報並未改變宗旨，中央下密電，封禁嚴拿。
28	《東甌日報》		溫州	1913 年 8 月 15 日	被當局以妨害治安之名強行查封。
29	《錫報》		無錫	1913 年 8 月 30 日	當局封禁
30	《蘇州日報》		蘇州	1913 年 6 月 10 日	流氓搗毀。
31	《民話日報》	超然派	山東	1913 年 11 月 24 日	因其為國民黨報被封鳴不平，被警廳下令封禁。（注：濟南國民黨報刊被封閉盡淨）
32	《國報》	曾親袁	北京	1913 年 9 月 8 日	持論太過激烈，禁止出版。
33	《京話日報》		北京	1913 年 7 月	因觸怒權貴被封。
34	《超然報》		北京	1913 年 10 月 13 日	因報導「毀壞軍人名譽」，被停止出版。
35	《民國西報》	國民黨	上海	1913 年 11 月 6 日	因反袁宣傳被令停刊。

注：此表信息主要來源於兩部分，一是筆者查閱報刊資料時所獲得的信息，一是方漢奇主編《中國新聞事業編年史》（福建人民出版社，2000），其中某些報紙的停刊日期主要以新聞報導日期為準，因此可能存在誤差。

在此時期，進步黨系報刊與國民黨報刊處於對立狀態。宋案發生後，國

民黨報刊一味主張討袁，意圖營造討袁輿論，迫使袁世凱下臺，對此進步黨報刊一一批駁，使國民黨陷於被動地位，爲袁世凱辯護。儘管如此，共和-進步黨報刊在此次「癸丑報災」中亦受波及，如四川共和黨機關報《四川日報》因論述失實，發生編輯辭職，報紙停版事件；同是成都共和黨報紙《國民公報》因對成都戒嚴發表意見，被當局封禁。〔註47〕但進步黨的政治理念與袁世凱官僚派有著根本的區別，雖然他們在反對國民黨上暫時達成一致，但目標實現後他們之間的裂縫也愈見明顯。進步黨希望維護國會，建設共和政體，當 1913 年 8 月 27 日袁世凱以私通亂黨名義逮捕八名國民黨參眾議員時，《大共和日報》發表評論「曷不聽正式之法庭提起公訴，迨數研也，情罪確無相當，而後露之於法庭，不更足以間執人人之口呼？藉口慮機泄，被其兔脫，則非正式之法庭，以所得之證據，立密告正式法庭，即時履行正當之手續，豈遂懼有不及乎？」〔註48〕《時事新報》也對此做法表示質疑，謂「內亂何等事，議員何等人，奈何以不明確不完全之證據，武斷其罪。縱曰其辭可信，亦當權其輕重，略爲區別，於懲治奸逆之中，仍寓尊重司法之意。」〔註49〕袁世凱發佈解散國民黨命令，取消國民黨籍議員資格後，國會因法定人數不足而無法召集會議，實際上國會被無限期擱置了。對此進步黨報刊也表達了不滿，《亞細亞日報》指出這種做法最終會使政府失去國民的支持，「今吾國雖名爲民主共和國，然國民並無勢力，因國民無勢力之故，遂令政府獨有勢力。一國家僅政府有勢力，則爲無基礎之樓閣，以其無國民眞勢力爲之後援，一遇他國政府有基礎之勢力，必立見退屈，何則，今日世界國家團體競爭，非有國民勢力爲基礎之政府，必至對內則現勢力，而對外則不現勢力。夫至對外不現勢力，亦終必之而已矣。」〔註50〕隨著袁世凱就任正式大總統，以《中華民國約法》取代《臨時約法》確立了總統制，其專制傾向日益明顯，進步黨人對之愈加不滿，但又無力與之對抗，加之袁世凱加強對報界的控制，進步黨的主要報刊也受到壓迫，縮小政論篇幅，或者乾脆取消政論和時評，《大共和日報》在袁氏壓迫下宣佈停刊，昔日進步黨的重要報紙《亞細亞日報》則被袁世凱控制，淪爲其御用機關，遭人詬病。

〔註47〕《申報》，1913 年 9 月 2 日，第六版，渝警聲中之成都。
〔註48〕《大共和日報》，1913 年 8 月 29 日，告有捕人權者（歎）。
〔註49〕《時事新報》，1913 年 9 月 4 日，議員身體自由權之比較（希冀）。
〔註50〕《亞細亞日報》，1913 年 11 月 5 日，勢力者人造者也（少少）。

3.2.2 報災成因分析

　　一直以來學界將「癸丑報災」出現的原因歸結爲袁世凱加強專制獨裁統治對新聞事業大肆摧殘的結果，這種說法有其合理性，但也具有簡單化傾向。任何現象的出現都有其背景和原因，而且深層的原因往往較爲複雜，癸丑報災也不例外，表面上借著國民黨發動「二次革命」、宣佈獨立之機，袁世凱及其政府實行高壓手段，對異己報刊毫不留情地封閉取締，甚至捕殺報人，造成言論界一片恐慌，使得新聞界在以後的一段時間內較爲沉寂；實際上仔細分析民元以來報界的行爲，尤其是政黨報刊在報界自律、新聞道德、言論自由的把握等方面，都有一定失當之處，甚至常有過激行爲，前文已略有述及，此小節做一專門分析，從而使我們對這樣的結果有一個全面認識，保持客觀判斷。

　　民國元年在新制度新政策的刺激下，報業呈現出繁榮之象，但是除了商業性大報及外人在華報刊外，其餘報刊多數依附於黨派之下，難以實現眞正的言論自由和思想獨立，某些層面上相較於清末一定程度上具有退化傾向，例如在民眾互動層面上，清末各政治派別所創辦的報刊側重思想啓蒙宣傳，爲推翻腐朽的清政府、爭取民眾支持，特別注重與民眾的互動，創辦白話報刊，設閱報社、宣講所，企圖動員民眾政治參與意識；民國建立後，清王朝退出了歷史舞臺同時也使各黨派頓時失去了共同的敵人，因此他們轉而投入激烈的政治運動中，尤其是以報人爲代表的知識精英走上層路線，聚集北京，逐漸脫離民眾，以黨派爲據點，蕭殺於筆墨間，這也使其所具有的民眾關懷意識逐漸淡漠，因而在實際的報刊活動中未能繼續實現其政治理想宣傳，將過多精力投入到權力爭鬥中，這使得政黨報刊過度注重「上」的層面，目光也變得短淺起來，除了掀起一輪勝過一輪的政爭外，似乎沒有更多的作爲，而且對自身發展的反省與思考也變得浮躁，一定程度上脫離了民眾。面對激烈的黨爭，民眾對政黨報刊的言論變得懷疑，在「宋案」和大借款兩事發生後，「其和平派爲政府洗刷，其暴烈派極力攻擊政府，而一般普通人則以其中含有黨見，均不深信兩方面之言。」〔註51〕政黨報刊在革命後的建設時期並沒有建立自己的權威和價值體系，沒有贏得民眾的信任。

　　民眾對政黨報刊猶持懷疑，反映了政黨報刊存在的問題。在統治者袁世凱心中，政黨報刊同樣沒有留下良好印象。首先是各黨派的分分合合，革命

〔註51〕《申報》，1913年5月11日，第七版，普通人之輿論。

後各小黨紛紛建立，「未幾而共和黨合諸黨而成一大黨，國民黨亦合諸黨成一大黨以爲之敵，進步黨又合共和、統一、民主三大黨以與國民黨敵。」〔註52〕反映了政黨變幻無常。政黨間的紛爭常使得日常政務受到干擾，使政局呈現出紛亂局面，袁世凱爲此多次公開表示不滿，「談及中國危險情狀，總統頗憤慨，謂民國建設伊始，而近日黨派紛紜，不能同心合力建造鞏固國家，奴隸牛馬之禍恐終不免。余決不忍久戀此位，使民國自我手斷送云。」〔註53〕亦曾發出訓令，要求各黨派以國家大局爲重，勿啓黨爭，「政黨對於國家有重要之關係，且能使國利民福」「各政黨以後當以愛國爲前提，勿生意見，勿啓黨爭。」〔註54〕而作爲政黨宣傳機關的政黨報刊，更是以黨爭爲中心，相互攻擊，尤其是國民黨報刊對袁世凱一直存有戒心，對其常常惡言相加，不顧其身份地位以及事實情況，常對以「風聞」得來的消息進行評價推測，因而在與進步黨系報刊論戰時常陷於被動。《民權報》主筆戴天仇曾公開倡言「罵人報可以賣錢」〔註55〕，反映了國民黨激進派報人的過激態度。國民黨報刊還常以「盜賊」「叛逆」指稱袁世凱，對其進行人身攻擊，毫無顧忌，對此同系統穩健派報紙《民立報》主筆徐血兒著論呼籲「對於總統決不可持謾罵之態度」，指出「總統非神聖，其有過失亦當然之事，國民於其過也，天賦以監督之責，何可自棄，惟先挾一私心，無論何事皆以謾罵。……夫規總統之過亦必須爲總統稍留餘步，與以自新之地。」〔註56〕反映了政黨報刊主要是國民黨報刊對袁氏的謾罵之態，也反映出某些政黨報人將報刊的功能窄化，充作罵人工具，降低了報格和人格，對此袁氏並沒有「寬大」到毫不追究的地步。對於《民意報》的屢屢攻擊，袁也曾託人從中運動希望不再攻擊他，但《民意報》不爲所動，依然我行我素，終招致袁世凱逐出租界的處罰。對袁世凱的人身攻擊在宋案後達到了高潮，終使國民黨與袁氏公開決裂。「宋案」發生後隨著調查的開展以及各種證據的曝光，案件似乎與趙秉鈞有著直接關聯，也與袁世凱有一定關係，對此《民立報》《民權報》《中華民報》等報接連發表《綜論大暗殺案》、《數袁世凱十大罪布告國民》、《哀袁趙》、《普天同憤》、《討袁世凱》等文章，以「袁犯」「趙犯」稱呼袁世凱與趙秉鈞，

〔註52〕《申報》，1913 年 6 月 13 日，第二版，論黨。
〔註53〕《民立報》，1912 年 6 月 13 日，專電。
〔註54〕《民立報》，626 號。
〔註55〕《民立報》，691 號。
〔註56〕《民立報》，692 號，第二頁，論國民對於總統決不可持謾罵之態度（血兒）。

在眞相未公佈前這種稱呼顯然有侵犯司法獨立之嫌，當然也具有攻擊性質，沒有尊重他人人格，國民黨報紙後來也意識到了這一點。但已種下此因，待革命發生後雙方已形成對立之勢，非你死就是我亡，遭此厄運也是可想而知了。

　　政黨報刊受此嚴厲摧殘，除了對袁世凱個人攻擊招致打擊外，反觀政黨報刊自身也存在著諸多問題，不能堅守新聞操守，常干預政事，還對政府大肆攻擊，彼此間相互討伐，一定程度上喪失新聞道德，未能很好把握社會主要矛盾，時人對當時言論界道德水平也極力批判諷刺（如圖6）在新聞報導上也沒能很好地把握尺度，將一些機密事件洩露，招致當權者的不滿。民國元年俄國加強對我國的侵略，企圖與外蒙簽訂《俄蒙協議》，遭到國人一致反對，

圖6　選自 1912 年 7 月 19 日《申報》

迫於當時的財力和國力，袁世凱試圖通過外交途徑緩解邊疆危機，革命黨人則一致指責袁世凱北京政府應付無方，報界對政府的指責之聲愈益強烈。面對這種情況《民立報》曾發文《因事敬告國民》，呼籲「勿徒責政府，勿再持黨見」，指出「政府北徙未及一年，中間黨派之紛紜，人心之危疑，內閣之動搖，言論之披猖，政府方調停補苴之不暇，加以國帑空虛，外債稽延，坐視邊圉，徒長歎息。嗚呼，敗朕方兆之日，國民獨以盛氣爲蕭牆之爭，及事機已失，始瞠目括舌，相爲奇駭，至於斯竟，惡袁者猶宣言袁之罪，惡內閣者

猶思傾覆內閣。」〔註 57〕不僅在蒙藏邊疆問題上，政黨報刊大肆攻擊政府，在大借款以及解散軍隊等問題上也大做文章，招致政府惡感。政黨報紙間的黨同伐異更是令其自毀形象，時人有云「政黨與新聞乃置國民於腦後，日以攻擊異己者為事，嘲笑謾罵於人何傷，徒自貶損其聲價耳。」〔註 58〕他們不追求新聞紀事確實詳盡，筆墨之戰常常發展為武力械鬥，如共和黨的《大自由報》與國民黨的《國民報》由筆戰發展到武鬥，「現北京報界黨見分歧，機關各異，往往肆意謾罵，反唇相譏，積釁累嫌，儼同仇敵。大自由民國兩報連日筆戰，互為攻訐，昨下午七時民國報經理率四五人至大自由報館，將廳中器具搗毀，大罵而去。」〔註 59〕同樣上演武戲的還有《亞東新聞》、《國風日報》等國民黨系報紙對《國民公報》的攻擊，在言論難以表達其情緒時，竟動用武力，這也是民初報界的怪亂現象之一。地方上政黨報刊間的鬥爭也很激烈，在國民黨佔據優勢的省份，其他黨派的報刊就會遭受排擠，如湖南共和黨機關報《湖南公報》曾遭受國民黨投放炸彈，後國民黨「又聚眾打毀，將其封閉。」〔註 60〕二次革命失敗後，湖南取消獨立，國民黨人四散逃去，《湖南公報》又得以復活。這些無不反映政黨報刊深入捲入黨爭之中，將報刊本身具有的本職責任拋諸腦後。

對於當時報界出現的各種亂象，如肆意謾罵、相互毆打等，一些清醒的報人有深刻的認識，指出言論界的根本病痛為「主持論壇者，強半無純潔之道德」〔註 61〕，提出了報人的道德問題，這也是很多學者對民初報界不以為然的緣由。其後又提出改造言論界的主張，「最近言論界之弊，謂其感情用事，意氣偏激，與夫拘於成見蔽於黨爭，以及鼓吹暴動，破壞大局」，提出改造之法「求之道德」。〔註 62〕在言論自由的旗號下，各政黨報紙對自由的肆意運用，不僅引起當局的不滿，報界同仁亦對此而憂心忡忡，「論今日之言論自由殆為新聞家所獨享矣，然以自由太過之故，往往以自己之自由侵奪他人之自由，軼出範圍之外，沖決突法律之常。黨爭以之而愈劇，是非以之而愈淆，秩序以之而愈亂，人心以之而愈險，官僚假之為利祿之媒，姦人憑之為敲詐之具，

〔註 57〕《民立報》，755 號，第二頁。
〔註 58〕《民立報》，740 號，第二頁。
〔註 59〕《民立報》，1912 年 7 月 9 日，北京電報。
〔註 60〕《申報》，1913 年 8 曰 6 日，湖南公報之復活
〔註 61〕《民立報》，1912 年 11 月 4 日，言論界之根本病痛（血兒）
〔註 62〕《民立報》，1912 年 8 月 25 日，改造言論界（嘯秋）

野心家把持之爲卷起風雲之地，詐術者利用之爲唆使鷸蚌之爭。」〔註63〕由此可以看出黨派報刊對於新聞自由的濫用，招致同仁不滿，特別是宋案發生後，報界的討伐之聲此起彼伏，「鼓吹內訌，激動兵禍，不惜犧牲四百兆生靈之姓名，以快其一二人筆墨齒牙之私，險毒極矣。言論自由之禍可謂甚矣。」雖然此語未免有些偏激，但也反映出新聞界對於言論自由的理解與實踐存在著很多問題。

　　由以上分析可以看出，「癸丑報災」的發生主要是袁世凱以國民黨叛亂爲由下令全面封停反對派報刊的結果，其實背後也存在著深刻的原因，即報界自身在新聞業務上的放鬆，在道德操守上的失範，對新聞自由權利的濫用，缺乏深刻的反省精神，過度干預政治生活，深深捲入黨爭漩渦，沒有建立民眾信任和立論權威，因而即招致當權者的不滿，也引發民眾反感，使自己處於被動難堪之境。以上報界的這些行爲在成熟的西方民主政體下可能習以爲常，但畢竟民國初年處於新舊社會過渡時期，報界對自身的言行須有一定的自律，需講求策略；政府對報界更有所要求，這也是歷史的局限性。前文已有說道在民國元年袁世凱對報界的各種行爲多採隱忍姿態，他在觀察，引蛇出洞，再等待時機；於此同時，言論界對自由的濫用也導致自由危機的發生。二次革命時，政府藉由「亂黨機關刊物」「危害治安」等名從而名正言順的進行封殺。遭此禍連的還有一些保守派和非黨派報刊，爲此袁世凱政府遭到輿論的反對和譴責。對報界的打壓不僅在國民黨報刊，此後袁世凱全面收緊新聞政策，其他政黨報刊在此環境下逐漸萎縮。而同時期一些中立商業性報刊較少受到牽連，他們專注於自身業務發展和建設，並且取得了一些進步。

3.2.3 災後政黨報刊生存狀況的考察

　　受政治命運牽連，國民黨報刊經此打擊大多被迫關閉，另有少部分或移師租界尋找庇護，或宣佈停刊。在擊退國民黨後袁世凱加強中央集權建設，實行總統制，政黨幾失其作用，規模逐漸縮小，又實行輿論高壓政策，部分報界精英選擇蟄伏，進而政府反對派失去了對公眾發表意見的途徑。報業在一定程度上出現了倒退現象，經此一劫言論自由大受摧殘，對此一般中立報紙呼籲道「此後政府既注意刷新政治，似宜與新聞記者以言論之自由」，「政

〔註63〕《大中華民國日報》，1913 年 7 月 21 日，蔵新聞家（愚者）。

府雖亦未嘗爲嚴格的束縛，然爲政治風潮所迫壓，則言論界不覺日就退縮」。
〔註64〕癸丑年之後新聞業整體上缺乏活力，「論說時評日漸減少，即新聞之登
載亦往往只紀事實」〔註 65〕，對政府行爲失去評說動力，由此也反映了政黨
報刊的一般面貌。雖然國民黨報紙並沒有完全被封閉，但在政治和輿論政策
的雙重高壓下他們不敢也不願多說，有些甚至因經營困難，難以實現自給而
自行倒閉，如 1913 年 11 月 7 日《中華民報》在《申報》刊登廣告，宣佈破產，
報社因之解散。

　　熊希齡內閣的倒臺標誌著喧嘩一時的政黨勢力基本退出了政治舞臺，但政
黨活動還在延續。國民黨主要成員逃亡海外後，仍在積極活動宣傳反袁鬥爭。
進步黨一度與袁世凱走得較近，但隨著癸丑年末袁世凱獨裁勢力的強化，他們
也開始反思政黨政治實踐，逐漸與袁氏漸行漸遠，走上了保衛共和的道路。進
步黨派報刊雖未大規模遭受迫害，但在輿論政策高壓下，難以充分表達政治訴
求，有些報紙迫於壓力宣佈停刊。以報刊爲代表的公共領域漸入低谷，但以報
人爲代表的新式知識分子，轉而嘗試精英圈內的重組，如國民黨和進步黨部分
人士需求合作，創辦《正誼雜誌》，尋求和平改造政治的途徑，以維護共和政治；
面對言論道路的艱難，一部分知識分子投身青年啓蒙以及文化建設，爲日後新
文化運動的展開奠定了基礎。在民國三至四年間，鑒於激進宣傳的失敗，國民
黨中的穩健派與進步黨中的國會派合作，繼續爲維護共和制度與袁氏據理力
爭。但在袁氏稱帝時各黨派報刊又聯合起來共同討伐。由此看來，政黨報刊在
癸丑之後仍然在發展，只是逐漸轉向內省，趨於理性。

3.3 政府與媒體關係研究

　　從民初政黨報刊發展的命運可以看出媒體與政治間的深層關係，政黨
將報刊作爲政爭的重要工具，並將其陷於政治漩渦之中，政府對於媒體過
度參與報導或評議政治活動表示不滿並企圖限制。一方面政黨並沒有領會
政黨政治的深刻含義，常使自己洗脫不了意氣之爭之名；另一方面，政府
處於現實政治需要，極力加強中央集權，也希圖借助媒體實現統一輿論的
功效。

〔註64〕《申報》，1914 年 5 月 11 日，第三版，今後之報界與政黨。
〔註65〕《申報》，1914 年 5 月 12 日，第六版，報界某君上徐相國書。

3.3.1 袁世凱政府新聞輿論政策與措施分析

　　袁世凱從晚清開始就不斷與新聞媒體打交道，與很多新聞記者建立了良好的私人關係，辛亥革命時期也得益於中外媒體對其形象的良好塑造。民國成立後，作爲國家最高元首，其在新聞政策上的一舉一動都將極大影響新聞事業的發展。因而考察其新聞輿論政策對於我們認識袁世凱與新聞事業的關係有著極爲重要的意義。

　　民國元年作爲臨時大總統，袁氏基本上維持了南京臨時政府的新聞策略，尊重言論出版自由，同時報業的發展與聯合也使袁世凱看到報界力量不可小覷，特別是報界聯合反對南京臨時政府內務部頒佈的暫行報律，迫使政府做出讓步。袁世凱就任臨時大總統後曾宣布滿清各項律令未經民國認可一律無效，這其中也包含了對《大清報律》的廢止。在此背景下，新聞事業的發展獲得了較爲自由的空間，但政府與報界間的緊張關係時而出現。袁世凱非常關注國內外的新聞輿論，尤其是國外方面，因此有閱報習慣以掌握輿情狀況，他曾要求報紙慎重紀載，「昨袁總統以各報對政府計劃，每盡情宣洩。特諭國務院以後關於交涉邊防事槪不准泄露，並由內務部通知報館慎重登載。」〔註 66〕這是袁世凱對報紙報導範圍限定的明確指示，也反映了政府工作中信息保密不到位，同時對於何事可報何事不可報沒有明確界定，使新聞業者難以適從。同樣，對於政府大借款各報進行了報導，袁世凱也甚爲不滿，於是警廳出面干涉，要求報紙嚴守秘密，反映了政府未能與報界進行及時有效溝通，以及對報界的不重視。後爲了統一口徑，國務院設立新聞記者招待所，然而到了民國三年有記者上書徐世昌，其中談到「外邦所以珍重報紙之意而尊重其獨立自由，國事有不甚須秘密者，則宜公開之，不必如今日國務院記者招待所之類形同虛設。」〔註 67〕可見政府對於新聞界並沒有給予足夠的重視和尊重，設立記者招待所只是爲緩解政府和新聞界的矛盾。有關「宋案」和「借款」的新聞，內務部更是告誡各報館禁止刊登〔註 68〕。二次革命時期袁世凱接受著名記者黃遠生建議，於內務部設置特種機構專門檢閱報紙，同時警察廳也設有專員檢查報紙言論，由此加強了新聞檢查力度，亦從此開始，袁世凱對新聞言論的控制再也沒有放鬆。同時，黃遠生還建議「今

〔註 66〕《民立報》，1912 年 12 月 2 日，第五頁，慎重報紙紀載。
〔註 67〕《申報》，1914 年 5 月 12 日，第六版，報界某君上徐相國書。
〔註 68〕內務部發出部令，認爲各報館對宋案、借款多所誤會，不問是非，肆意詆毀。宋案應候法庭判裁，借款亦有國會主持，不得飛短流長，徒逞胸臆。

日宜特組織一新聞通信機關，整齊一切論調及記事」。〔註69〕這些建議對袁氏有較大影響，為其以後有關新聞政策的制定（比如新聞審查制度）提供了指導。除了打壓報界外，袁世凱政府還通過資助、津貼、收買等方式加強對新聞輿論的控制，如熊希齡曾出面以十二萬元收買《申報》〔註70〕，未獲成功。

在打垮國民黨勢力後，袁世凱加強中央集權的同時亦開始對各行業制定一系列的法規和條例，《報紙條例》便是其中的一項。1914年4月2日公佈，該條例參照日本新聞紙條例而制定，一些規定更為嚴格。該條例代表了袁世凱政府的新聞政策，新聞界對關乎自身發展的政策法規尤為關注。在報紙條例正式公佈之前已有相關新聞報導，主要反映了一種擔憂心態；待正式公佈後，又掀起了一股議論熱潮，一是辦報條件的嚴格限制，引起報界的不滿；二是對報導範圍的界定較為模糊。各報不斷針對這些問題發表討論文章，表達對報紙條例的不滿。京中報紙尤為激憤，針對條例中規定「外交、軍事之秘密及其他政務，經該管官署禁止登載者，報紙不許登載」，〔註71〕北京日報等報館聯合上書國務總理，要求明白曉示辭意範圍，並進行駁斥，「夫外交、軍事之秘密禁止報紙登載，固各國所同，但未聞有於軍事、外交秘密工作以外，禁止登載普通政務之例」，「推其勢之所至，官廳即有違法溺職事件，亦無不可以命令禁止報紙之登載矣，其結果必致使輿論無議論行政之餘地，而政治向何有挽回補救之可期」。〔註72〕面對輿論的質問和不滿，陸軍部為解釋報紙條例，擬定軍事秘密範圍並呈報袁世凱，但有關規定依然模稜兩可，報界對此極為失望。依據新的報紙條例，警察機關可以「妨害治安」之名任意干涉。鑒於癸丑前車之鑒，《報紙條例》頒佈後各報館更是噤若寒蟬。時人對此有所描述：「迄於國軍戰勝，內閣廢除，國會取消，總統當制，雖不免於群疑滿腹，眾難填胸乎。而除謳歌外無民聲，除頌揚外無文字，除唯諾阿順外無主張，……此不議者非無可議也，有所不敢議也；非不欲議也，有所不得議也，其黨於政府者，有所利而一切悉順從之，其無所徇於政府者，上震雷霆之萬鈞，下逼楚歌於四面，

〔註69〕《中華民國史檔案資料彙編》第三輯，中國第二歷史檔案館編，江蘇古籍出版社，1991年，第492頁。
〔註70〕《民立報》，1912年11月4日，第三版，專電。
〔註71〕《中華民國史檔案資料彙編》第三輯，中國第二歷史檔案館編，江蘇古籍出版社，1991年，第304頁。
〔註72〕同193。

偶一不慎，而制之者欲加之罪，乃不患其無辭也。」〔註73〕可見在袁世凱
輿論政策高壓下，各報了無生氣。客觀來看，袁世凱政府制定並頒佈《報
紙條例》，對新聞業做一些規範和限制本是一國政府新聞立法的一種普遍現
象，特別是民初「報社林立，百家騰躍，是非蠭起，萬喙爭鳴」，「指斥帝
后，誹謗大臣，淆亂政體」，報界黨爭不斷，相互攻擊，一味追求言論自由，
拒絕新聞立法，報界的亂象也使政府意識到必須制定相應的法律加以規範
和約束。《報紙條例》的頒佈引起爭論和不滿的，並不是事件本身，而是條
例的內容過於苛刻，以及報導範圍的模糊定義，使新聞業者無所適從，其
中也隱含了袁世凱強化新聞控制的意圖。

　　除了規範控制國內的新聞媒體和輿論外，袁也試圖加強對外國人在中國
開設報館的管理，如曾經下令「禁阻列強在華非租界地開設報館」〔註74〕，
對外人在華新聞事業的擴展加以限制，曾要求取締《順天時報》。民國元年
年底俄蒙邊疆問題吃緊之際，《順天時報》「恃日本國籍為護符」，出版號外，
「將參議院及總統府秘密事項盡情宣佈」，「於刑律報律所禁止者公然違
反」，「查該報所載實係漏泄機務，有害公安，若不設法禁止，聽其任便紀載，
不惟無以維持一國之安寧，亦以啓外人輕視我國主權之意。相應函請貴部飭
令內城警廳查禁，以期實行追放權，實紓公誼」。〔註75〕由於該報恃其日本
外務省機關報的特殊身份，對中國問題的議論肆無忌憚，毫不避諱，引起了
袁世凱政府的不滿，然中國方面雖有取締之令，但《順天時報》依然照常出
版，後於 1914 年因刊登諷刺袁世凱漫畫，又一次遭到警察廳干預，派憲兵
前往企圖扣押當天報紙，遭到拒絕，後與日使交涉，此事又不了了之。這也
反映了袁世凱試圖加強外人在華新聞事業的管理和控制，但處於弱國地位，
這種願望常常落空。與此同時，袁世凱及其政府在國外設立新聞機構，津貼
外國新聞通訊社〔註76〕，以及委託政府顧問向其所在國新聞機構散佈有關新
聞消息或探尋所在國政府輿論情況，「袁世凱將他的大網撒向了每一個地
方。他甚至在美國各地雇傭有身份的新聞代言人，為的是讓美國的輿論站在

〔註73〕《群強報》，1914 年第 733 號，論說：處士橫議與庶人不議。
〔註74〕《中華民國史檔案資料彙編》第三輯，中國第二歷史檔案館編，江蘇古籍出
　　　　版社，1991 年，第 387 頁。
〔註75〕《民立報》，1912 年 12 月 2 日，第九頁，取締順天時報。
〔註76〕莫理循的通信記錄中有關於袁世凱在國外創辦新聞機構──遠東新聞社以及
　　　　津貼外國新聞通訊社的記載，實際上新聞宣傳效果並不理想，莫理循建議政
　　　　府停止資助以節約經費。

他這一邊，希望在必要的時候能夠調動他們，協助自己反對不共戴天的死對頭——日本」〔註77〕，同樣「還花了大筆的鈔票收買日本的報刊媒體，努力在日本國會議員中贏得支持者」〔註78〕，這既是袁世凱的國際新聞策略，企圖利用國際輿論爭取國外輿論的中國外交以及他本人的支持，也是袁世凱善於利用新聞媒體和新聞輿論的例證。

在其改元稱帝行為發生後，新聞媒體與記者再也不顧其所謂的政策與措施，一致掀起了聲勢浩大的討袁運動，具體內容在以後的章節中再做具體陳述與分析。

3.3.2 政治集權與新聞媒體發展初探

總統制實行以前，袁世凱曾在不同場合表達了政黨政治、內閣制度給行政帶來的掣肘與不滿，曾對人云：「吾與諸君推倒專制建設共和，是為國家起見，並非為一黨一會之事，凡因黨會而來者，不論何人何事皆當拒絕之，凡因國家事而來者，不論何人何事必與平心籌劃，期必得當而後止。」〔註79〕對共和制度也表達了自己的看法，認為「現時愛國志士其行動不免與政府相背，余亦知其有愛國之誠意，但彼等誤認中國之病，以為無病不可以共和醫治」，〔註80〕將新生的民國比喻為初生嬰兒，認為要有針對性，各事須逐漸推行不可一蹴而就。在接受《民立報》記者採訪時談到組閣借款等問題時，袁世凱又強調「建設之始須持積進主義，組織強毅之政府，外交財政方有著手處」。〔註81〕表達了加強中央集權的願望，其時以《申報》為代表的中立派報紙也大多表達了同樣的願望，「有統一之名，無實際之效」。因此袁世凱逐漸加強中央集權，迫使唐內閣倒臺，建立聽命於自己的內閣，深度參與國會事務，以便加強控制。這些行動引起了以國民黨為代表的反對派的不滿，矛盾激化的結果便是雙方的公然決裂，可以說二次革命使袁世凱的威望有所提高，藉此袁氏大力推行一系列加強中央集權的措施，就任民國正式總統，頒佈約法確立總統制度，解散國民黨使國會名存實亡等，將統治權牢牢控制在

〔註77〕帕特南＊威爾（Putnamweale）〔英〕，秦傳安譯，《帝國夢魘：亂世袁世凱》，中央編譯出版社，2006年第52頁。

〔註78〕〔英〕帕特南‧威爾（Putnamweale），秦傳安譯，《帝國夢魘：亂世袁世凱》，中央編譯出版社，2006年，第66頁。

〔註79〕《申報》，1912年6月29日，第二版，袁大總統不負國。

〔註80〕《申報》，1912年7月13，路透訪員與總統一席談。

〔註81〕《民立報》，624號。

自己的手中。

　　政治集權、政府變得強大的同時，新聞業則表現為衰落。在袁世凱一步步加強統治的過程中，對新聞輿論控制的力度也不斷在增加，從打擊反對派報刊開始逐步確立新聞審查制度，制定新聞立法，頒佈《報紙條例》。此時的袁世凱政府認為它有能力擔負起國家管理的職責而無須新聞界或人民的「干預」，「總統制既行，種種障礙一掃而空，興趣橫生，精神百倍，凡有公事多自批答」，〔註82〕反映了袁世凱精神煥發，胸有成竹。新聞界經歷癸丑年的洗劫，敢於說話的報紙基本被清理，一些報社為自我保護起見，紛紛收起言論大旗，報界「一變而靜，再變而冷，三變而暗，四變而敷，五變而諛」，〔註83〕即使如此，報界厄運仍時有發生，《北京日報》因登陸軍部將添次長而有憲兵干涉；廣東《嶺華報》、《大公報》因新聞記載有誤便遭當局逮捕編輯、下令停版處置，更有《大自由報》被干涉，《大漢報》被封閉等等，如此政府強勢干涉新聞業，更何談新聞自由與輿論監督，一些報人和報社轉變報導方式，即報導事實，少發議論。

　　政府與新聞輿論之間存在著一場博弈，不論這種政府是民主制、君主立憲制還是獨裁制政體，如果以新聞力量代表民眾，那麼「統治者和民眾之間總是存在一種拔河式的博弈和較量：假如政府贏了，民眾肯定輸了，反之亦然」。〔註84〕袁世凱加強中央集權後顯然政府變得強大了，而且在專制獨裁政體下，新聞批評與監督已不為統治者所歡迎，一些報紙淪為統治者的附庸，一些報紙轉向自身業務的改革與發展，變得不再熱衷政治，但仍有一些報刊充當著公眾批判的角色，只是力量和聲勢弱了很多，這種批判之聲不管統治者允不允許總會存在。袁世凱統治後期，新聞業的發展出現衰退，一是報刊數量的減少，二是新聞輿論的沉默。其稱帝後新聞輿論的反擊，也說明了彼此鬥爭的較量與消長。

本章小結

　　新聞媒體與政治間有著錯綜複雜的關係，特別是民國肇建，政黨政治發

〔註82〕《群強報》1914年，703號，第二版。
〔註83〕《群強報》，1914年，733號。
〔註84〕林語堂著，王海、何洪亮譯，《中國新聞輿論史》，中國人民大學出版社，2008年，第2頁。

端之際，在全新的共和政體制度下，各派政治力量都借助報刊宣傳自己的政治理想與抱負，報界則以「民意」代表自居，直接對輿論導向產生影響。辛亥革命中報界的成功宣傳與推動，使當權者意識到媒體的力量，因此在民初的政治格局中報界佔有舉足輕重的地位，深度參與到政治鬥爭中，與政治進行了密切互動。然而，通過上文分析可以看出，報界在更多的時候為黨爭而激烈爭吵，未能很好地與民眾形成互動，其所倡導的「監督政府，代表民意」似乎只停留在口號層面。報界能否真實客觀地反映民意，保證高質量的新聞評論，不單取決於報人的努力，與社會組織的完善與否密切相關。社會制度越健全，有關各方的利益就越能得到規範的代表。〔註85〕究竟何謂「民意」，如何有效「監督政府」，這其實並不好把握。袁世凱統治初期革命派（國民黨）報刊中的激進分子往往對此理解較為簡單化，與政府常處於對立狀態，對袁世凱進行人身攻擊，常以「防賊」心態提防袁氏，過於偏激，反而招致其他報刊的不滿，不能有效引導民眾。而且有時政府舉措雖有違背一般民意，但由於政府對具體事件掌握的信息比民眾更為豐富全面，對未來前景也有更深遠的謀劃，如果報紙此時能夠站在政府一面考慮問題，引導民眾團結一致，則會有更積極的效果。但當時的報紙黨派林立，除國民黨報紙外，其他黨派的報刊也忙於爭權奪利，如共和黨議員常將政府秘密泄露給本黨機關報，招致輿論對政府的討伐，也引起了袁世凱的不滿。新聞輿論界的擾攘與爭鬥成為癸丑報災發生的誘因之一。癸丑報災更多反映的是政治層面的鬥爭。其後袁世凱加強集權統治，新聞業由此走下坡路。而與袁氏一向接近的進步黨報刊宣傳「開明專制」，使不少國人接受了中國進入共和時代應先經歷一個「開明專制」的過渡，從而為袁世凱鞏固獨裁專制奠定了理論基礎，但是走向集權的袁世凱也逐漸拋棄進步黨報刊，一意孤行，壓制反對之聲，借助強大的政治壓力，控制輿論。違背民意必然遭到人民的唾棄。

〔註85〕〔美〕沃爾特·李普曼著，閻克文，江紅譯，《公眾輿論》，上海人民出版社，2006年, 第259頁。

第四章　帝制運動前後新聞策略及反袁宣傳

　　籌安會發起以前，袁世凱政府的新聞政策，基本上以《報紙條例》為指歸，進行嚴格控制，希望輿論一致。對有關帝制復辟言論也進行駁斥。這個時期有一事件值得重點分析，即中日二十一條談判時期，袁政府對新聞媒體的發動與利用，顯示了袁世凱新聞政策靈活多變的一面。籌安會成立後，帝制運動公開浮出水面，他們大肆製造輿論，創辦報刊，收買報人，打壓反對輿論，封閉反對報紙，嚴重摧殘新聞事業。

4.1　外交危機下新聞傳播策略——以中日二十一條為例

　　一直以來袁世凱善於利用新聞媒體為其統治服務，在外交領域亦是如此。在外交事件上正確利用新聞輿論也是現代政府所具有的必要素質。民國元年在俄國的步步緊逼下出現了蒙古危機，特別在《俄蒙協約》發表後，國內報界掀起了討伐熱潮，一時軍政各界征蒙之聲充盈於耳，對此袁世凱積極引導輿論，「俄報以中國報紙之鼓吹征庫為仇俄之舉動，實荒謬已甚，然關於中俄國交上感情亦不可不聯絡。觀各文明國政府發佈一種政策必與各報館溝通作一致之主張，不可以論宣逐致人疑貳。此後關於俄庫問題當由內務部集合各新聞記者開一秘密談話會，發佈政府確當政策為同一之行動，庶與內治外交兩有裨益，不致惹起意外風潮。」〔註1〕這是袁世凱在外交危機下與新聞

　　　　　　　　　　　　　　　　　　　　　　　　　　　　　　

〔註 1〕　《民立報》，1912 年 11 月 23 日，蒙古風雲錄：政報界之一致。

媒體的直接交流，反映了其嚴密的新聞策略，這也形成了其後外交危機下新聞策略的指導思想。袁政府與日本二十一條交涉為我們提供了一個很好的分析樣例。

4.1.1 外交危機的形成

在一戰大背景下，1915 年 1 月 18 日日本駐華公使日置益違背外交慣例，越過外交部直接向時任總統的袁世凱遞交「二十一條」密約，旨在將中國變為日本的附庸國，嚴重侵犯了中國主權。日置益在遞約時還威脅袁世凱要「嚴守秘密」，不得將內容泄露出去，否則將出現嚴重後果。袁世凱對此也極為謹慎，答以「容詳細考慮，再由外交部答覆」。〔註 2〕至此，出現了嚴重的外交危機。此次日本提出意圖獨霸中國的「二十一條」，可以說是外交關係上的突發事件，然而也暗含著某些必然因素。據王芸生的分析：即使沒有一戰的機遇，由於敵強我弱，日本遲早也會提出類似的條約。此推斷也為後來的歷史所證明。日本對中國的領土野心由蠶食至鯨吞，終至發生全面侵華戰爭。

此次日本提出的涉及內容廣泛的「二十一條」，對袁世凱政府來說，顯然出乎意料，特別是對中國主權的侵犯超出了袁世凱的心理防線，猶如當頭棒喝。儘管此前日本在中國的一些既得利益，包括南滿鐵路、旅大租借地、東內蒙、福建勢力範圍等方面，雖沒有得到中國政府的正式承認，實際上已處於日本的控制之下。但此次「二十一條」的提出，其涉及範圍之廣，特別是其中的第五號，試圖將中國置於其「保護」之下，要求中日合辦兵工廠、向日本採購軍械、合辦警務、中央政府要害部門聘請日本顧問等，剝奪了中國政府管理自己事物的實權，「中國政府被日本的這一著打得暈頭轉向」。〔註 3〕由於日本要求袁政府不得將密約內容外泄，根據時任美國駐華公使芮恩施的記載，二十一條要求照會所用之紙，有無畏艦及機關槍之水印，暗示了對袁世凱政府的武力震懾，同時處在歐戰的特殊時期，西方各主要國家捲入戰爭無暇東顧，日本日益猖獗，因此使袁政府的處境也非常困難。

正是由於密約內容涉及中國內政外交諸項事務，而各主要資本主義國家在華都有直接的利益關係，如果內容泄露勢必引起英美俄等國家的干涉，其

〔註 2〕 王芸生編著，《六十年來中國與日本》第六卷，北京，生活・讀書・新知三聯書店，2005，第 75 頁。

〔註 3〕 〔美〕保羅・S・芮恩施著，李抱宏，盛震溯譯：《一個美國外交官使華記》，北京，商務印書館，1982 年，第 106 頁。

野心和陰謀必難實現，因此實行軍事恐嚇，以達到在秘密狀態下速戰速決，然而正如梁啓超所言：「日本其以爲能以無畏式戰艦機關槍之虛影而迫中國帖服乎。」〔註4〕

4.1.2 談判期間對新聞媒體的操控與利用

　　對日本提出的五號共二十一條要求，袁世凱極爲憤怒和震驚，認爲是一種屈辱。基於對國際國內形勢的認識，北京政府擬定了應付之策，一方面採取拖延戰術，委派日籍顧問有賀長雄返回日本活動，利用元老派與當權派之間對華政策的分歧，試圖改變日方在某些問題上的強硬態度；另一方面試圖將危機信息傳播出去，引起國內外媒體和政府的關注，爭取英美國家的支持，發動國內輿論，作爲政府對日交涉的有力後盾。

　　信息外傳的努力。就當時中國所處的國際環境而言，如果不採取主動的新聞傳播方式把消息傳遞出去，中國將處於非常不利的局面。但又迫於日本政府要求保密的壓力，不得不愼重從事。如果貿然泄露密約內容，恐引發戰爭，一旦發生戰爭對初建的民國政府將是一種致命的打擊。因此，他當晚即召集外交部重要官員進行商討，並逐條批閱「二十一條」，確定外交談判的原則。通過拖延談判的策略，爭取時間將信息「泄露」給外媒，試圖把日本的野心和眞實意圖向全世界揭露。首先向袁世凱的政治顧問莫理循透露情況。莫理循在清末時期任《泰晤士報》駐華記者，因發回大量有關中國問題的新聞報導及評論而聲名卓著，成爲遠東問題專家和有名的中國通，從《泰晤士報》辭任後即被袁世凱聘爲政府政治顧問，袁企圖借助莫理循的經歷和影響，使其成爲向外傳佈消息的工具，並把他作爲與列強建立聯繫的渠道。此次外交危機中莫理循也發揮了重要作用，當他「費了許多周折從中國方面索到日本要求全文時，不禁愕然」、「他力勸中國政府克服她的恐懼與疑慮，暴露日本的兩面三刀行徑」〔註5〕面對事關中國生死命運的「二十一條」，袁世凱政府並不是「無爲而治」，現在已有資料證明他還是盡力維護中國主權，爲談判爭取並創造有利的國際環境。據時任外交兼翻譯人員的顧維鈞回憶，那時他與英美公使館保持接觸，以爭取英美政府的干涉和支持。

〔註4〕　《申報》，1915 年 2 月 9 日，第二版，梁啓超於京報載有一文。
〔註5〕　〔澳〕駱惠敏編：《清末民初政情內幕：1912～1920》（下），北京，知識出版社，1986 年，第 378 頁。

　　雖然中國政府不便透露密約的具體內容，然而它並沒有放棄努力。根據著名記者端納的回憶，當時他在上海，接到周自齊急電，要求其立刻啓程回京。周自齊見到端納後，表達了無比的擔憂，又不能將密約內容相告。端納於是想出了一個方法，由其寫出日本照會可能涉及的內容，再由周自齊將不相關的內容劃去，幾經周折端納已基本瞭解了內容大概，後來在莫理循的協助下，他看到了日本要求全文的副本，於是立刻給倫敦的《泰晤士報》發去電報。然而事實出乎意料，《泰晤士報》並沒有立即予以發表，而且還來電斥責端納有意誇大情節。原來《泰晤士報》接到端納的來電後與日本駐英使館核對信息，日本使館給《泰晤士報》的信息是經過刪節的版本，由此也可看出日本政府兩面三刀的本性。基於此，端納將這一重要信息透露給美聯社駐華記者摩爾，然而摩爾也遭遇了同樣的質疑。後來端納又把消息和盤托給《芝加哥日報》駐北京記者紀樂士，紀樂士一字未改將整條消息以電訊形式傳給《芝加哥日報》，紀樂士的電訊以通欄標題刊登於《芝加哥日報》，眞相由此大白於天下，舉世譁然。「日本封鎖世界輿論，不讓中國官員講話的企圖破滅了。」〔註6〕

　　對內新聞策略。根據袁世凱政府 1914 年頒佈的《報紙條例》，規定報刊等新聞媒體不得對外交秘密等進行報導，實行秘密外交的方式。然而在涉及國家主權危亡的關鍵時刻，袁世凱政府還是訴諸新聞媒體，將外交危機的有關情況通過各種方式向新聞界傳佈，給新聞界以更多的言論表達自由。在此次危機傳播過程中，雖然政府不能正面進行新聞發佈，然而他也將自己視爲消息源，通過不斷的信息「泄露」，一方面引起民眾對國家前途命運的關注，另一方面藉此形成強大的國內輿論，對日本施壓，藉以加重談判的砝碼。國內的新聞媒體如《大公報》在 1 月 22 日要聞欄內有「大總統封交密議案」，較早關注了中日此次交涉，但具體內容不詳；同日上海的《申報》既發時評又發專電，指出「日使已向政府提出種種可愕之條件」〔註7〕；同日第三版刊登了日本人組織的東方通信社電，指出中日兩國交涉已於 18 日開始，確定了日使提出密約的具體時間。1 月 26 日《大公報》又報導了「含和堂連日之會議」，其中有「據聞確爲中日重要外交問題並山東外交」，此後對中日交涉進

〔註 6〕　符致興編譯：《端納與民國政壇秘聞》，長沙，湖南出版社，1991 年，第 162頁。

〔註 7〕　《時評：中日新交涉》，《申報》，1915 年 1 月 22 日，第二版。

行了持續報導。《申報》也對中日交涉進行了大量跟蹤報導，並發表重要時評文章，密切關注事件的進展。其中於 1 月 26 日較早報導了日本要求的大致內容，列舉了四個方面共二十條〔註8〕。之後不斷將密約內容髮諸報端，在國內引起了激烈反響。愛國人士紛紛致電外交部，「日人無理要求，全國憤激。齊日報載，重要條件大半承認，如果屬實，必蹈朝鮮覆轍。」〔註9〕表面上看是新聞媒體主動的新聞報導，實際上政府若不「泄露」信息，新聞界又何從獲知。由此可見，袁政府有意將密約傳播開去，使民眾獲得信息。民眾也將以政府爲重要信息源，紛紛上書表達抗日愛國熱情，譴責日本無理的外交要求，堅決抵制政府簽署條約。

在中日交涉的過程中，袁世凱政府還將談判情形向新聞界傳播。根據《顧維鈞回憶錄》的記載，他當時的任務可能是「負責向國內外新聞界宣傳有關談判的進展情況」〔註10〕，後來由於日本的干涉他未能作爲正式參會人員參與交涉，但從此信息我們可以獲知北京政府新聞宣傳的思路。同時一定程度上縱容國內的反日愛國言論以及其他愛國行動，國內新聞界表達了較強烈的仇日情緒，通過對談判事件的不斷報導、發表時評等方式將最新信息和觀點傳達給民眾，推動了國內反日輿論的高漲。由於各報對日本要求的披露，北京、上海等大城市的民眾立即行動起來，舉行集會進行抗議，抵制日貨，還成立各種形式的民間團體，如國民對日同志會、發起救國儲金運動，留日學生集體歸國支持政府，抗議日本。在報刊的有力宣傳下，民眾通過各種方式表達了對政府抵制日本強權、爭回國權的支持。對國內日益高漲的反日情緒，日本當局表達了嚴重不滿，警告「中國如此利用新聞政策必將受害」〔註11〕。爲了將反日輿論置於政府的有效控制之內，避免新聞「干預」外交，使中日交涉向著和平方向解決，內務部於 3 月 14 日致京師警察廳「告誡各報館對日勿發過激言論」〔註12〕，要求各報「登載事件，務須格外愼重，免滋誤會。」雖然對各報進行了規勸，但言語較爲緩和，較以前大有不同。《大公報》於 4

〔註8〕《譯電》，《申報》，1915 年 1 月 26 日，第三版。
〔註9〕黃紀蓮編：《中日「二十一條」交涉史料全編：1915～1923》，合肥，安徽大學出版社，2001 年，第 250 頁。
〔註10〕顧維鈞，中國社會科學院近代史研究所譯：《顧維鈞回憶錄》（第一分冊），北京，中華書局，1983 年，第 122 頁。
〔註11〕《專電》，《申報》，1915 年 2 月 26 日，第二版。
〔註12〕中國第二歷史檔案館編：《中華民國史檔案資料彙編》第三輯，南京，江蘇古籍出版社，1998 年，第 495 頁。

月 30 日刊登了日本「二十一條」要求照會的全文，舉國為之憤怒，特別是日本以最後通牒的方式逼迫袁世凱政府，被認為是奇恥大辱，輿論再掀高潮。簽署經過修正的「二十一條」即史稱的「民四條約」之後，袁世凱政府認識到新聞傳播的重要作用，於 5 月 11 日向報界發表了「中央政府之新聞政策」〔註 13〕，其中談到「世界國際交涉日益接近，一般國民宜洞悉世界之大勢」、「大總統因此次中日交涉恐社會人等不明世界大勢，誤用感情上之憤激貽禍國際交善，即決意將白話報從速發刊」。由此可見，經過此次外交危機，袁世凱對新聞傳播的作用有了更多的認識，試圖培養一般國民的新聞素養，「令知國家外交之真情」。

可以說袁世凱對新聞媒體比較關注，重視新聞輿論，早在民國初期袁世凱就在外交部設立翻譯科，專門負責收集並翻譯國外媒體關於中國問題的報導和評論，然後做成剪報供其瀏覽，對外媒的重視程度由此可見一斑。蒙古危機時鑒於國力不濟，袁世凱想通過國際仲裁判決，但判決需對我國有利，為此要求總統府秘書廳發函各駐外使節，瞭解駐在國政府輿論，「嗣後凡關於此事之輿論及居留貴駐在國之僑民意見如何，逐日電告俾可採擇。」〔註 14〕這些都為處理此次與日本的外交危機提供了經驗。日本提出二十一條密約後，要求中方嚴守秘密，但袁世凱政府「故意將中日談判的新聞泄露給外媒以引起國際輿論的同情和關注」〔註 15〕。這是他對國際新聞界的求助，由於事關諸列強在華利益，因此也引起了國際社會的高度關注。

國內新聞界在獲取相關信息方面比較困難一些，一方面袁世凱政府出於新聞干預外交的防範，希望對新聞界有所控制；另一方面密約內容涉及國家主權和安全，情勢危急，需要借助於新聞媒體傳佈於社會。因此，袁世凱政府與新聞媒體保持了一種若即若離的狀態，這也引起了新聞界的不滿，如《申報》在 3 月 8 日的時評中談到「日本要求之條件傳者紛紛，尚未全行公佈」、「外間謠說紛紛」，翻閱當時的報紙可以看到很多報導表達了這種情緒。新聞界雖有不滿，然而她並沒有放棄努力，各報通過轉載、翻譯外報的報導來滿足民眾對信息的瞭解，特別是《申報》在這方面做了很多努力，如關注日

〔註 13〕 《中央政府之新聞政策》，《大公報》，1915 年 5 月 11 日，第三版。

〔註 14〕 《民立報》，1912 年 11 月 23 日，第三版，徵求各國輿論。

〔註 15〕 CHAN LAU KIT-CHING, Anglo-Chinese diplomacy 1906～1920：in the careers of Sir John Jordan and Yuan Shih-k'ai, HONG KONG UNIVERSITY PRESS 1978，page84.

本媒體的報導動向，可以說早期有關二十一條的很多消息都來自日媒的披露，對此，日本政府曾禁止《朝日新聞》進行報導，認爲「紀載中日交涉日本要求條件不實」〔註 16〕。此外還轉載英報、美報等外報的新聞報導和評論文章，如《群強報》在 2 月 2 日第二版的「國事要聞」欄轉載了《大陸報》的文章，較早揭露了日本無理要求的條件。

同時新聞界爲了有力地配合政府的外交談判，制定規約進行自我約束，如北京新聞記者俱樂部開會議定規約五項「以穩健態度引發人民愛國自衛之心，以正確言論督責外交當局之進步，關於外交進行有妨礙者應守秘密」〔註 17〕等五項，隨後廣東報界也起而相應。這大體上也反映了新聞界對袁世凱政府持支持的態度。爲了保護消息來源，《申報》從北京發回的專電，常用「據某要人」的筆法。通過新聞媒體的不懈努力，國內民眾逐漸瞭解了密約內容，從而很好地激發了民眾愛國熱情和反日情緒。新聞界的主動作爲可以看作是在國家面臨嚴重危機時，他們能暫時放下與袁世凱政府的仇怨，團結起來對政府施壓，同時也是對日本施壓，日本見事機敗露不得不有所收斂，新聞界給當時的社會帶來了生機和希望。

4.1.3 傳播效果考察

與前清時期政府對外交事件的處理相比，此時的袁世凱政府已經具有一定的新聞傳播意識。在面對嚴重的外交危機時，除了「與各友國推誠密商」，積極爭取他們的支持和同情外，還有意識地向英美使館和北京的中外報界泄露日本的要求和談判的內容，主動傳播危機信號，以形成有利的國內外輿論環境。從實際效果來看，當日本「二十一條」要求的真實情況傳播到西方社會時，立即引起了世人關注，各報將其作爲頭條進行轉載。同時也引起了英美政府的重視，特別是美國政府以其有礙各國在華利益均等理由，對日本施加干涉。在信息向外泄露的過程中，與日本政府在新聞領域也進行了一場無硝煙的爭奪戰。日本向中國提出「二十一條」密約時，日本媒體首先進行了報導，日本政府擔心消息外泄不利於其陰謀的實現，禁止日本媒體發表有關信息，「中日兩國之交涉外間謠說紛紛，日本政府以此流言殊與兩國國交有害，故特禁止日本報紙揭載」〔註 18〕。同時日本通知其各駐外使館，以刪減

〔註 16〕 《東京電》，《申報》，1915 年 1 月 24 日，第三版。
〔註 17〕 《各方面對於中日交涉之近情》，《申報》，1915 年 2 月 17 日，第六版。
〔註 18〕 《申報》，1915 年 1 月 24 日，第三版,東方通信社電。

後的條約向外宣傳，「通過發布新聞說給外國人聽的是一套，而他們在北京實際上幹的又是一套」〔註19〕。當時的北京，人們得到的信息是《泰晤士報》等外媒贊同的是二十一條的摘要文本而不是實際的正式文本，致使「中國官員憂心忡忡，深恐公眾輿論默然同意這個較少受到譴責的文本」〔註20〕。由此說明了袁世凱政府當時面臨日本新聞封鎖的壓力。對此，莫理循認爲日本對新聞媒體的運用遠遠勝於中國，中國在眞相披露的過程對新聞媒體的利用尙顯稚嫩。然而，密約一旦傳播出去，世界輿論立刻傾向於中國政府，紛紛譴責日本獨霸中國的野心，日本也被迫改變了態度，聲稱第五號只是與中國政府商討，最終被擱置。

在國內新聞界，袁世凱政府非常謹愼地處理有關密約信息的傳播，從當時的報章報導可以看出消息是逐步泄露的，以至於滿足不了媒體的需求，滿足不了民眾對眞實信息的渴望。然而新聞媒體並不是處於被動地位，他們通過轉載外報評論、譯電等方式來滿足民眾的信息需求，如《申報》經常在要聞欄轉載美報、英報以及接近信息源的京中各報的消息和評論來引導公眾輿論。事實證明，在整個中日交涉時期，國內輿論一致抗議日本的強權主義，民眾通過各種途徑表達愛國熱心和仇日情緒，爲政府的外交談判提供了重要憑藉。此次外交危機通過新聞媒體的大力宣傳，使國內的各種勢力團結到一起，例如黃興等革命派「通電建議暫停革命，舉國一致抗日」〔註21〕。通過此次交涉，袁世凱政府對新聞媒體的態度也發生了改變，此間報刊獲得了較大的言論自由表達空間，對國內輿論界的抗日言論也持默許態度，如各省軍政當局許多措詞激烈的通電，實得中央政府的鼓勵。到交涉一結束，袁世凱即下令各地統兵長官於軍國大計「勿許妄發通電」。〔註22〕在強大的國內輿論壓力下，日本也不得不有所收斂，同意中國政府所作的修訂。與此同時，袁世凱的政治顧問莫理循發函至蔡廷幹要求中國新聞界保持克制〔註23〕。在此

〔註19〕 〔美〕保羅・S・芮恩施著，李抱宏，盛震溯譯：《一個美國外交官使華記》，北京，商務印書館，1982年，第112頁。

〔註20〕 〔美〕保羅・S・芮恩施著，李抱宏，盛震溯譯：《一個美國外交官使華記》，北京，商務印書館，1982年，第108頁。

〔註21〕 羅志田：《亂世潛流：民族主義與民國政治》，上海，上海古籍出版社，2001年，第61頁。

〔註22〕 羅志田：《亂世潛流：民族主義與民國政治》，上海，上海古籍出版社，2001年，第62頁。

〔註23〕 〔澳〕駱惠敏編：《清末民初政情內幕：1912～1920》（下），北京，知識出版社，1986年，第414頁。

情況下，袁世凱政府又逐漸加強對新聞傳播的控制，收緊了新聞輿論的尺度。

　　從現有的資料來看，袁世凱政府對新聞輿論相當關注，尤其是國外的輿論，如《申報》曾登載「中政府已飭駐歐美各國公使將各國對於中日交涉之輿論報告政府」〔註24〕。同時對新聞輿論的控制也相當有手段，面對國民的猜測以及反日情緒的高漲，及時進行闢謠，保持輿論在可控制的範圍內，如2月24日袁世凱飭令機要局擬定電稿拍發各省，說明「政府所持之態度及鎮靜主義之種種要素，責令全國內外一致進行，以免背馳政府」，對蒙藏少數民族語地區，恐其道聽途說而生誤會，責令將有關情況譯成蒙藏文進行告示，安撫輿情。在地方上，對於民眾的愛國組織也有所控制，如上海道尹楊小川對於民眾組織同志救亡會，認爲此種舉動雖處於愛國熱忱，然稍一不愼易滋口實，下令查禁。

　　通觀中日「二十一條」交涉全過程，從中可以發現在面臨外交危機的關鍵時刻，袁世凱政府通過各種關係將密約眞相傳播出去，期以引起國際輿論對日本的譴責，從而爲談判爭取更多主動權。通過新聞傳播使政府與新聞界有了一次良好的互動，一改「癸丑報災」以來輿論界沉默的局面，一定程度上調動了國人參政意識。密約的傳播揭露了日本侵華的眞實面孔，遭到了世界輿論譴責，也給日本一個有力的回擊，儘管最終通過最後通牒的屈辱方式迫使袁世凱政府在修訂版本上簽字，而與最初的版本相比，袁世凱政府實際上也爭回了一些利權，特別是將致命的第五號要求永久擱置。這在一定程度上可以說是新聞外交的勝利。在此次近四個月的交涉過程中，新聞界廣泛參與報導，發表評論，促進了輿論的形成，袁世凱政府受民眾支持狀況也大有改觀，出現了全國一致抗日的景象，這其中政府的態度也發揮了關鍵作用。另一方面，也表明袁世凱善於操控新聞媒體，爲其外交服務。此次事件雖然使我們看到了新聞媒體與袁世凱政府進行了一次有效互動，但並不能掩蓋一直以來兩者之間的緊張關係，互動中也有控制和檢查。

4.2 輿論的製造與鉗制

　　清末以來，袁世凱以政治強人的形象出現在歷史舞臺上，雖然曾一度對新聞業的發展表現出寬容姿態，但終究不是他的眞實意圖，政治強人始終欲

〔註24〕《中日交涉之雜聞》，《申報》，1915年3月1日，第三版。

以新聞輿論為自己的統治服務。因此利用與鉗制輿論也成為其慣常手段，即使在對外報導上也不例外，第一次世界大戰爆發後，袁世凱政府宣佈中立，同時也對國內新聞界發出訓令，要求各報嚴守中立立場，不得隨意報導和評論戰爭，並對此進行嚴查，廣州的《南越報》、《華國報》因登載關於歐洲戰事的論說而遭到查禁〔註 25〕，由此可見其對新聞業的嚴厲管制。二次革命以後，袁世凱更是逐步強化對新聞輿論的鉗制和控制，弱化新聞對政治的影響力。

4.2.1 稱帝輿論的製造

關於袁世凱稱帝的各種猜想自其就職民國臨時大總統以來一直未有中斷。民國元年有關其帝制自為的各種擔憂已見諸報端，如在其就任臨時大總統之初，京中便有人散發傳單「謂其行同寇盜，將僭號為皇帝」。〔註 26〕同年九月，時人鄧斌曾上書袁世凱進一步陳述這種擔憂：「閣下沉毅太過，致啓黨人之猜，處世多權所以有陰險之誚，在我公以為先行其言，自旁觀者必以為陰謀叵測。以故南北合併，猜忌日深，有志者方遁迹山林，下焉者則狡長思逞長江，南北輿論譁焉。報紙之所鼓吹，舞臺之所諷刺皆曰我公外文明而內鬼蜮，實欲帝制自為，因之謠諑紛傳，群懷觀望，以故反對中央集權之文電屢見，咸以公為削末強本以實行其帝制自為之私，疑竇一生，則群議頓起。」〔註 27〕進而勸道「夫帝制之不可行於今世，雖三尺童子皆知其不可，我公高明想不出此下計。」這個時期正是民國初建、袁世凱甫任臨時大總統階段，一方面國基未固，另一方面袁氏的權力受各方掣肘並不牢固，加之袁世凱對流傳的稱帝言論痛加斥責，並常在新聞媒體上態度鮮明地表明自己擁護共和的決心。儘管這個時期袁世凱表現出對現有共和體制的不滿，試圖加強中央權力，但無論其施政方針抑或行為言論，都無法推斷其有帝制自為的傾向，因此偶有的「稱帝說」並沒有產生太大的影響，常不攻自破，這也是民國初期其獲得多數人支持的一個重要原因。鎮壓二次革命後，隨著袁氏中央集權的強化，有關帝制復辟的各種說法便逐漸浮出水面，特別是以清廷遺老勞乃宣為代表的復辟派，通過著書立說大唱復辟之歌，其所著《正續共和解》一經發表即招來全國輿論的一致聲討。《申報》曾於 1914 年 11 月 20 日發文《復

〔註 25〕《申報》，1914 年 8 月 16 日，鄭重報紙記載。
〔註 26〕《申報》，1912 年 4 月 21 日，第一版，專電。
〔註 27〕《民立報》，1912 年 9 月 22 日，第三版，鄧斌上袁總統書。

辟謬論傳播之由來》，分析了前因後果，並於次日發表時評文章《帝之一字》，對帝制說痛加鞭伐，指出「帝決非民國所應有，有帝決不能尚有民國也」。勞乃宣等人此番復辟言論雖然要求變更國體，寄希望於清室復辟，但客觀上推動了復辟思想的發展。肅政史夏壽康向袁世凱檢舉勞乃宣等人的復辟言論，袁不以爲然，下令交由內務部查照辦理。對復辟謬說的處理又一次在國人和新聞媒體面前表現了他維護共和的決心。可以說在中日簽訂「二十一條」之前，袁世凱對於復辟帝制的各種謠傳都極力進行否認，並幾次鄭重聲明，保證不做皇帝。每當有新聞輿論傳出時，他都適當地做出澄清，將話語權掌握在自己手中，有效地控制了負面影響的傳播和擴大。

　　民國前三年袁世凱都表現得勵精圖治，除了反對派對其懷疑外，一般人仍然相信袁會維護共和體制，雖然復辟思想在民國三年得到了一定傳播，但新聞輿論仍將其視爲異端極力反對。但反觀袁氏後來稱帝的現實，可將其稱帝輿論的製造可以分爲兩個時期：

　　第一個時期爲暗中醞釀策劃階段。根據梁士詒年譜記載「帝制之謀，胚胎於癸丑之冬，孕育於甲寅之夏」〔註28〕，可見袁世凱帝制思想萌生已久。在這個時期，他主要通過一些復古行動來試探社會反映，如尊孔祭天等，通過這些行動瞭解輿情狀況；對有關復辟帝制之說，特別是報章進行報導之時，他處理得尤爲謹愼，極力關謠，稱帝意圖掩藏較好，因此這個時期一般新聞媒體並沒有察覺袁氏的帝制之心。

　　第二個時期爲公然製造輿論僞造民意階段。中日「二十一條」交涉暫告一段落，「國內開始有人擁戴袁大總統進位皇帝，雖然公開的或暗中的反對一直存在，但要求實行帝制的聲浪卻甚囂塵上」。〔註29〕經過之前的醞釀，國體問題再次成爲帝制派極力推進的議題。借助近代著名法學家古德諾的《共和與君主論》一文，他們爲自己尋找了法理依據，在以袁克定爲核心的帝制派的策劃和推動下，成立了以楊度爲理事長的籌安會，借研究國體問題之殼，行政治團體之實，全力策劃帝制運動。就在籌安會成立之前的七月份其嫡系將領馮國璋進京之際，針對社會上流傳的稱帝之說，他當面詢問袁世凱稱帝謠言是否當眞，袁氏「力關改革國體說之無稽」，且謂「設他日有以此事見逼

〔註28〕鳳岡及門弟子謹編，《三水梁燕孫先生年譜》（上），中華民國三十五年再版二十八年初版，第 268 頁。

〔註29〕顏惠慶著，吳建雍、李寶臣、葉鳳美譯，《顏惠慶自傳——一位民國元老的歷史記憶》，商務印書館，2003 年，第 131 頁。

者，余已在英國購有少許田園，當徑赴海外終老耳」。〔註30〕袁氏闢謠之言很快見諸報端，對此很多媒體據以爲信，「經大總統一再申言，力闢其說之無稽，今後其可盡掃此疑雲也乎。」〔註31〕然而局勢的發展出乎人們的意料。籌安會借著研究國體問題之名公然成立，起初響應者寥寥，大多數持冷靜旁觀之態，北京報界除《亞細亞報》極端贊成外，「其餘各報館態度多冷靜，若視爲不論不議無足輕重然者」〔註32〕，可能處在政治中心位置存在很多顧慮，因此很多報紙並未表明眞實態度。但處於天津租界的一些華文報紙就明確表示反對籌安會的立場，遠離政治中心的南方各報對籌安會的出現多持反對態度，如上海、湖南等地的報紙既是如此。更有湖南人士賀振雄上書肅政廳要求對籌安會發起人楊度等人「明正典刑，以正國是，以救滅亡，以謝天下人民，以釋友邦疑義」。〔註33〕後又有肅政廳彈劾，一時之間籌安會似乎陷於四面楚歌之中，似難以爲繼，然很快峰回路轉。對於肅政廳的彈劾，袁氏批覆交由內務部查覆，內務部給出的結論爲「籌安會會員皆心術純正之學者，乃就學術上討論君主或共和政體較適宜於中國，並非秘密會，圖擾亂治安者可比」〔註34〕，從而對籌安會進行定性，此後籌安會大肆活動，會員也很快發展爲兩千餘人，開始公然製造輿論僞造民意。

內務部對籌安會的態度就反映了袁世凱的態度，早在籌安會成立之初，面對輿論的不安和質疑，袁氏曾明確表示籌安會「所居之地位，只知民主政體之組織，不應別有主張。但此種研究之舉，只可視爲學人之事，如不擾及秩序，自無干涉之必要也。」〔註35〕肅政廳彈劾並未產生實際效果，只勸誡籌安會發起人「不得作越出法律之討論」，然籌安會之行爲實際上得到了袁的默許。他們四處活動，向各省軍政長官發電報徵詢對國體變更之意見，並派員到地方遊說成立分會，這一情況也被很多報紙披露。如廣州的集思廣益社即爲籌安會的「應聲蟲」，曾遭到地方報紙的揭露〔註36〕。當時的報紙對籌安會運作內幕也進行了披露，「入會者雖有二千餘人，其中多係閒散無事之人，

〔註30〕《時報》，1915 年 7 月 7 日，第三版，國內專電。

〔註31〕《時報》，1915 年 7 月 7 日，第四版，闢謠。

〔註32〕《時報》，1915 年 8 月 21 日，第三版，國內專電。

〔註33〕《時報》，1915 年 8 月 19 日，第二版，國內專電。

〔註34〕《時報》，1915 年 9 月 21 日，第二版，譯電。

〔註35〕《時報》，1915 年 8 月 17 日，第三版，內國專電。

〔註36〕《時事新報》曾於 1915 年 10 月 14 日報導集思廣益社在廣州成立時情景，廣州《華國報》揭穿其鬼魅伎倆，不料得罪蔡乃煌，因之該報遭致封禁之禍。

彼輩入會之目的原為一飯碗起見，近見入會之後，凡可以作幾句贊成君主之文章者，登之於報端則每篇可得五元之酬金」〔註37〕。由此可見，帝制輿論背後存在著金錢的誘惑。

籌安會還在各地聯絡記者、收買報刊作為鼓吹帝制運動的喉舌，並派《亞細亞日報》到上海創辦分社，搶佔輿論陣地；在湘省創辦《湖南新報》，「每日出版，以資鼓吹」，並組織宣講團「按日分途出發，將變更國體之原因及變更後之利益，詳細演講，以期一致贊同」。〔註38〕可見籌安會充分動員一切力量並施以金錢進行廣泛的君主政體宣傳。在籌安會大造帝制輿論的同時，梁士詒策劃成立請願聯合會，發動全國請願運動，要求召開國民代表大會，速定國體。國民代表大會代表實際上由各省軍民長官指定，而形式上仍須用各縣推舉字樣，其代表民意之假象當時已為報紙所揭穿，如《時事新報》曾發表時評文章《此之謂國民大會代表》，對該會強姦民意行為進行痛斥。對於各地實際選舉情況，報紙時有報導，如在湖南代表的選舉中，代表人數為十七人，但此十七人都由監督預為擬定，凡投票者須不出此擬定之人，「近日為此問題已破費許多酒席，由辦理選舉者邀集各初選當選人，授以意旨，令其照所擬定之人投票」。〔註39〕湖北布置選舉國民代表先後不過三日草草了事；廣州選舉當日「會場秩序頗為整齊，所以然者因事前布置，除贊成帝制者外，一概不得投票故也。」〔註40〕福建復選前巡按使及將軍「彼此設宴款待新當選代表諸君」，巡按使即席演說「共和之不適於民國，非恢復帝制不可之理由」，投票當日「巡按使直接監督」，代表由軍警護送之會場，只需在選票上簽名即可〔註41〕，等等。由以上幾個省國民代表的選舉可以管見全國的選舉情況，選舉完全操縱在軍民長官手中，威脅利誘並施，操縱民意，何有真實民意可言。袁世凱在1915年9月關於國體問題曾表示，「凡變更國體之事，只能以人民直接之公意施行之」。〔註42〕由此可知，在袁世凱看來國體非不可變更，而是變更方式問題，因此帝制派心領神會，加緊製造民意，甚至偽造民意，至1915年12月11日參政院代行立法院公佈選舉結果，全

〔註37〕《時報》，1915年9月25日，第二版，籌安會之內幕。
〔註38〕《時報》，1915年11月2日，第四版，變更國體聲中之湖南。
〔註39〕《時報》，1915年11月2日，第四版，變更國體聲中之湖南。
〔註40〕《時報》，1915年11月6日，第三版，國體變更聲中之粵東近信。
〔註41〕《時報》，1915年11月20日，第二版，西報記福建贊成君主之投票情形。
〔註42〕《時報》，1915年9月17日，第三版，國體改變問題之最近要聞。

國 1993 票全票通過，一致贊成帝制恢復，至此恢復帝制的鬧劇在操作層面上暫告一段落。

4.2.2 鉗制反對輿論及後果

在帝制派甚囂塵上宣傳鼓吹帝制運動乃至組織請願活動之際，反對帝制的聲音一直存在，只是反對輿論備受壓抑。本節主要分析帝制派及袁世凱政府是如何摧殘和鉗制新聞輿論以及其造成的後果。

當籌安會成立，以「恢復帝制」爲宗旨，「各界頓起不安之觀念，大總統亦知此舉之違憲，若嚴修若張一麐均爲總統器信之人亦皆不以爲然」。〔註43〕北京報界居於天子之腳下，經歷「癸丑報災」的洗禮，後又處於袁氏專制之下，報刊言論極爲謹慎，因此對籌安會之成立之初採「不議不論」之立場以明哲保身，但也有託庇外人的報紙發表反對言論，「北京京報謂帝制復活之日將見日本復以第五號要求我，他報則直斥籌安會爲叛逆。」〔註44〕隨著帝制運動的不斷推進，《國民公報》、《新中國報》、《醒華報》、《天民報》等不斷舉起反對旗幟。遠離政治中心的地方報紙顧慮較少，其立場較爲明顯。在湖南「言論界則反對派略多於贊成派」，《湖南公報》爲進步黨機關報對籌安會之言論「極力反對」，湖南《大公報》「反對較《湖南公報》爲尤力」。〔註45〕對於籌安會的發生，上海人士極爲注意，一般輿論「紛紛不絕詆責之論」，〔註46〕報紙大多持反對該會維護共和之態度，隨著帝制運動的迅猛發展，滬上各報的態度日益明顯反對帝制。南方各省向爲袁勢力所不及，因此對於恢復帝制之議各報多持反對態度。面對反對之聲，袁世凱政府開始實行鉗制手段，先是「大總統有禁止報館登載之諭」，緊接著政事堂有「禁止華報紙不許登載軍民長官討論國體問題之文電」，要求內務部飭令京師警察廳函告報界，而在此之前警察廳已勒令《天民報》停版。〔註47〕其次，爲防止反對言論的傳播，在電報機關「特設報紙檢查」，禁郵載有反對言論的報紙。檢查範圍涉及中外報刊，從而加強對新聞輿論的鉗制，此舉亦引起在華外報的不滿。〔註48〕在帝制問題日益高漲之時，以防範國民黨人破壞爲由，中央電令郵政總辦悉心檢查信

〔註43〕《時報》，1915 年 8 月 23 日，第三版，四面楚歌之籌安會（笑）。
〔註44〕《時報》，1915 年 8 月 26 日，第二版，譯電。
〔註45〕《時報》，1915 年 9 月 23 日，第三版，籌安會發起後之湖南（鳳蔚）。
〔註46〕《時報》，1915 年 8 月 23 日，第三版，四面楚歌之籌安會（笑）。
〔註47〕《時報》，1915 年 9 月 16 日，第二版，譯電。
〔註48〕《時報》，1915 年 9 月 22 日，第三版，西報對於北京檢查電報之談論。

件，「議定由軍署專派兩員駐在郵政總局檢查，並由省會警廳飭令各署長赴該管內郵政分局檢查。」〔註 49〕再次，企圖鉗制外報輿論。國體問題的發生引起了國際社會的注意，英日俄等國曾提出勸告要求暫緩國體變更，袁世凱政府並未聽其勸告。因此在華外報對於國體變更也多有非議，對此內務部行文外交部請其「勸誡《順天時報》《英文日報》對於國體問題勿持極端反對之論調」〔註 50〕，並多次交涉，意圖取締，然外報並不買賬，要求指出該報的違法之處，政府啞然。第四，加強對香港及華僑言論的管制。袁世凱政府對新聞輿論的鉗制並不局限於國內，其時香港為英屬統治區，並不為中央政府管制，因此報刊言論較為大膽，對袁政府轟轟烈烈的帝制運動不斷報導並發表反對論調。北京政府注意到了香港言論的激烈，因此電致時任廣東將軍的龍濟光，指出「香港報紙中有登載反對帝制之消息者，每多言過其實，以冀搖惑人心」，並要求龍濟光「查明其主任編輯之人，捕拿究辦，且將其家屬拘押獄中，並嚴禁此等報紙輸入內地。」〔註 51〕國體變更也引起了海外華僑的極大關注，他們「多有反對改革國體者」，並向政府致電表示反對，為了爭取華僑的支持，袁政府決定「擬定派遣專員分赴南洋各埠及東西各國，將共和制度不適於中國及現在人心一致贊成君憲國體之真相向華僑詳細解釋」〔註 52〕，以爭取華僑的支持。除通過政治手段干涉報館正常新聞報導外，還通過金錢運動的方式收買報紙，「此間報館均受人運動，與以巨數之金錢使不作反對之議論，苟有反對之報則立即封閉，此事人所共知。猶憶五年以來此間報紙對於政治或贊成或反對，態度不一，而現有各報異口同聲皆作贊成之論，則金錢運動、威力壓制之說殆不虛矣。」〔註 53〕反映了袁世凱政府卑劣的新聞手段，為達到輿論一致的目的，胡蘿蔔與大棒並舉，金錢收買同樣達到了鉗制輿論的效果。

　　帝制運動時期，地方上新聞業受摧殘迫害的情況更為嚴重。湖南《大公報》因反對君憲問題而遭該地方當局多次警告，最後令警廳每日派員往報社檢查，致使該報不得不改變論調，避談政治，改論教育實業問題。〔註 54〕湘中其餘各報同樣遭到壓制，截留記者通信，派偵探監測，致使各報對時政問題不敢指摘，毫無生氣。廣東報界也備受摧殘，《覺魂報》、《通報》等因言論不慎開罪當局而

〔註 49〕《時報》，1915 年 12 月 12 日，第四版，檢查信件。
〔註 50〕《時報》，1915 年 11 月 21 日，第二版，國內專電。
〔註 51〕《時報》，1915 年 11 月 8 日，第一版，國內專電。
〔註 52〕《時報》，1915 年 11 月 7 日，第三版，對待華僑之辦法。
〔註 53〕《時報》，1915 年 10 月 13 日，第二版，帝制聲中之南昌通信。
〔註 54〕《時報》，1915 年 11 月 2 日，第四版，變更國體聲中之湖南。

遭查封，主筆被拘，「粵省地方官壓抑反對君主之行動或言論極其努力，不但電報須受檢查，即郵局亦不寄反對派之信件」〔註55〕。爲了嚴格控制反對派言論，廣東當局飭令警廳「設立檢查所，選派明白大體人員五人，再由本上將軍加派五員爲檢查員」。〔註56〕在如此摧殘之下，江西、福建等省也時有取締報紙之事發生，特別是福建除了停郵外埠報紙外，還將派報處、閱報社都禁止了，閱報社曾經對啓發民智、開通社會風氣都發生了積極作用，但在袁世凱帝制時期遭到禁止，反映了社會的退步。當然還有地方官員借助帝制運動壓制輿論之機，實行打擊報復報社的行爲，如《蘇州日報》因登載社會新聞，以「巡警見死不救」爲題得罪警廳，報館主筆因之被捕等。針對這些不法行爲，《時報》主筆陳冷（筆名「笑」）發表時評《禁報紙捕訪員》：「禁報紙捕訪員今日之好機會也，蓋內地官吏苦輿論也久矣。每有所作爲輒爲人發其覆，趁此時會正可借題發揮，一網打盡。雖然防民之口甚於防川，防有形之輿論易，防無形之輿論難。」〔註57〕對地方官借機打壓新聞界的現象進行了抨擊，並指出摧毀報館抓捕記者容易，但壓制輿論卻很難，這也爲後來的事實所證明。

　　雖然各地摧殘新聞輿論的行爲不都與袁世凱有直接關係，但袁世凱政府的新聞政策直接導致了壓制摧殘輿論的後果，因此袁氏存在不可否認的責任。特別是袁政府在接到英日俄三國公使的勸告後，「最注意報館記事，非常憂慮，以此爲際，若取締不嚴則或恐謠言迭傳，橫議百出」，「迅飭京中各報館又同時通電各省長官密諭於政府方針尚未確定並有其許可以前，關於該勸告之記事論說一律嚴禁登載。」〔註58〕自此以後，各地方官在北京政府的密諭下，開始大規模摧殘報界。尤其是報業較爲發達的南方省份，摧殘最爲嚴重。此時的袁世凱政府早於 1914 年制定並頒佈了《報紙條例》，然而，在此次的帝制活動中，並沒有嚴格按照該條例來執行，而是存在著政策隨意性，以政令代替法制，嚴重干擾和制約了新聞事業的發展，形成了嚴重破壞，鉗制新聞輿論，壓制民意表達。「自帝制問題發生，北京報紙趨於一種勢力之下，儼與政界冶爲一爐，凡關於鼓吹帝制及駁斥反對黨之稿，多由籌安會撰擬，分送各報，對於此等稿件，各視其所享之權利，以盡相當之義務。」〔註59〕

〔註55〕《時報》，1915 年 11 月 6 日，第三版，國體變更聲中之粵東近信。
〔註56〕《時報》，1915 年 11 月 5 日，第四版，帝制聲中之粵東輿論厄運。
〔註57〕《時報》，1915 年 10 月 27 日，第三版，禁報紙捕訪員（笑）。
〔註58〕《時報》，1915 年 11 月 3 日，第三版，取締報館之記事。
〔註59〕《順天時報》，1916 年 4 月 21 日，北京言論界之今昔。

在如此高壓的新聞政策下，使得原本對變更國體問題有所異議的各媒體再次被迫沉默，形成了「庶人不議」、輿論劃一的局面。然而，「防民之口甚於防川」，時代潮流無法逆轉，壓抑輿論的後果最終使反對輿論大爆發，將袁氏王朝湮沒在一片討伐聲中。

4.3 反袁宣傳：從民元至帝制

　　自袁世凱繼任民國臨時大總統以來，反對之聲從未止息。有關反袁的輿論宣傳筆者將其大致分為兩個時期，其一為民元至民國三年，其二為帝制時期。以下主要從這兩個時期分析其各自的特點。

4.3.1 民元時期反袁宣傳的特點與目的

　　民國的建立宣告了共和時代的開始，然而共和國的各種政治要素及其在實際政治中的運作，時人包括當時的知識精英並未完全參透。因此時人常將民主自由的理解極端化，超越了當時的國情和現實政治因素，因而在現實的政治生活中為了黨派利益常常展開激烈的爭鬥。民元時代黨派鬥爭表現得尤為明顯，同盟會國民黨成為反袁的主要力量。由革命功臣一變而為在野黨，政治地位的突然轉變使很多同盟會成員不能適應，特別是那些希望積極參與政權建設的民黨人士，加之袁世凱由晚清重臣轉為共和國領袖，對革命有功之人常加防備之心，不能化除畛域，因而革命黨人對其政策措施以及維護共和國體等方面存在著諸多懷疑，並對其常加以責罰。在政黨政治的實踐中，國民黨借助黨派報刊開始對袁世凱毫不客氣地進行口誅筆伐，前文已有分析。

　　這個時期反袁宣傳的特點主要表現為國民黨的孤軍奮戰，雖然其他黨派也偶有抨擊袁世凱政府的不當之舉，但主要針對具體事件，因此並沒有形成反袁統一戰線。特別是二次革命後，隨著國民黨勢力被摧毀，反袁輿論之戰一度低迷。國民黨主要成員或避居租界或逃亡海外，主要在外圍進行反袁宣傳，聲勢小了很多。二次革命後，隨著袁世凱專制權力的加強，以及對新聞輿論控制的加強，也招致了進步黨以及其他黨派的不滿，然而他們多採隱忍之策，沒有也不敢高舉反袁大旗。民國初年國民黨進行火力集中的反袁宣傳，主要包括借助「大借款」、「張方案」、「宋教仁案」對袁進行猛烈攻擊，企圖揭穿袁氏假共和的真面目，從而推翻其統治。儘管幾次看似對袁不利的事件，但由於國民黨激進派的過度宣傳，反而適得其反，不僅沒有贏得普通輿論的

支持，反而給人以「動機不純」之念，並沒有取得預期目的。而此時的袁世凱在國內建設、經濟發展以及邊疆危機等方面所採取的政策措施一定程度上適應了當時的社會發展趨勢，獲得了穩健派以及商人階層的支持。在此背景下，國民黨發動的「二次革命」得不到多數輿論的支持，很快便被平復，此後民黨人士也開始反思自己的新聞輿論策略，逐漸走向成熟。

帝制運動之前的反袁宣傳主要是對袁世凱的中央集權的一種反抗，試圖發揮監督政府之效，這也是近代新聞媒體與政府間較量的一種常見現象。有衝突也有協作，在中日「二十一條」交涉時期甚至出現各媒體一致擁護政府對抗日本的局面。可見，在國體問題出現以前，袁政府與新聞媒體間的博弈一直存在，雖然政府力量佔據優勢，但是反對聲音也一直存在，二者某些時候還會妥協合作。

4.3.2 帝制時期的反袁宣傳及效果

帝制前，儘管報界對袁世凱的專制獨裁評論很少，但一旦出現帝制復辟逆流便痛加譴責。民國三年年底針對勞乃宣、宋育仁等希圖擁護清室復辟的言論，報界展開了討伐。《時報》發出時評「宋育仁不必問其為宗社黨否也，為中華民國之民，而謂只知有皇帝，不知有總統，是叛逆也。叛逆者殺無赦，政府奈何僅注意而已矣。」〔註 60〕明確表明反對帝制復辟，要求政府嚴懲宋育仁等復辟派。但袁世凱並未嚴懲勞、宋等人，宣稱「既往不究，申誡將來」，《時報》對此並不滿意，提議政府「現當共和甫定之時，亟宜由各政黨編輯淺言，派員宣講，取共和之真諦，以示愚民之準繩，毋或使二老悖妄簧鼓以恣為不軌，是則探本之治源，亦正心之道」。〔註 61〕《時報》的言論反映出報界對損害共和言論的批判是嚴厲的。對於復辟言論，不僅報界反對之，當時有識之士亦表現出無比的憂慮，如章士釗曾言「邇者劉廷琛、勞乃宣、宋育仁、章褒之徒倡言復辟，政府諉之，幾興大獄。輿論排之，指為邪說，波流所及，久之人心尚為不寧，國本攸關，誠非細故。」〔註 62〕由此可以預見真正帝制來臨時會引起更大範圍的批判與反對。

當鼓吹帝制的籌安會成立之消息傳開後，輿論頗懷驚懼，一些地方陷入恐慌之中（如湖北、上海等地），反對者不乏其人。由此報界也形成了關於國

〔註 60〕《時報》，1914 年 11 月 17 日，宋育仁（不言）。
〔註 61〕《時報》，1914 年 11 月 28 日，辟勞（一鳴）。
〔註 62〕《甲寅雜誌》，第 1 卷第 5 號，1915 年 5 月 10 日，復辟平議（秋桐）。

體問題的大討論，通過討論籌安會的眞實面目日益露出，其變更國體的主張遭到報界的普遍駁斥，尤其是滬上各報對帝制復辟言論不以爲然，《時報》、《時事新報》、《申報》以及《正誼雜誌》、《大中華》等都發文反對變更國體、復辟帝制，特別是《時報》用大量篇幅跟蹤報導國體問題的各種動態消息，針對籌安會利用古德諾的觀點作爲變更國體的關鍵依據，《時報》等陸續轉載了英文《京報》就此問題對古德諾的採訪，籌安會在宣言書中聲稱「古德諾博士即言世界國體君主實較民主爲優，而中國則尤不能不用君主政體」，古德諾對此極力否認，認爲「實屬子虛」；〔註63〕接著古氏又提出恢復帝制的條件爲「假使有智識之華人及外國贊成帝制，倘承繼問題能解決，而又爲立憲君主政制，則中國改爲帝制頗有理由」，〔註64〕通過這種方式對籌安會的立論依據進行有力回擊。

當時籌安會政治背景已被不少人所識破，指出「該會發起楊皙子與袁總統同師事湘綺老人，感情亟厚，」〔註65〕說明袁世凱與籌安會的密切關係。籌安會倡行變更國體，招致國人反對，袁世凱以「該會爲一種研究的機關，然爲避嫌起見，對於該會不加干預」，〔註66〕從而默許籌安會的活動。籌安會借助袁氏的默許以及其所具有的政治資源，對新聞輿論大加壓制。《時報》及時發出時評《人民雖愚終不可欺》：「方籌安會初發起時，即宣言樂聞反對者之論調，乃今聞反對籌安會之賀振雄已被捕矣，反對籌安會之電報亦不准拍發矣。吾敢以楊度所著《君憲救國論》中'人民雖愚終不可欺'之二語還以質諸楊度」。〔註67〕表面上是對楊度出爾反爾的申訴，實際上也表達了對袁世凱的不滿。對於復辟帝制的言論和行動，梁啓超首先舉起反對旗幟，著文《異哉所謂國體問題者》，發表於《大中華雜誌》。此文一出即在社會產生廣泛影響，各報紛紛轉載，風行一時。該文以其自身經歷及一貫主張，指出「在現行國體之下而思以言論鼓吹他種國體，則無論何時皆反對之」，〔註68〕深刻闡釋了其反對變更共和國體的觀點，對袁世凱意圖恢復帝制的舉措進行猛烈抨擊，由此也開啓了反對帝制的輿論先聲。與梁啓超的國體一文相呼應，《時

〔註63〕《時報》，1915 年 8 月 19 日，第二版，國內專電。

〔註64〕《時報》，1915 年 8 月 20 日，第二版，譯電。

〔註65〕《時報》，1915 年 9 月 1 日，第四版，關於籌安會近聞一束。

〔註66〕《時報》，1915 年 9 月 2 日，第四版，籌安會之近聞種種。

〔註67〕《時報》，1915 年 9 月 1 日，第三版，人民雖愚終不可欺（笑）。

〔註68〕梁啓超，《異哉所謂國體問題者》，《大中華》，1915 年第 8 期。

報》發表了《異哉所謂民國立君說者》，對帝制派的君主論進行反擊，鮮明地表明了反對復辟帝制的立場。《時事新報》對於參政院鼓吹帝制的賣力行為極力譏評，指出「公等果欲製造皇帝也者，則不可不先毀滅此現存之中華民國」，〔註69〕揭露了帝制派鼓吹帝制的醜惡手段。

面對報界的批駁以及社會輿論的反對，帝制派為了擴大宣傳陣勢，強化帝制信仰，派人到上海籌辦《亞細亞日報》分社，但在創辦第二天便遭到炸彈襲擊。同時還受到同業的討伐，《愛國報》曾發表社論稱：「子等聽之！今日虎狼當道，政在權奸，子等社鼠城孤，有恃無恐。且文虎嘉禾晶瑩可羨，無惑子等之倒行逆施。然須知公理不磨，民國向在，犯大難，冒大險，以與民賊戰者，猶自有人也。」〔註70〕對於復辟帝制的言行，稍有良知的報紙都不以為然，《申報》曾以《本館啟事》的形式告知社會其擁護共和的決心，「此次籌安會之變更國體論，值此外患無已之時，國亂稍定之日，共和政體之下，無端自擾，有共和一日，實難贊同一日，特此布聞」，〔註71〕表達了該報對復辟帝制的言行的抵制。隨著帝制運動由言論層面轉入實際行動，通過組織請願團連續三次發起請願，接著組織「國民代表大會」進行投票表決。對於帝制進行狀況，許多報紙都及時進行跟蹤報導，並不斷爆出內幕消息，將偽造民意的整個過程呈現在一般民眾面前。《時報》報導了籌安會發給各省將軍之密電，密電告訴各省軍政長官如何操縱民眾投票並達到預期之目的。此報導一出輿論譁然，孫毓筠急忙出面解釋並否認有此密電，《亞細亞報》也出面辯論，極力否認有此密電。《時報》接著對這種舞弊行為做一時評解說，「據籌安會代表團與各將軍之密電，所謂特別徵求民意者，就在省各縣紳民中每縣指定一人，事實上雖係軍民長官指定，形式上仍須用各縣推舉字樣，而又令縣知事倒填月日，補具詳文。又曰組織之方法雖由參政院議定，而組織之精神在各監督長官，有以操縱之而利用之。然則此次之事，各監督長官之責任誠非輕矣。」〔註72〕進而暗示了帝制運動背後的主動者乃袁氏政府：「倒填月日為合法之舉動乎？抑舞弊之手段乎？乃今有以中央之電報通告各省將軍，令其倒填月日者，或曰否，此非政府之意，乃出諸一社會之團體耳，然而，

〔註69〕《時事新報》，1915 年 10 月 3 日，第二版，參政院之前腔後調（北山）。
〔註70〕《愛國報》，1915 年 9 月 11 日，討亞細亞報（孟平）。轉引自方漢奇主編，《中國新聞事業編年史》（上），第 180 頁。
〔註71〕《申報》，1915 年 9 月 3 日，本館啟事。
〔註72〕《時報》，1915 年 10 月 5 日，密電（笑）。

惟其出諸團體，而可以命令各省軍民長官，事乃益可怪耳。」〔註73〕在帝制運動進入實際行動之前，各報反袁宣傳的矛頭主要指向以籌安會爲主的帝制派，表達了對帝制運動的不妥協態度，對袁世凱本人的反擊則並不明顯。待帝制復辟進入實施階段後，報界便公開批判背後主使袁世凱，如民黨報紙《中華新報》較爲激進，指出此次變更國體「其實乃有大勢力之一人欲作皇帝，蝦兵蟹將因之興風作浪耳」。〔註74〕針對籌安會以電報形式要求各省將軍操縱選舉的密電的曝光，《中華新報》強調眞正民意的產生應由眞正民意機關發表，而「眞正的民意機關必待有眞正人民代表議決之選舉法，與依茲法而選舉之眞正人民代表，而後可以組織一國之大本大法，惟茲機關有決定之權」，否則爲假冒民意，「悉爲人民全體之公敵」。〔註75〕

　　1915年10月底帝制運動進入實施階段，此時引起了列強的關注和干預，袁氏政府頻頻受到警告，形成外交被動局面。《時事新報》披露此次外交問題的出現主要由帝制問題而起，指出眾列強贊成反對與否主要視其利益而定：「如俄如美如日如英如德如法，概莫不欲假手於此焉，以彌補損失收拾人心，而維持戰後之勢力。由是言之，各國之贊成非贊成也，分割而已矣，即非分割，亦迅致於分割之形勢而已。令國家瓜分豆剖，而端坐皇帝於瓜分豆剖之國家之上。」進而指出「中華民國由君主而改爲民主，由專制而進於共和，政權之移易，由少數而授於多數，不背政治進化之大勢，其名正，其言順，無各國承認之必要而各國不能不承認之。今次之帝制問題大異，於是由共和而返乎君主，由多數而返於少數，是謂政治之逆轉，名不正言不順，非得各國承認，則不足以自安。」〔註76〕《時報》也對由共和而帝制的逆潮流行動表達了強烈的不滿，借由美國對帝制的態度而感歎道「蓋以帝制變爲共和者其勢順，以共和變爲帝制者其勢逆，此世界進化公例也」。〔註77〕《中華新報》也抨擊袁世凱爲了稱帝不惜出賣國家利益，「自五月九日中日協約簽押，論者訝其喪失利權之慘酷離奇，咸謂此爲帝制承認交換利益之先聲，忠厚者猶疑信參半，今則以北滿爲與俄之交換條件，以片馬、西藏爲與英之交換條件，

〔註73〕《時報》，1915年10月6日，倒填月日（笑）。
〔註74〕《中華新報》，1915年10月14日，帝製成立後之預測（得一）。
〔註75〕《中華新報》，1915年10月14日，民意（匹夫）。
〔註76〕《時事新報》，1915年10月17日，第二版，論各國對於帝制問題之態度（邵振青）。
〔註77〕　《時報》，1915年10月7日，第二版，美國對我之觀念（笑）。

又見告矣。以前例之必成事實無疑，然經此一交一換之中，中國領土尚餘幾何？即能世世子孫爲帝王，能勿以小朝廷而自慚也，或曰國無大小，皇帝之尊榮則一，故領土固不欲棄，皇帝又所樂爲，二者不可得兼，姑捨領土而取皇帝乎！」〔註78〕因帝制運動引發列強干預，在報界引起了震動。此時不同於中日「二十一條」交涉之時，那時新聞輿論基本一邊倒支持政府對抗日本，而此次報界將列強干涉的緣由歸罪爲袁氏政府。《中華新報》因此指出「此乃吾政府不自重愛，忽自啓其隙，自開其端，發生所謂皇帝問題，又令他人假是術以進，是誠何心也」。〔註79〕

　　報界對於袁氏政府帝制行爲一再反對，揭示其爲達到稱帝目的而置國家民族利益於不顧，這在民族主義意識逐漸覺醒的時代，具有很大的號召力。反袁輿論因此聲勢高漲，逐漸佔據主流，在此背景下發動護國運動也就勢所必然了。

4.4 帝制時期新聞界視野中的袁世凱

　　經過籌安會的策劃、全國請願聯合會的運作，在所謂民意的一致擁護下，袁世凱接受推戴，準備登基大典。然而，這一違反歷史潮流的舉動，在各路媒體視野下也呈現出不同的面相。

4.4.1 袁派報紙中的袁世凱

　　與袁世凱較爲接近，一直支持袁氏特別是支持其帝制行爲的報紙被稱爲「袁派報紙」，如《亞細亞日報》《國華報》等，在袁世凱接受帝位推戴的次日，「帝制派報紙今日出紅報」〔註80〕以表慶賀。同時在 1916 年元旦以「洪憲元年」紀年，率先表示出對新王朝的忠誠，記者自稱爲「臣記者」，盡顯諂媚之態。《亞細亞日報》被視爲袁派報紙中最有影響之一種，接受帝制派資助，在帝制運動初始階段曾派人到上海開辦《亞細亞日報》分社，企圖擴大帝制運動的影響，因竭力鼓吹帝制，兩遭反對派炸彈襲擊，後因擾民被告上法庭，被勒令遷出租界。帝制派報紙因利益關係，對袁世凱大行吹捧之術，爲袁氏違背誓言、叛離共和進行開導和辯護，與反對帝制的報紙展開論戰。籌安會

〔註78〕 《中華新報》，1915 年 10 月 19 日，交換條件（昶）。
〔註79〕 《中華新報》，1915 年 11 月 2 日，吾之列強警告觀續（惕）。
〔註80〕 《時報》，1915 年 12 月 13 日，第一版，譯電。

通過私下運動，生拉硬拽組建請願團偽造民意，遭到反對帝制的報紙攻擊，為此《亞細亞日報》發表時評文章《真正民意如何》進行詭辯，稱國會也不過由幾百人豈能真正代表民意。〔註81〕大聲疾呼「取締反對帝制報章」，遭到報界的唾棄。

不僅如此，帝制派報紙為了鼓吹帝制運動，在各地發動國體問題請願團，捏列請願代表姓名製造稱帝輿論，如旅滬公民請願團發表電文後，「列名諸君頗有茫然不知其由來者」〔註82〕。袁氏雖接受帝位，但一直未公開稱帝。新帝國決定改元後，帝制派報紙馬上改換口吻，直呼袁世凱為皇帝，媚態百出。自然袁世凱在帝制派報紙的心中就是「偉大的皇帝」。

4.4.2 反袁報紙中的袁世凱

癸丑以後國民黨被取締，反袁報紙大受牽連，反袁進入低谷時期。然而隨著帝制運動的公開化，進步黨最終與袁決裂，舉起了反袁旗幟，從《時事新報》態度的變化可管見一斑。在帝制運動初期主要集中力量討伐籌安會以及所謂的國民代表大會，提出「國之主權者人民，我之主權者良心」，〔註83〕極力反對國體變更，對偽造民意的不法行為進行揭露。

此時的袁世凱在反對派報紙中被塑造成一個貪戀帝位，不考察真實民意，不接受帝國主義列強忠告，一意孤行的獨斷者形象。因擔心國體變更引起動亂，使各國在華利益遭受損失，各列強均不贊成帝制，因而有五國忠告。對於列強的忠告，袁世凱的態度為「此事完全為中國內政」，〔註84〕以尊重國民公決為藉口一意試行帝制。同時又不斷電令駐外使臣探訪「該駐在國之政府對於國體問題意向所在，報告政府」。〔註85〕對此《時事新報》反問道「彼固日日揚言於眾，以為此我國內政也，此外人所不能干涉者也，此其氣度何等淡定，何等從容，豈尚有外交兩字置其腦中，然謂其果不認對外為一問題者耶，則彼實焦心苦思日以刺取外人之喜怒愛憎為事，不日某公使如何贊成，即日某鄰國如何同意，自問自答，幻象成真」，〔註86〕突出了袁世凱虛偽的一面。

〔註81〕《亞細亞日報》，1915年10月4日，第二版，真正民意如何（聽秋）。
〔註82〕《時報》，1915年10月18日，告請願團之被捏列名者（槑然）。
〔註83〕《時事新報》，1915年10月23日，第二版，敬告我國民（北山）。
〔註84〕高勞編，《帝制運動始末記》，臺北文海出版社，1967，第68頁。
〔註85〕《時報》，1915年10月11日，第三版，要聞：駐外使臣之態度。
〔註86〕《時事新報》，1915年10月19日，第二版，論帝制派對外之態度（北山）。

袁世凱接受帝位後，特別是蔡鍔等人在雲南發起反對帝制的護國運動後，《時事新報》、《中華新報》更公然舉起反袁大旗，爲護國軍造勢。開始時，北京政府企圖否認、封鎖雲南起義消息，嚴禁各報登載，但隨著事態的發展，護國運動已勢不可擋，爲了鼓舞民心，《時事新報》指出「合於眾民之心理者爲順，反乎眾民之心理者爲逆」，謀爲皇帝者爲「逆」，維護共和者爲「順」，「順逆之不同，成敗之所由分也」。〔註87〕此時的袁世凱陷入輿論非難的漩渦之中，違背誓言公然稱帝，再也無正面形象見諸世人。

4.4.3 中立報紙及外報中的袁世凱

帝制時期向持中立的商業性大報，如《申報》、《時報》、《新聞報》等面對逆歷史潮流的帝制運動也表達了強烈不滿。初期他們反對籌安會恢復帝制的言行，對袁世凱仍存有幻想，通過選擇性的新聞報導來表達報紙的態度。《時報》曾對籌安六君子進行評析〔註88〕，皆不以爲然。又通過轉達他人的態度表達對袁無端遭受惡名的同情，「從未有莠言亂政兒戲政體如現在創辦籌安會諸人者也，溯彼發起此會數人類皆勢力浮躁之徒，並無政治道德之念。當時局顛危不聞發一言出一策，以舒元首之焦慮，及天下略安，乃欲舉國家生死存亡之命運，以爲少數人嘗試之具，幸而事成固可居擁戴定策之功，幸事敗則惡名加於元首，禍亂及於全國而己反得逍遙事外」。〔註89〕並翻譯外電「華人咸以爲袁總統將於數星期內稱帝，各省官場亦日有贊成之電到京，自必有人暗中設計，欲釀成政變，至於私人及非官場尚未表示贊成之意」，〔註90〕以此提醒國人此中可能存在陰謀，乃至袁氏也被蒙蔽。在國體問題引發國人恐慌之際，袁世凱派代表楊士琦至參政院讀宣言書，表明保全共和國體、忠於民國的決心，但又留有餘地，表示「總統之職授自國民，國體問題當然視民意爲轉移」，〔註91〕爲日後帝制自爲埋下了伏筆。對此各中立派報紙都進行了相關報導，宣言書的發表取得了一定效果，使國人對國體問題不如從前之注意，但《時報》也及時指出「決不因此宣言而阻礙帝制之進行」。〔註92〕

〔註87〕《時事新報》，1916 年 1 月 4 日，順逆辨（阿平）。
〔註88〕《時報》，1915 年 8 月 22 日，籌安會六人之分析（笑）。
〔註89〕《時報》，1915 年 9 月 1 日，第四版，關於籌安會近聞一束。
〔註90〕《時報》，1915 年 9 月 5 日，第三版，譯電。
〔註91〕《時報》，1915 年 9 月 7 日，第三版，譯電。
〔註92〕《時報》，1915 年 9 月 5 日，第三版，宣言書（笑）。

　　隨著帝制的急速推進，特別是袁世凱接受推戴後，北京政府更加強了輿論控制，以「嚴行取締、停止郵遞」的威脅方式迫使《申報》等改用「洪憲」紀年，對此《申報》以「本館啓事」的形式宣告讀者，不再沿用民國紀年。〔註93〕《申報》一直以來在言論上不溫不火，即使袁世凱公開稱帝，護國戰爭發起，其反對之聲固然有之，但並不激烈，如對政府出軍鎮壓「滇亂」的舉措表示懷疑，指出「所謂實力者，不僅在兵力之厚薄、餉械之足否，而要在人心之從違何如」，而今袁世凱「失道寡助，焉有戰勝之理」。〔註94〕表明了袁世凱帝制自爲喪失人心，預示著失敗的結局。

　　在外報方面，迥異於民國初立之時對袁的一片讚譽之聲，由於各國政府對袁世凱稱帝行爲並不贊成，進而勸告其慎重並延緩稱帝，因而外報在此階段也對袁世凱的稱帝行爲表示不解，特別是日本與中國毗鄰，對中國問題尤爲關注，新聞媒體常大篇幅報導中國國體變更問題，「自帝制問題發生以來，輕薄乃達其極」，日報紙常以「袁爺」、「袁皇帝」、「老獪」指代袁世凱，對於袁世凱宣言及其子克定的聲辯，皆稱「支那式宣言」、「支那式聲辯」，對中國輿論也及其不信任。〔註95〕與清末時期對袁的肯定和推崇形成強大反差，處於本國利益的考慮，日媒此時極力排袁，有意詆毀其形象。

　　西方媒體此時對袁世凱的報導和評價呈現出猶疑，美國《芝加哥日報》曾就國體問題對袁世凱做過一次專訪，袁氏表示聽諸民意決定國體，並強調立憲政體是其一貫主張。《字林西報》也對袁世凱關於帝制問題前後表現出截然不同的態度感到詫異，袁先於1915年9月初發佈宣言，表示維護共和國體，不贊成帝制運動；後於同年10月中旬對國體問題又表示爲「務得多數正確之民意以定從違」，對此該報進而說道：「揆其意味，不出兩途，非總統謙約自持不欲以個人意見加壓全國，即彼已改變素旨，易反對而爲贊成矣。要之，袁總統之心理作用頗難捉摸」。〔註96〕對袁世凱出爾反爾的言行表示不理解，並對其解散國會後又組織國民代表大會等行爲亦感費解。除此而外，該報還經常報導中國內部對帝制運動的反對聲音，顯示了外報對袁世凱的信任和支持出現了危機，袁由強毅有力而趨向保守。在袁氏辭讓一番欣然接受帝位後，英國報紙評論道「袁氏之取此決心或被迫而取此決心，乃顯然漠視協約國之

〔註93〕《申報》，1916年1月12日，第一版，本館啓事。
〔註94〕《申報》，1916年1月7日，吾所敢斷言者。
〔註95〕《時事新報》，1915年10月2日，第二版，帝制問題之海外觀（振公）。
〔註96〕《時報》，1915年10月21日，第二版，西報之帝制愈近說。

忠告」〔註97〕，表達了對袁的強烈不滿。

這個時期袁世凱的媒介形象可以說因帝制問題而一落千丈，除帝制派報刊外，無論中外媒體都對其帝制自為不以為然，特別是違背總統宣誓，拋棄共和體制，雖多次出面否定稱帝意圖，但最終公然稱帝，其背信棄義的整個過程都被媒體記錄在案。中國傳統文化尤其注重道德的評判，袁世凱稱帝首先在道義上失去了支持，其次逆歷史潮流不得人心，在新聞輿論上更是遭到重重攻擊，最終遭到輿論唾棄。

4.5 輿論與戰爭：帝制運動的墳墓

帝制運動進行到民國四年十二月份，局勢發生了根本性變化，面對袁世凱欣然稱帝，不僅各路媒體為之愕然，雲南更是通電袁世凱限期取消帝制，隨後發佈討袁檄文，雲南宣佈獨立，繼而貴州、廣西、湖南等省宣佈脫離中央。面對以新聞媒體為代表的輿論聲討和資產階級革命派、立憲派聯合發動的反袁戰爭，帝制運動走入歷史的墳墓，袁氏政權徹底崩潰。

1916 年元旦到來之際，《時報》轉載美報《大陸報》專電：「袁世凱雖未正式登極，但大總統確已非正式變為皇帝，政府機關《國權報》今日已不用民國紀元，改用中華帝國元年一月一日字樣。」〔註98〕這一條新聞讓人看到了袁世凱關門做皇帝的尷尬，除了貽笑國人外，更是莫大的諷刺。面對國內反袁之聲的高漲，《時報》感歎道：「試問天下有強迫而可以成功者乎？無有也。子輿子曰：以力服人者非心服也。」〔註99〕暗示了袁世凱帝制的實行乃強力所迫，非人心所向，必然招致失敗。面對武力討伐，輿論譴責，袁世凱躊躇了，正式稱帝行動延緩了，對此外報也表現出了對袁氏的質疑，「袁氏最大之價值在處事果斷，今若此則名譽掃地矣」。〔註100〕到二月底各報又不斷曝出袁政府密議取消帝制的新聞，這些新聞報導的不斷出現對袁世凱來說並不利好，從而使其一國首腦威信盡失。帝制運動一路快速推進嘗借民意之名大行其道，然當時所謂民意，其製造過程都被記諸報端，只是袁政府掩耳盜鈴，離真實民意漸行漸遠，在後來護國戰爭時期，報紙感慨道「方製造民意而真

〔註97〕《時報》，1915 年 10 月 24 日。
〔註98〕《時報》，1916 年 1 月 3 日，第二版，譯電。
〔註99〕《時報》，1916 年 1 月 25 日，第二版，強迫（笑）。
〔註100〕《時報》，1916 年 1 月 28 日，第三版，西報論袁總統之地位。

正之民意即在無形醞釀之中，及夫一朝成熟則眞民意即崛起而驅逐假民意，此一定不易之理也」，〔註101〕反映了袁政府愚弄民意的無知行爲，其倒臺自然也是意料之中。在軍民的一致反對聲中，袁政府於三月二十五日正式通電取消帝制。一紙命令帝制就取消了，但事情到此並不會止步，《時報》發出呼聲「袁氏早一日退位全國即早一日安寧」。〔註102〕

　　唐繼堯、蔡鍔在雲南發動的護國戰爭更加速了帝制走向滅亡。起初袁氏政府還躊躇滿志，認爲雲南一撮很快就會平定，帝制派報紙也不斷爲政府宣傳造勢，以「各將軍巡按之敵愾同仇」、「四川安謐之鐵證」等標題力圖駁斥他報報導，並發表時評，謂「滇事不足憂者，以各省軍隊忠誠奮發足寒敵膽也」，〔註103〕企圖阻止有關護國戰爭有利消息的傳播，進而掩蓋眞相，達到穩定社會、從聲勢上壓倒對方的目的。袁世凱政府還採取措施嚴防雲南與外界的聯繫，「滇省來往信件報章一律檢閱扣留，分別查辦」；此外還頒佈《取締謠言辦法》，其中規定「妄發淆亂人心印刷品者監禁一年」，處罰極爲嚴厲，對此向持穩健立場的《新聞報》指出「防民之口甚於防川」。〔註104〕儘管如此，雲南護國戰爭還是贏得了國內多數新聞媒體的支持，它們通過各種方式傳播戰爭實情，宣傳了保護共和的精神。這些支持共和的報紙盡力在法理層面上確立護國戰爭的正義性及其意義。《中華新報》認爲滇黔從保護共和反對帝制出發，「憤而至於用武」，以「宣正確之民意」，是「順民心所同，歸大義所深許」。並指出袁世凱違反眞實民意退回君主時代，從而失去了民國政府資格，憤而譴責「北京當局之行動乃一叛逆獨夫之行動」。〔註105〕護國戰爭順應了歷史潮流，各省都督響應號召，日本等列強也公開採取反袁政策，袁世凱在內外交困下被迫撤銷帝制，企圖保留權位，但這並不能滿足地方實力派以及一般人士的願望，他們要求袁氏退位以謝國人，「袁氏以總統而謀皇帝也，吾倒之。即謀帝不成而復謀總統也，吾尤不能不倒之。欲爲根本的解決，惟有堅持定見，奮努毅力，勿爲息戰之言所惑」。〔註106〕

〔註101〕《時報》，1916 年 4 月 7 日，第二版，眞民意驅逐假民意（笑）。
〔註102〕《時報》，1916 年 4 月 19 日，第四版，如之何勿思（萍）。
〔註103〕《亞細亞日報》，1916 年 1 月 11 日，第二版，滇亂不足平矣（無懷）。
〔註104〕《新聞報》，1916 年 3 月 2 日，第三張，中央頒佈取締謠言辦法。
〔註105〕《中華新報》，1915 年 12 月 29 日，今後之雲貴政府與北京當局之地位（一惕）。
〔註106〕《中華新報》，1916 年 3 月 28 日，取消帝制與國人之決心（闢皇）。

從 1916 年 1 月至 3 月，滇黔護國軍取得了一系列勝利，迫使政府軍處於守勢。隨後廣西宣告獨立，護國軍隊伍日漸壯大，到了 4 月初廣東也宣告獨立，繼之湖南、四川以及長江流域各省都舉起保衛共和大旗。至此不論在軍事上，還是新聞戰線上都形成了反袁統一戰線，最終將帝制逆流埋入歷史墳墓。

本章小結

1914 年底復辟思潮已暗流湧動，曾遭到新聞界一致反對。1915 年初日本突然提出旨在滅亡中國的「二十一條」，此時的民族危機立刻取代了所有國內問題的爭論，成為各路媒體關注的焦點，也使復辟思潮一度中斷。袁世凱政府全力投入對日談判，新聞界在民族危機的緊要關頭站到了袁氏政府一邊，支持政府堅決抵制日本的無理要求，袁政府也因勢利導充分發揮新聞輿論在外交危機中的作用，為談判爭取主動，也取得了積極的效果。然而中日談判甫一落定，復辟思潮便趁勢而起，特別是在籌安會的策劃和推動下，公然登堂入室，打著學理研究的旗號行政治團體之實，由是國體變更問題成為新聞媒體頭條報導的主要內容。初期報界對籌安會極力反對，然而隨著國體變更的實際進行以及籌安會收買利誘新聞政策的實施，加之政府嚴厲打壓新聞界，在此情況下，很多報館或轉而投靠籌安會喪失原有立場，或緘默不語以示抗議，但反對聲音一直存在。尤其是國民代表大會操縱選舉、偽造民意的種種醜行曝光後，袁世凱還公然接受帝位，這些舉動都遭到了非帝制派報紙的普遍不滿，紛紛舉起了反袁旗幟。表面上看來袁氏政府在帝制時期過度壓抑新聞界，促使新聞業呈現蕭條和退步，但是新聞輿論的力量是強大的，如林語堂所說：「正是這種被壓抑的輿論促使了袁世凱政權迅速覆滅」，實現了「中國輿論的一次勝利」，〔註 107〕而這種輿論主要是新聞媒體促成和推動的結果。

可以說輿論反袁先於軍事戰爭，而且貫穿於軍事倒袁始終。正是由於帝制運動違背歷史潮流，不得民心，地方實力派看到了這一點，他們聯合起來以「反對帝制、保衛共和」為號召，發起護國戰爭。很多學者認為護國戰爭不僅僅反對帝制，更重要的是倒袁，這種觀點具有一定的合理性，因為在倒袁的旗幟下各方達成了共識，這種共識是短暫的，在袁世凱突然離世後，各

〔註 107〕林語堂著，王海、何洪亮譯，《中國新聞輿論史》，中國人民大學出版社，2008年，第 99 頁。

方又圍繞著各自利益和前途，相互傾軋，國家處於動蕩不安之中。因此，在輿論和戰爭的雙重壓力下，袁世凱心力憔悴，帝制黯然落幕。

第五章　新聞傳播視角下袁世凱稱帝原因再解讀

　　一直以來關於袁世凱稱帝原因，學界普遍認為是其封建帝王意識、個人野心和私欲膨脹的結果，這一觀點有其合理性，但是袁世凱稱帝又是一個複雜的過程，具有多面相，並不純粹是其個人行為，因此只將原因歸結為上述因素則難免有簡單化傾向。歷史內容是豐富多彩而又極其複雜的，深入瞭解當時複雜的社會環境，以及袁世凱的個人經歷，對於我們認識這一問題具有重要意義。筆者試圖從新聞傳播視角對袁氏稱帝原因進行探索和立論，開拓一種新的分析視野，以期進一步豐富人們對這個問題的認識和理解。

5.1　權威重建：對共和政體的背離

　　民初的中國特別需要一個強有力的政府來領導國家進入近代化的軌道。民初社會狀況前文已有所述，其直接結果表現為中央權威的下降，地方勢力擁兵自重，行政權力多方掣肘，行政效率低下。與此同時，外患並未止息，從當時報章之報導略可窺見。在此情況下，加強中央政權建設，集中力量維護經濟發展和邊疆穩定必然成為擺在統治者面前的緊迫任務，袁世凱企圖重建權威，加強對全國的統治。在這一大背景下，政治權威的加強尤其是集權思想的推行，使政府與新聞界日漸疏遠，缺少有效新聞輿論監督對袁政府也是一種危險。

5.1.1　背離新聞自由　強化中央集權

　　共和政體的確立、《臨時約法》的頒佈，其直接成果之一便是人民享有出版、集會、結社的自由，而這些自由的取得莫不與辛亥革命時期新聞媒體的

積極貢獻有極大的關係。新的政權建立後，新聞自由也得到了法律保障。現代社會區別於封建社會的一個明顯特點就是施政的開放性，而開放性的表現除了政權參與外，還包括允許新聞媒體參與政治報導，同時媒體自身須具有良好的職業道德修養。民國元年自由民主成為新社會的關鍵詞，袁世凱繼任民國臨時大總統後在一定範圍內遵守了《臨時約法》的相關規定。儘管這個時期新聞法制建設尚不健全，但若以行政手段或軍事干預干涉新聞事業自然不合法定程序，必然會招致媒體的聲討。

尤為關鍵的是南方很多省份還處於國民黨勢力之下，責任內閣有架空總統權力的可能，國內局部動亂仍然存在，國家只有統一的表象，實際上存在著中央與地方、總統與內閣的權力之爭。而照搬西方的政黨政治又使人們看到黨派間的明爭暗鬥，互泄私憤，對國家建設、經濟發展基本上毫無裨益，這也使本對共和制度不甚瞭解的袁世凱更為不滿，明確表示不加入任何政黨。清末時期一貫主張君主立憲漸進式改革的袁世凱並沒有因為贊成共和而改變他的政治主張。後來隨著其統治權力的加強，又多次重申漸進式的政治改革理念，1915 年 1 月 1 日頒佈的《教育宗旨令》中，袁世凱批評了自民國實行共和政治以來的「躁進」現象，造成了國家秩序的混亂，認為要改變這種局面，「首在滌除躁進之污俗，而以漸進主義樹之標的」，尤其強調了「國家政治宜漸進而不宜躁進也」。指出西方列強建國立業，富國強兵，「其間明主賢相之經營慘淡，遠者百年，近者亦數十年」，而對中國這樣政治經濟較為落後的國家來說，「富強非旦夕可期」。〔註1〕雖然表示贊成共和，但袁世凱對西方的民主制度並不瞭解，對此不僅顧維鈞有過描述，美國駐華公使芮恩施也曾評價過袁氏，「他不瞭解在一個共和國執政的意義是什麼，雖然他受過訓練，見多識廣，但他沒有高深的文化修養」。〔註2〕

基於漸進式的政治理念，袁氏不贊成甚至反對激烈的政治變革（筆者認為考察並結合當時中國社會實際情況，這種漸進式政治理念也具有一定的合理性），因此袁氏也多次借助新聞媒體表達了對現實政治的無奈和不滿。在政治實踐中他開始了加強中央集權的嘗試，如排擠唐紹儀，企圖建立一個聽令於自己的內閣；壓製革命黨人在政權中的勢力和影響力，破壞政黨政治等。

〔註 1〕 中國第二歷史檔案館編，《中華民國史檔案資料彙編》第三輯（教育），江蘇古籍出版社，1991 年，第 34 頁。

〔註 2〕 〔美〕保羅.S.芮恩施，《一個美國外交官使華記》，商務印書館，1982 年，第 12 頁。

在此過程中，他的各種舉措可以說都處於新聞媒體的監測中，不斷地被報導、被評議，尤其是反對派報刊。例如，他曾試圖通過政治手段封停《民意報》，但遭到了報界的一致譴責。雖然此時的新聞媒體在業務規範、職業道德等方面存在諸多問題，但無論如何，通過非法律手段干涉報業的正常發展自然會遭到報界的一致反對。在民國元年媒體與政府的對抗中，政府並未佔據明顯優勢。報界的報導和評論常使袁世凱政府處於被動中，因此新聞自由成爲其集權道路上的重要障礙。

借助鎮壓「二次革命」之機，袁世凱政府對新聞界進行了大清洗，雖然受牽累報館多爲國民黨所辦，然而政府的聲勢和態度使新聞界嗅出了味道，紛紛收起輿論號角，希圖自保。袁世凱從一開始就沒打算弄明白共和國到底是一個什麼樣的制度，他習慣了傳統的專制集權模式，一步步走向集權於一身的強權政治，從破壞《臨時約法》、逼選總統、取締國民黨、解散國會，再到制定《中華民國約法》乃至帝制運動（筆者注：集權的具體過程不是本書討論的主要內容，因此不做過多敘述）。集權的同時背離了新聞自由，在打擊國民黨報刊的同時也壓制了其他報刊的發展，「共和時期中國新聞的衰落肇始於袁世凱的統治」。〔註3〕袁政府對新聞自由打壓的結果使很多通過報刊言論參與政治生活的知識分子失去了表達途徑，也使他們政治理想無法實現，心灰意冷，不願關心政治，轉而投入文化建設和社會改造。

5.1.2 統一新聞輿論　重塑傳統道德體系

政治上強化中央集權，試圖實現思想上的統一，進而達到輿論一致。因此面對民主自由思想的衝擊，以及其他社會思潮帶來的影響，袁世凱在抱怨民初社會道德敗壞的同時，力圖重塑傳統道德體系。他借助儒家思想意圖重新整合意識形態，因而開始推行尊孔復古活動。民國元年九月，袁世凱發佈了《崇孔倫常文》，指出：「中華立國，以孝、悌、忠、信、禮、義、廉、恥爲人道之大徑」，此八德乃是「人群秩序之常」，要求人民「恪循禮法，共濟時艱」。〔註4〕癸丑年六月，又發佈《尊孔祀令》，尊奉孔子爲「萬世師表」，全國民眾應該「尊孔祀孔」，「以正人心，以立民極」，〔註5〕後在袁氏示意下，

〔註3〕 林語堂，王海、何洪亮譯，《中國新聞輿論史》，中國人民大學出版社，2008年，第138頁。

〔註4〕 章伯鋒主編，《北洋軍閥》第2卷，武漢出版社，1990年，第1359頁。

〔註5〕 中國第二歷史檔案館編，《中華民國史檔案資料彙編》第三輯（文化），江蘇

定孔教爲國教。1914 年 9 月袁世凱率領文武百官至孔廟祀孔，稱帝後加封孔子後人孔令貽爲「郡王」。

推翻封建王朝、肇建民國之際，社會原有的價值體系和思想道德遭到衝擊，新事物不斷湧現，新思想湧入，影響著不同階層的人，包括各省都督，而新式知識分子更是這些新事物新思想的接受者和傳播者。人們的思想和信仰出現了多元化趨勢，也表明急需確立主流思想意識，袁世凱意識到了這個問題，但由於他的知識背景和固有觀念的影響，提不出更符合社會潮流的思想建設框架，而是將儒家思想復活，從而重建思想權威和道德體系，這一做法得到了守舊人士的支持和響應，紛紛組織孔教會（或孔道會、宗聖會），出版雜誌，開展各種形式的尊孔活動。由於儒家思想是封建社會統治思想，共和政府對孔子的大力尊崇被先進人士和知識分子視爲復古行爲，不以爲然。尊孔復古引發了復辟思潮，遭到了輿論的反對。後來的新文化運動要求徹底打倒「孔家店」，與袁世凱借孔子復古不無關聯，也說明思想文化領域的變革更不是朝夕間可以實現的。

在尊孔復古的同時，袁世凱政府也加強了新聞控制，力圖營造統一的輿論環境。袁世凱主要是一個政治人物，很少發表關於新聞思想的論述，但是從其新聞活動可以看出其「新聞媒體爲我所用」的思想，控制利用新聞媒體更是其主要手段，著名記者莫理循曾觀察到「袁世凱正在加緊控制人民。他幾乎每天都要在臨時政府公報上發表一篇文告，這種做法正在產生對他有利的印象」。〔註 6〕民國元年各派報刊以新聞自由爲名廣泛參與政治新聞報導，指陳時政，甚至攻擊袁世凱，已然引起袁氏不滿，因此二次革命後政府加強了新聞輿論的管制，報界言論了無生氣。袁世凱政府於 1914 年先後頒佈《報紙條例》和《出版法》，不僅賦予警察機關隨時停止報紙出版的權利，而且規定所有報刊出版物在發行或散佈前，必須呈送一份給當地警察機關備案。《報紙條例》更明文規定：禁止報紙刊載被認爲是「淆亂政體」、「妨害治安」和「外交軍事之秘密及其他政務」的文字；禁止軍人、官吏和學生辦報。通過法律手段進一步規範和強化新聞管理，新聞言論自由受到重重限制，其結果必然堵塞正常民意表達渠道。

古籍出版社，1991 年，第 1～2 頁。
〔註 6〕〔澳〕駱惠敏主編，劉桂梁等譯，《清末民初政情內幕》，知識出版社，1986年，第 900 頁。

5.1.3 官僚體系的建立及存在的問題

　　民初吏治狀況令人堪憂，袁世凱曾表現出了一定的擔憂，指出「品流蕪雜，其新進少年則昧於民情而無裨治術，其舊時僚吏則狃於固智而閡合時宜」。〔註7〕面對各級官吏統治不力，地方秩序久難恢復，提出了整頓吏治的要求，引進現代文官制度。1914年7月28日公佈了《文官官秩令》，確定了文官等級，分爲上卿、中卿、少卿、上大夫、中大夫、少大夫、上士、中士、少士九等，並對文官任用、考試、甄別與懲戒等方面做出具體規定，但該項法令實施效果並不理想。以1914年2月北洋政府舉行的縣知事錄用考試爲例，上榜的全是前清舊官員，對此600名落榜考生還聯名致函內務總長朱啓鈐，對北洋政府不顧學力才識，惟以年齡經歷爲標準的選人政策進行了抨擊。〔註8〕袁世凱企圖通過建立現代文官制度改革腐敗的吏治，目的雖善，但實際結果卻是大批舊官僚和投機分子進入行政體系，政府要害部門大多爲守舊或立憲派官僚所把持。在共和國體下，行政體系人員構成中前清官員佔有重大比例，一些接受新式教育，對共和制度有理想有抱負之人都被排除出權力核心，如唐紹儀、宋教仁等，啓用徐世昌、梁士詒、楊度等，一些先進青年知識分子很難有機會實現政治理想，在1915年9月國體問題擾攘之際，這種擔憂依然存在，「青年留學生一派人物深慮國體變更以後政府專偏用守舊之官僚，彼將無復進身之路」，〔註9〕正反映了此前政府官僚體系中守舊官員已經廣泛存在。

　　民國建立以來，受辛亥革命以及新思潮的影響，原有官僚體系的權威受到了衝擊，袁世凱感歎道「改革以來綱紀盡失，地方官吏法令不行」，〔註10〕他試圖建立一套有效的行政系統，並做出一些舉措。但由於處於新舊過渡時期，而且官僚體系的建設並不是短時期可以完成的，因此實際的官僚體系中，舊官僚、立憲派握有實權，軍人也佔有重要地位，袁世凱主要靠軍隊起家，依靠軍人也成爲其統治時期官僚體系的一個重要特點。這種官僚體系在實際的社會改革方面提不出更先進的思想和理念，在推動社會現代化方面鮮有作爲，又常以恢復古制爲手段，認爲「民智未開，恢復古制將是挽救辛亥革命以來顯著的道德沒落的一個切實辦法」，〔註11〕從而迎合袁氏的復古思想。由

〔註7〕　《政府公報》，1913年12月1日，第567號。
〔註8〕　陶菊隱，《北洋軍閥統治時期史話》（二），上海三聯書店，1957年，第25頁。
〔註9〕　《時報》，1915年9月17日，第三版，國體改變問題之最近要聞。
〔註10〕　《政府公報》，1913年11月8日，第544號。
〔註11〕　《北京日報》（Peking Daily News），1914年1月16日。

於改革的進度逐漸變慢，袁世凱政權逐漸失去了民眾基礎。官僚體系的臃腫和腐敗也非常嚴重，袁世凱也承認「近歲以來賄風熾甚，除授如市，道路駭聞，用者為人擇官，官者為紳擇利，政治窳敗，民怨滋深」。〔註12〕其實，當時社會亟需穩定和建設，在民國三年至四年間袁氏加強統治確實取得了積極成果，政府的財政問題基本實現了自給，但是思想領域存在的復古傾向卻不斷擴大，又經過帝制派精心策劃，官僚體系並不能有效預防，同時對新聞輿論的過度打壓，使現代社會新聞媒體所具有的輿論監督作用沒能正常發揮，為其以後政權的倒塌埋下了種子，這或許是袁世凱始料未及的，這一切終將袁世凱推向了末路。

5.2 輿論鼓吹：籌安會及其影響

在帝制運動整個過程中，籌安會發揮了關鍵作用。如果沒有籌安會的策劃運作，如果沒有它的宣傳鼓吹，製造輿論，偽造民意，或許結局會不同。因此在分析帝製成因時籌安會是一個繞不開的節點。

5.2.1 籌安會成立及其對帝制的鼓吹

因共和體制下實行三權分立，袁世凱的權力受到很大掣肘，作為前清內閣大臣曾權傾朝野，因此袁氏常有抱怨，即使實行總統制後，總攬大權於一身，也有不滿，曾對政治顧問莫理循歎息道：「他當總督時的權力比現在當總統的權還大」。〔註13〕因此善於察言觀色舊派人物適時拋出共和國體不適合中國的說法，早在癸甲之際，「京師忽流行一種傳說，謂共和不適於國情，證諸元二年俶擾之象，可以概見，非改弦易轍不足以救亡」。〔註14〕迫於輿論壓力，政府對勞乃宣、宋育仁復辟清室之說進行干預，有關國體問題的議論稍形停頓，至民國四年中日交涉結束後，改變國體之說又倡行於世。特別是憲法顧問美國人古德諾發表《共和與君主論》，提出就中國而言，宜用君主制，此說在社會上引起了強大反響，楊度等借機成立籌安會，於 1915 年 8 月 15 日發表宣言書，其中指出「我國辛亥革命之時國中人民激於情感，但除種族之障

〔註12〕陸純主編，《袁大總統書牘彙編》，見沈雲龍主編《袁世凱資料彙刊》，臺北文海出版社，1966 年，第 85 頁。

〔註13〕〔澳〕駱惠敏編，《清末民初政情內幕：1912～1920》（下），北京，知識出版社，1986 年，第 491 頁。

〔註14〕高勞編，《帝制運動始末記》，臺北文海出版社，1967 年，第 1 頁。

礙，未計政治之進行，倉促之中制定共和國體，於國情之適否未及三思，一議既倡莫敢非難，深識之士雖明知隱患方長而不得不委曲附從，以免一時危亡之禍。故自清室遜位，民國創始絕續之際，以至臨時政府正式政府遞嬗之交，國家所歷之危險，人民所感之痛苦，舉國上下皆能言之，長此不圖禍將無已」。〔註15〕表明成立該會的目的「以美一國之治安，將於國是之前途及共和之利害，各據所見以盡切磋之義」。籌安會雖然打著學理研究的旗號，但其成立在社會上引起了強烈反響。中外媒體紛紛報導，指出楊度等組織籌安會「意欲推翻共和，重建帝制」，〔註16〕道出了籌安會的根本目的。籌安會由六人發起，楊度爲理事長，孫毓筠爲副理事長，成員有劉師培、嚴復、劉變和、胡瑛，爲臨時拼湊而成，初倡導學理研究，繼而操縱和鼓吹帝制運動，通電各省發動請願運動，迨梁士詒提出以國民代表大會議決國體問題，籌安會黯然失色，遂宣告改爲憲政協進會，稱「今國體投票其期不遠，本會方針應從君主問題移而注重立憲問題」。〔註17〕1915 年 10 月 16 日正式通電改名，但所有組織及一切職員並各處加入討論之代表，「概仍其舊」。籌安會之名雖然不復存在，但其君憲主張沒有絲毫改變，且更名以後漸不爲政府所重視。

　　籌安會成立之初遭到了很多媒體的質問和反對，皆曰「淆亂國體」。〔註18〕《時報》及時發表時評文章對袁世凱及其政府對籌安會的縱容表示不滿，謂「本報專電載袁總統對於籌安會之意見，謂所居之地位只知民主政體之組織，不應別有主張，但此種學人研究之舉亦不加干涉。德文報電則稱北京政府辯稱，未知參政等組織籌安會重建帝制之事，又謂果有此事，其責任當由會員擔之。此政府對於籌安會之態度也」。〔註19〕面對報界的反對，籌安會使出公關手段，多次招待報界記者，開茶話會，力圖通過聯絡感情的方式，疏通報界，「籌安會自發起以來，以外間尚有疑惑不明者，特於前日約請在京各報記者開一茶話會，討論宗旨並說明一切事實》」。〔註20〕此外，爲了爭取外國輿論的支持和同情，籌安會企圖招請駐京外國記者，以「交換談話，疏通意志，冀完全達到最初之目的」。〔註21〕可以說籌安會多管齊下鼓吹帝制：

〔註15〕《時報》，1915 年 8 月 15 日，第三版，國內專電。
〔註16〕《時報》，1915 年 8 月 16 日，第三版，譯電。
〔註17〕《時報》，1915 年 10 月 16 日，第一版，籌安會之新名稱。
〔註18〕《時報》，1915 年 8 月 25 日，第三版，關於籌安會之種種。
〔註19〕《時報》，1915 年 8 月 17 日，第四版，籌安會（笑）。
〔註20〕《時報》，1915 年 9 月 1 日，第四版，關於籌安會近聞一束。
〔註21〕《時報》，1915 年 9 月 23 日，第二版，招請外報之記者。

　　第一，加強與中外報界聯繫，「今日請各報記者於長安飯店，明日款各報總理於江西會館」，宣傳君憲主張，大造共和國體不適於中國之輿論，帝制派重要人物對外宣傳道「一九一一年之革命所以用共和主義者僅求推翻滿人，此純起於種族之偏見。當時主張共和者並未研究此字之眞義，迨共和政體既定，始知不適於國勢，國民對之漸不滿意」。〔註22〕

　　第二，組織機關報進行鼓吹，除了帝制派報紙《亞細亞日報》和《國華報》大造帝制輿論外，還新組織機關報，最有名者爲上海《亞細亞日報》的創辦，還籌劃《國是商榷日刊》作爲帝製鼓吹機關〔註23〕，並發動地方支部創辦機關報進行鼓吹，如湖南省籌安分會「尙無成立準期，而對於購買新聞紙代爲鼓吹之運動力頗不少」。〔註24〕爲了有效反擊反對輿論，爭取輿論主動，形成擁護帝制的言論，籌安會還廣泛發動會員撰寫文章進行鼓吹，每發一篇文章給五元錢獎勵。

　　第三，籌設分會，籌安會的成立及其運作並不是楊度等六人所能完全承受的，其幕後自有有力推動者，因此其影響力日漸擴大。得到政府默許後，籌安會開始大肆活動，積極聯絡各省行政長官，以及各省公私機關，籌設分會。委託人員「至上海及各省籌設分會以竭力鼓吹之」。〔註25〕該會還可以直接給地方行政長官發通電，要求其派代表到京參與討論國體問題，顯示了其特殊的權力。

　　第四，進行海外宣傳，派蔣士立到日本在留日學生中進行帝制運動，結果蔣氏遭到反對派槍殺。

　　第五，對反對言論實行打壓，由於籌安會具有相當的政治背景，通過它的活動和收買，一些報紙接受賄賂也變成了帝制的附和者，對於反對派報紙他們通過行政手段予以封殺。帝制問題發生以後「北京報紙除外人所辦者外，乃漸漸趨於一種勢力之下，儼與政界冶爲一爐。凡關於鼓吹帝制及駁斥反對黨之稿，多由籌安會撰擬分送各報，對於此等稿件各視其所享之權利以盡相當之義務」，〔註26〕由此可以看出籌安會鼓吹帝制的方法和手段。這些操作無

〔註22〕《時報》，1915 年 9 月 4 日，第三版，譯電：路透電。
〔註23〕《時報》，1915 年 8 月 26 日，第四版記載籌安會發起者邀請報界巨子組織《國是商榷日刊》，作爲籌安會的鼓吹機關，該刊實際創辦與否由於資料的缺乏還無法確認，但由此可見籌安會在鼓吹帝政方面籌劃有素，準備充分。
〔註24〕《時報》，1915 年 9 月 3 日，第三版，國體問題之近訊。
〔註25〕《時報》，1915 年 8 月 25 日，第三版，國內專電。
〔註26〕《時報》，1916 年 4 月 17 日，第二版，北京言論界之新曙光（彬彬）。

不需要款項，到 1915 年 11 月「所用款項不下數百萬元」，具體包括電報費、招待費、新聞津貼費，而「尚有一大宗鉅款，即爲作文者之薪金」，〔註27〕可見籌安會在鼓吹帝制輿論上面花了很大成本，後因無款可籌，到憲政協進會時面臨停止狀態。

　　通過籌安會的廣泛發動和宣傳，借助行政手段實行輿論高壓政策，在北京「除日人所辦之順天時報外，其餘眞可謂一鼻孔出氣者矣，此在政府權威之下且間有特別關係，雖欲稍持異論而勢有不能」，〔註28〕反映出帝制時期北京新聞界遭受的壓制。籌安會初起時京中還有不少報刊持反對意見，如《國民公報》、《國是報》等，後經過楊度等人多方活動，一方面資助《亞細亞日報》六十萬元創辦上海版，「其餘各報或稍加津潤，或屈於勢力，或隨聲附和，或輕描淡寫」，〔註29〕北京報界關於帝制的反對聲音被「同化」了，除了外人所辦報刊還能堅持反對帝制立場外，其他華文報紙昌言反對者經籌安會用不同手段，被「刈除罄盡，從此步伐整齊，號令嚴肅」。因此從這一點來看，以金錢和權力爲後盾的新聞輿論政策取得了不錯的效果。但實際來看，屈於權威壓制下所出現的輿論一致並不代表眞正民意，一旦遇到合適時機，這種被壓抑的輿論就會爆發出來。帝制取消後，報紙僅「屈於勢力者，頗漸復小小自由」，敢於揭載「南軍組織軍務院之事」，敢於報導護國戰爭新聞，而這些新聞的報導對於形成眞正輿論有著積極的影響。北京之外，地方上言論也受相當之限制，自帝制運動以來至滇軍起義，爲響應中央政府輿論一律之精神，常對報界威脅利誘，實行新聞檢查。而隨著帝制運動的失敗，言論界逐漸獲得自由，也敢於發出眞實言論。

5.2.2 僞造民意及對袁氏的影響

　　隨著籌安會鼓吹帝制運動的開展，帝制運動進入實質推進階段。針對袁世凱關於變更國體問題所作宣言書中提及「大總統之地位本爲國民所公舉，自應仍聽之國民」，「至國民請願，要不外乎鞏固國基、振興國勢，如徵求多數國民之公意，自必有妥善之上法」，〔註30〕籌安會揣測旨意，認爲可進入實際操作階段，先是勸請旅京人士組織各省請願團向參政院代行立法院請願

〔註27〕《時報》，1915 年 11 月 24 日，第四版，憲政協進會之前途。
〔註28〕《申報》，1916 年 5 月 15 日，第三版，北京通信（侶樵）。
〔註29〕《時報》，1916 年 4 月 17 日，第二版，北京言論界之新曙光（彬彬）。
〔註30〕《時報》，1915 年 9 月 8 日，第六版，大總統之宣言。

討論國體，各省代表按要求均上書贊成帝制，「惟皆由各省旅京之人遞入，不能稱爲代表全體也」，〔註31〕後又發動各省請願，各省請願也有僞造民意現象的存在，如民國四年八月三十日段芝貴等通告用各省公民名義並代辦請願書〔註32〕。籌安會還向參政院遞呈表示贊成恢復帝制，隨後黎元洪抱病不出以撇清與帝制的關係。對籌安會假託學理研究的眞實面目《時事新報》及時予以揭發「籌安設立之始，本託言研究學理，不涉政治。日前竟逾越其所謂至嚴界限，以速決變更國體請願於參政院矣」。〔註33〕籌安會爲達到速行帝制之目的，通過金錢運動，在楊度倡議下竟出現所謂娼妓請願團、乞丐請願團等等，以此粉飾民意。〔註34〕經過動員，前後共有三次公民請願，政府當局及籌安會頗能拿公民請願說事，認爲既有如此請願國體變更問題當交由國民會議議決。而當所謂三次請願書呈遞參政院討論時，本擬由國民會議討論決定，但國民會議爲議定憲法之機關不能決定國體問題，爲了加快速度梁士詒等又提出另籌徵求民意辦法，主張成立公民代表大會，由各縣選出一代表，集於省會，用投票辦法決定國體。對於籌安會的計謀以及設立所謂國民代表大會將國體問題交由國民公決的做法，當時的報刊看得很清楚，評論道「此等苦心孤詣之手續，果僅請願團所求於參政院者乎，抑係政府所需於請願團與參政院者乎，明眼人固能辯之。總之，公民請願也，參政院建議也，政府咨覆也，公民再請願三請願也，參政院自訂辦法也，皆預定之步驟而已」。〔註35〕針對代行立法院指定人員起草國民代表大會組織法，《時事新報》指出「此項法案既經成立，非若建議案之得任政府自由採擇，蓋將藉此表示非出於政府之意，爲掩耳盜鈴之計也」。〔註36〕對政府假借民意、推卸責任爲自己留後路的做法表示了極大的憤慨。

國民代表大會組織法卻得到了袁世凱的認可，經此辦法所產生的代表數

〔註31〕《時報》，1915 年 9 月 4 日，第三版，譯電。

〔註32〕此詳細情況請參見《袁世凱僞造民意紀實》，第 1 頁。

〔註33〕《時事新報》，1915 年 10 月 3 日，第二版，籌安會近訊。

〔註34〕榮孟源、章伯鋒主編《近代稗海》（3）之《新華秘記》，四川人民出版社，1985年。其中有詳細記載了楊度如何發動各種請願團的經過，反映了爲達到帝制目的帝制派不擇手段發動所謂「民意」，也顯示了其對民意的肆意利用，將此種製造出來的「民意'作爲其達到目的的手段，終遺歷史笑柄。

〔註35〕《時事新報》，1915 年 10 月 3 日，第二版，危崖轉石之國體問題（北京特別通信）。

〔註36〕《時事新報》，1915 年 10 月 2 日，第二版，參政院籌定徵求民意辦法。

較國民會議人數多出很多，參政院爲之雀躍，「今代表人數逾二千人，以此爲決定大計之機關，庶正確之民意可得見，而較國民會議爲有進」。〔註37〕然而隨著帝制運動的發展，推舉國民代表的內幕被媒體曝光，僞造民意大白於天下，一時間輿論譁然〔註38〕。籌安會曾於民國四年九月二十七日致電各省，指示各縣代表事實上雖係指定，形式上仍須推舉。面對如此「民意」製造過程，《時報》評論道「嗚呼，民意不可挾而致也，民意有公亦有私，有暫亦有久。質言之，其見好於一霎那者必其見棄於千萬世者也；其附和於一二人者必不表同意於億兆人者也。民猶水也順而導之以由地中行，逆而壅之，則必有潰決橫流之一日矣。是故政府不欲求眞確之民意則已，政府今日而猶知此，則宜乎其愼所從事矣。」〔註39〕對於密電的曝光，籌安會通電各曝光報館，辯稱「遍詢同人並未發過此電，合請更正」，〔註40〕同日籌安六君子之孫毓筠也發電否認密電一事。同時帝制機關報上海《亞細亞日報》發起反擊，稱「既曰密電則除發電者與收電者外，當不更爲第三人所知，報館訪員具何神通而能刺取人家之密電」，〔註41〕企圖迷惑公眾視線。然而事實勝於雄辯，護國戰爭發生後，雲南方面將之前政府所發各項密電公諸於世，後人將之編爲《袁世凱僞造民意紀實》傳諸於世，並被譯成英文。從中可以更加清楚地看到僞造民意的整個過程，除上述各條外，還有 1915 年 10 月 26 日內務部長朱啓鈐等通電各省，國體投票開票後應即推戴袁世凱爲皇帝並擬定推戴辦法；又於 12 月 21 日通電各省「此次國體問題文件除關於法律規定外，一律查明燒毀」。

帝制派僞造民意可謂轟轟烈烈，僞造的民意對袁世凱思想變化產生了影響。起初，雖然袁氏在很多場合表示出對共和國體的不滿，但對變更國體問題亦相當謹愼。籌安會成立後，國人關於稱帝的猜測日漸強烈，爲了平息輿論他公開否認，派代表至代行立法院宣讀維護共和的宣言書，但宣言書的態度有些曖昧，其中說到「大總統之地位本爲國民所公舉，自應仍聽之國民」，這就使帝制派想盡辦法使國民出現擁護君主制度的現象，從而使大總統冠冕

〔註37〕《時事新報》，1915 年 10 月 4 日，第二版，電報：北京專電。
〔註38〕《時報》、《申報》、《時事新報》等分別在 1915 年 10 月 5 日報導了參政院發給各省密電四則，包括如何推舉代表、如何保證多數人贊成君憲、地方長官的職責、在君憲主張時期如何籌備國慶等詳情。
〔註39〕《時報》，1915 年 10 月 9 日，第六版，時評：民意（萍）。
〔註40〕《時報》，1915 年 10 月 10 日，第二版，北京籌安會代表團來電。
〔註41〕《上海亞細亞日報》，1915 年 10 月 12 日，第四版，時評二：密電（靜）。

堂皇地接受帝政。因此他們開始鼓吹君憲，大造輿論。袁氏也對籌安會活動
的反響加以關注，「日來批閱中外各項報章，凡於籌安會有記述者一一瀏覽，
其立言得體者並諭令內史記入一冊，藉為將來研究資料。」〔註42〕請願運動
發生後，輿情狀況究竟如何，袁政府對「輿論上之趨向究竟若何，深欲調查
詳細藉知此中真相。爰決計就各方面切實體察，究竟輿論上是否同聲贊成，
南北各省一致同情以及蒙藏回等部所具之意見有無歧異之處，務即探本窮原
俾資考覈」。〔註43〕但北京報界在籌安會以及政府的壓制下，很難有真正聲
音。日人所辦《順天時報》可謂反帝最為嚴厲，袁世凱一直有閱報習慣，《順
天時報》也是其常閱之報，莫理循曾向袁世凱反映該報態度激烈，袁氏並不
這樣認為，「一日元首手《順天時報》語陸軍王總長曰：莫理循告我順天時報
如何激烈，以我看來宗旨甚為純正。王接過一閱即對云：士珍所見之順天時
報與之不甚同，恐怕另有原因。因即命人回宅取來數期進呈。閱畢，恍然大
怒，將某要人傳來大加申斥」。〔註44〕反映了袁氏並沒有瞭解到真正民意。國
民代表大會投票決定國體問題時，其幕後操作主要由籌安會、參政院以及國
民會議事務局進行，以密電形式指導各省軍政長官。因此順理成章1993票一
致通過，贊成恢復帝制。在日英等國勸告緩行帝制時，袁政府答覆「人民主
張帝制有種種理由，國體問題當聽諸國民公意，故付之國民代表大會公決，
各省文武官吏一再電告改革時必無變故發生」。但對於各國的忠告袁世凱也不
敢掉以輕心，究竟選舉操作是否合法，對此他曾特派大理院院長、肅政史數
人「認真稽查，如有選舉不合法者，立即取消」，〔註45〕可見袁氏對帝制派幕
後操作真實情況並不甚瞭解，且以為國民代表大會投票結果代表真實民意。
接受推戴時，袁世凱申令「國民代表一致贊成君主立憲，我國主權本於國民
全體，予又何敢執己見而拂民心」。〔註46〕袁世凱從頭到尾擺出一副遵從民意
的姿態，但他對真實民意又瞭解幾何，帝制派偽造民意的整個過程並沒有證
據顯示袁世凱直接參與其間，但偽造民意的結果袁世凱是信以為真的，因為
帝制派不斷將各省擁護帝制的電報、請願書呈遞給袁氏。袁世凱一直相信整
個程序是合法的，所以其認為稱帝也是遵從民意的結果。我們也不能將袁世

〔註42〕《時報》，1915年9月2日，第四版，籌安會之近聞種種。
〔註43〕《時報》，1915年9月18日，第二版，輿論之調查。
〔註44〕《時報》，1916年4月17日，第二版，北京言論界之新曙光（彬彬）。
〔註45〕《時報》，1915年11月3日，第二版，譯電：北京字林報電。
〔註46〕《政府公報》，1915年12月14日，第1294號，大總統申令。

凱想得過於簡單，帝制派僞造民意袁氏至少是間接縱容的，這種僞造的民意最終直接促成了其帝制自爲。

5.3　昧於輿情，帝制心起

5.3.1　民初遭遇暗殺及其對袁氏的影響

　　晚清時期袁世凱可謂是開明派，善於與各派人物打交道，包括各國公使以及新聞記者，時常接受媒體採訪以進行宣傳和自我宣傳，從而保持媒介的良好形象。也注重瞭解輿情狀況，與新聞記者保持著良好關係，如與《泰晤士報》著名記者莫理循保持著密切關係，民元以後對著名記者黃遠庸也極爲賞識，排除眾議啓用梁啓超等。但是隨著其專制權力加強，與新聞界的關係逐漸疏遠，期間有一事值得我們注意，那就是辛亥革命時期袁世凱曾遭遇暗殺。1912 年 1 月 16 日袁世凱早朝結束回府，其衛隊剛出東華門，便遭到了炸彈襲擊，衛兵當場斃命者兩人，馬匹亦有死傷，幸而炸彈沒有擊中袁世凱的馬車，驚慌之中袁氏馬車逃離現場，回到家中依然驚魂未定。實施此次暗殺行動的是北方革命黨，後經抓捕有十人歸案，然有確鑿證據者僅三人，此三人很快就被槍決了，其餘因無確鑿證據而釋放。此前袁世凱已意識到共和乃大勢所趨，轉而勸清室退位，清室因之猜疑袁氏與革命黨有聯繫，炸彈襲擊發生的當天袁世凱也剛好早朝勸隆裕太后退位，回府之時遭遇暗殺，此次遭遇反而表明袁世凱與革命黨的激烈關係，從而贏得清廷信任。這次暗殺極其驚險，袁氏險些殞命，時人還做漫畫——袁世凱遇炸，描述當時的場面（如圖 7）。此次遇刺給袁氏帶來了很大影響，「袁氏自遇刺後即不復入朝，所有面奏及請旨事件，均有士詒與署外務大臣胡惟德、民政大臣趙秉鈞三人傳述」。〔註47〕據唐在禮的記述，此後很長一段時間袁氏不願出門。無獨有偶，後被聘爲袁世凱政府政治顧問的莫理循也在他的日記中記載到，袁世凱自搬進新華宮就再也沒有出去過。梁啓超也曾說到「大總統高拱深宮，所接見者惟左右近習，將順意旨之人，方且飾爲全國一致擁戴之言，相與邀功取寵」，〔註48〕這些都正好說明此次暗殺對他的影響。

〔註47〕朱傳譽主編，《梁士詒傳記資料》（一），臺灣天一出版社，1979 年，第 13 頁。
〔註48〕丁文江、趙豐田編，《梁啓超年譜長編》，上海人民出版社，1983 年，第 714 ～715 頁。

圖 7　選自 1912 年 1 月 22 日《時報》

　　遭遇暗殺後便深居簡出，袁氏對外界的瞭解主要通過報章以及一些情報，但是通過這種渠道獲取信息給帝制派留有可乘之機。在 1914 年之前，袁氏將主要精力集中於排除異己加強中央集權，尤其是通過對國民黨勢力的討伐，取締國民黨，解散國會，確立了總統制，集大權於一身。但是民初社會畢竟經過革命的洗禮和新思想的滌蕩，思想領域早已不是大一統的儒家天下了，正統儒家思想早在清末時期隨著清議的衰落以及西方新思想的輸入而遭

到消解，民國以後隨著崇洋媚外的擡頭，這一正統思想正在走向消亡，而民族主義則方興未艾，這些都對傳統權威形成了致命衝擊，袁世凱也很敏銳地意識到了這個問題，因此試圖在思想領域和政治領域重建權威。作為封建官僚、過渡人物他只有搬出儒家思想，在思想文化領域掀起尊孔復古運動，這使得很多舊官僚、清朝遺老以及一些別有所求的人開始了袁氏復辟的猜測。而袁世凱多次表達對現行體制的不滿，「對帝國遺落的權威念念不忘」，因此左右近臣包括其長子袁克定，都極力慫恿其稱帝，主要從製造稱帝言論入手。而與此同時袁世凱加強了對新聞業的管制，經過癸丑之役，「國內的新聞紙都懾於袁氏淫威之下，日日歌頌袁氏的功德，奄奄無生氣」。〔註49〕正是這種對輿論的壓制，也阻塞了真實民意的宣達。到了籌安會成立之時，帝制運動進入了實際推進階段，反對之聲常見諸報端，袁世凱雖然每天保持閱讀報章的好習慣，但此時其看到的報章已經被做了手腳，然而他還信以為真。次子克文不熱心帝制，能默察天下大勢，曾進言阻諫，「因克文與外間人士交接，時閱新聞報章，稍稍接近輿論，不若袁氏之久受蒙蔽」，〔註50〕由此可見袁世凱對社會輿論瞭解的正常渠道被屏蔽了。他久居宮中很少到外面走動，不瞭解真正輿情，沉浸和陶醉於萬民擁護帝制的假象中，可以說與他早年遭到暗殺也有著一定的關聯。

5.3.2 舊官僚及家人的功利心對袁氏的影響

　　前文關於袁世凱官僚體系的分析中提到，舊官僚在這個體系中佔有相當比例，且在最高統治層中把持著重要權力。在後來的帝制清算中，被通緝者有楊度、孫毓筠、梁士詒、顧鰲、夏壽田、朱啓鈐、周自齊、薛大可，「皆大總統之股肱心腹」。〔註51〕隨著袁氏專制集權的加強，這些善於揣測「聖意」的舊官僚坐不住了，紛紛行動起來以便在新的體制中晉官加爵。楊度一度與袁世凱關係較為密切，清末預備立憲時，楊曾以四品京卿的榮譽參與憲政編查館，辛亥革命南北議和時又成為重要的牽線人之一。而楊與袁克定尤為接近，成為帝制運動的主要操縱者之一。據《北洋述聞》記載，「楊度素主君憲，曾為項城奔走，後因事有進讒於項城者，項城亦疏遠之。然彼不甘寂寞，在

〔註49〕張靜盧，《中國的新聞記者與新聞紙》，光華書局印行，第 26 頁。
〔註50〕榮孟源、章伯鋒主編，《近代稗海》（3）之新華秘記，四川人民出版社，1985 年，第 347 頁。
〔註51〕鳳岡及門弟子謹編，《三水梁燕孫先生年譜》（上），1946 年再版，第 294 頁。

京任參政。與其謂爲接近項城，毋寧謂爲接近克定。克定住湯山，楊時到彼處鼓吹帝制，克定亦利用之」。〔註52〕辛亥革命以來楊度爲袁出力不少，但終不能像梁士詒那樣得到袁世凱的重用，因此鬱鬱不得志。因看透袁氏父子想謀帝制的隱衷，於是極力和袁克定要好，想替袁家製造一具世襲皇冠，這樣一來袁家帝國第一任內閣總理非楊度莫屬了。〔註53〕處於這樣的功利目的，楊度對帝制運動非常積極，曾當面催促袁世凱「北洋諸將，從公多年，所爲何事？亦惟欲攀龍附鳳，求子孫富貴耳。公不早定計，其如諸將何？」袁世凱莫不作答。〔註54〕籌安會成立後，楊度還撰文《君憲救國論》，鼓吹「共和不能立憲，惟君主始能立憲，與其行共和而專制，不若立憲而行君主。」爲復辟帝制搖旗吶喊。

梁士詒「與世凱的關係很深，爲世凱智囊團主腦」。〔註55〕帝制運動發起初期梁士詒頗不贊成，後因交通大參案發生，爲擺脫困境竟而贊成帝制，一時注目的大參案遂不了了之。以梁士詒爲首的交通系贊成帝制後，繼而發起全國請願聯合會，倡議以國民代表大會投票決定國體問題，得到了袁世凱的認可，梁士詒的功勞後來居上，「梁士詒將任爲帝制內閣之首相」〔註56〕。至於內務總長朱啓鈐、周自齊、顧鰲等無不爲名利所驅動，爲袁氏稱帝到處運動。

當然在整個帝制運動中，袁世凱家人爲了家族的利益也爲帝制添磚加瓦，尤其是長子袁克定，可以說袁克定是這場帝制運動幕後主要推手。袁克定的政治野心產生於其父對他的信任，「洪憲帝制之發生，袁氏長子克定頗於中效力，且金錢運動，往往自其手出，則袁氏之信任可知」。〔註57〕在諂媚之人慫恿下其野心更加膨脹。袁世凱老師之子張宗長曾向袁克定獻媚說自己會算命，並到處宣傳袁克定將爲二十年太平天子，袁克定聽說之後召見了他，他說：「推公之命，應以來歲始，爲二十年太平天子。大總統若爲終身總統，則誤公之正位矣。以某之計，立時鼓吹帝制，先推總統即位，以固國本，後諷總統遜位頤養，則公之帝位成矣。若有阻難者，公有模範團，可以力服也」，

〔註52〕張國淦，《北洋述聞》，上海書店出版社，1998 年，第 78 頁。

〔註53〕李劍農，《戊戌以後三十年中國政治史》，中華書局，1965 年，第 205 頁。

〔註54〕劉禺生，《世載堂雜憶》，中華書局，1960 年，第 173 頁。

〔註55〕朱傳譽主編，《梁士詒傳記資料》（一），臺灣天一出版社，1979 年，第 11 頁。

〔註56〕《時報》，1915 年 10 月 8 日，第一版，譯電。

〔註57〕榮孟源、章伯鋒主編，《近代稗海》（3）之新華秘記，四川人民出版社，1985
　　　年，第 347 頁。

此番言論頗使袁克定蠢蠢欲動，遂謀帝制。〔註58〕民國元年袁世凱曾密派其長子赴德，期間威廉二世歷陳中國應實行帝制，並將此建議寫入信中讓袁克定交與袁世凱，袁世凱閱後很高興。〔註59〕從此，袁克定積極鼓吹帝制。顧維鈞曾在回憶錄中寫道：「革命前曾在清朝做過大官而拒不在民國任職的遺老、政客都投到袁克定門下，或被羅致在這個小圈子中。他設總部於中南海裏的一個島──瀛臺，在這個首都的中心接待擁護帝制的死硬派」。〔註60〕據新華宮中舊官僚敘述，「項城推翻清廷，夙怨已雪，初無帝制自為之意。惟克定狼子野心，慫恿於項城之側，已非一日。」〔註61〕此言雖有推卸責任，將帝制歸咎於袁克定一人之嫌，但確實反映了袁克定在其中的關鍵作用。

袁克定與憲法顧問古德諾關係也極為親密。為了使復辟帝制具有理論依據，在袁克定等帝制派的策劃下，1915 年 7 月剛回到北京不久的古德諾被要求寫一篇文章，並指出中國適於採用君主政體，古氏答應了。〔註62〕「代價至五十萬金」。此文一出影響極大，特別是帝制派藉此蠱惑眾聽。此外，袁克定還造假報蒙蔽其父，袁靜雪在其回憶中曾有描述。袁世凱接受帝位後「克定當帝制之宣佈也，手諭府中人員，令皆呼之曰‘爺’，而以老佛爺尊其母，其目中無父，而其莫大之野心可想見矣。迨項城知其事，則已垂近取消之時」。〔註63〕即使雲南發動護國戰爭，特別進入民國五年以後，戰事進展與人心向背已明顯不利於袁世凱，但帝制派報紙仍報喜不報憂，帝制取消後，袁世凱對「各報一味唱喜，歌頌聖德，頗怒其有心蒙蔽」。〔註64〕

帝制事起後，袁世凱妻妾也為稱帝而歡呼，常為妃嬪之封而爭風吃醋。對袁氏也施以蒙蔽手段，「初袁注意南方民黨之行為，每日必閱滬、漢各埠報紙數十種。此報紙即由庶務司傳進，與內史廳無涉也。自滇軍反抗，外間報紙之論調頗多與袁氏牴觸處，內史始恐袁氏閱之生怒，乃飭庶務司轉送內史廳檢查以進。其謾罵不堪，或挑撥感情者，輒改削重印以進，袁氏不知也。

〔註58〕袁克文，《辛丙秘苑》，上海書店出版社，1999 年，第 14 頁。

〔註59〕劉禺生，《世載堂雜憶》，中華書局，1960 年，第 173 頁。

〔註60〕顧維鈞，《顧維鈞回憶錄》（第一分冊），中華書局，1983 年，第 95 頁。

〔註61〕榮孟源、章伯鋒主編，《近代稗海》（3）之新華秘記，四川人民出版社，1985 年，第 348 頁。

〔註62〕張玉法主編，《中國現代史論集》第四輯民初政局，臺灣聯經出版事業公司，1987 年，第 189 頁。

〔註63〕同 346。

〔註64〕《時報》，1916 年 4 月 17 日，第二版，北京言論界之新曙光（彬彬）。

而其間有民黨報數種，袁氏本視為化外，輒置不閱，遂仍擱置庶務司中。及袁染疾，長日無聊，則思及民黨各報，索閱一二為消遣計，仍由庶務司直接傳送。乃袁氏見之，不禁氣憤填膺，每閱一行輒搥床大罵一頓，每頓必呶呶數十言，耗費氣力甚多，輒至語聲不能連續，諸妃患之，乃由周妃親至居仁堂，與阮內史商定，取庶務司所來之民黨報各名目，檢閱來歷，而擇滬上言論最平和之報章，發交印鑄局重行排印，於新聞中增入數條，謂某民黨機關報，於某日為官廳勒令停板，拘捕主筆懲辦云云，陸續竄入其中，使民黨報依次遞盡，即將原報毀棄不進。袁見此新聞而樂甚，竟撫掌大慶曰「封得好」，蓋信以為實也，而不知皆內史廳幻術封之耳。不旬日，並一切反對報紙，無一入袁氏目者。及疾篤，漸因目力不濟，不能自閱，乃遣周妃讀之。周妃僅取《亞細亞報》朗誦以塞責，自是內史乃亦遂無修改之煩勞云。」〔註65〕

由上述可見，袁為左右蒙蔽之情形，其最終敢於稱帝，昧於輿情也是一個主要因素。袁世凱在彌留之際，告徐世昌等「謂本無帝制自為之心，而左右之人淆亂黑白，遂信為國民真意」。〔註66〕通過上述分析可以看出此語有一定的根據，而非全是推卸責任之辭。當然，如果袁世凱真無帝制之心、堅辭不就也就不會以這樣的悲劇收場，「蓋楊度等六人所倡之籌安會，煽動於前，而段芝貴等所發各省之通電，促成於繼，大總統知而不罪，民惑實滋」。〔註67〕

5.3.3 帝國主義國家曖昧態度

帝制運動的擡頭及其進行，各國態度如何？此問題一直是袁世凱極為關注的，因為能否得到各國的承認關係一國的國際地位是否合法。因此1915年9月份就有新聞報導袁世凱政府關於國體變更問題曾電飭「駐在各國之中國公使探訪其國政府意向所在，並就旅京各國有力人士詢問其意見如何」，並將公使本人意見以及駐在國政府意見及時向政府報告。籌安會發起後，袁世凱曾命人翻譯外人關於籌安會之言論，從而瞭解各國政府態度趨向，從後來的事實推斷，其瞭解情況並不全面。

當1915年帝制運動發生時，各國態度都較為曖昧，不明確表態。雖然民國元年，袁世凱密派袁克定赴德，威廉二世亦曾表示支持中國實行君主

〔註65〕榮孟源、章伯鋒主編，《近代稗海》（3）之新華秘記，四川人民出版社，1985年，第410頁。
〔註66〕高勞編，《帝制運動始末記》，第93頁。
〔註67〕鳳岡及門弟子謹編，《三水梁燕孫先生年譜》（上），1946年再版，第294頁。

制，此爲最早帝國主義國家對中國帝制的態度，但當時確無任何迹象表明袁世凱有帝制傾向。至帝制發生時，德國公使態度明顯轉變，並不表示積極贊成。同年 8 月初，關於憲法起草討論時，當時各報多不贊中國憲法半取法於日本，並指出「日本竭力勸誘中國取法所謂日本之憲法政治，彼蓋別有目的」。〔註 68〕此時日本表現出的態度似乎是贊成的。至 9 月初日本時任首相大隈伯於談及對中國帝制態度，謂「共和國確立既失敗，國民思及帝制，此爲自然之勢。至以何人爲皇帝，非得實際能謀中國統一之第一人不可」，又說道變更國體爲中國內政問題，「日本政府固無由干涉，惟其結果如有破壞日本之利害及中國之現狀，則不得謂無關係」。〔註 69〕表明了對中國帝制的同情，但設有前提條件，爲其日後干涉留有藉口。不久日置公使又在馬關發表中國時局談，指出「國體問題乃中國內政，列國使臣對此問題不當干涉」。〔註 70〕與此同時，歐西各國駐京公使亦表示，「吾等政府此時實無暇過問中國之事，且事係中國內政，外人亦無從干涉」〔註 71〕，並不表示贊成與否。

　　然而，帝制派報紙爲了使一般人民深信變更國體得到外人贊成，不顧事實，違反職業道德，捏造新聞，稱英美兩國公使謁見袁世凱時表示贊成帝制。〔註 72〕爲此遭到英美兩國公使抗議，外交部出面澄清未有此事，稱《醒華報》所載英使贊成「未符事實，請取締」，〔註 73〕並諭令各報勿妄載外交事項。帝制派對外交的態度常以國體變更爲內政問題各國無由干涉，以此進行宣傳，蒙蔽國內輿論。對此《時事新報》嚴厲指出：「彼固日日揚言於眾，以爲此我國內政也，此外人所不能干涉者也。此其氣度何等淡定，何等從容，豈尚有外交兩字置其腦中？」〔註 74〕

　　各國的曖昧態度，給袁世凱帝制運動以誤導，以爲只要不損害各國在華利益就不會受到干涉，因此帝制運動仍在快速推進。特別是與中國利益關係

〔註 68〕《時報》，1915 年 8 月 3 日，第三版，北京政界之西人觀念。
〔註 69〕《時報》，1915 年 9 月 7 日，第二版，譯電：東方通信社電。
〔註 70〕《時報》，1915 年 9 月 15 日，第三版，國體聲中之見聞錄（雙人）。
〔註 71〕《時事新報》，1915 年 10 月 3 日，第二版，危崖轉石之國體問題（北京特別通信）。
〔註 72〕《時事新報》，1915 年 10 月 4 日，第三版，贊成君主說之打消。該文轉載《英文京津泰晤士報》通信，該英文報記者否認英美公使贊成帝制說，稱爲子虛烏有之事，爲有關係之人虛構。
〔註 73〕《時報》，1915 年 10 月 9 日，第一版，國內專電。
〔註 74〕《時事新報》，1915 年 10 月 19 日，第二版，論帝制派對外之態度（北山）。

密切的日本政府，起初表現出冷靜旁觀之態。但是隨著帝制的實際推進和選舉結果的出爐，日本首先站出來表示反對。十月底初日本代理公使小幡聯合英俄向中國政府正式提出警告，謂「目下改變政體尚未至成熟之期」。〔註75〕後法國、意大利也分別提出忠告。日本對中國一直以來居心叵測，據當時的媒體分析「日本對於恢復帝制之舉本持冷靜態度，冀有騷亂即可乘機在中國鞏固其地位，後東京知無大亂可望，乃出此手段以激亂，一方面予亂黨以膽量，一方面示意中政府，謂亂黨可得其實際上之助力」。〔註76〕面對各國忠告，袁世凱政府以「國體問題當聽諸國民公意」，又謂「改革時必無變故發生」，〔註77〕即使有變亂中國政府也能平復，希圖得到各國諒解。但日本仍不罷休，又提出第二次警告。面對各國忠告，袁世凱不得不慎重，下令「各國報紙登載關係國體之輿論，必須詳細參考，並飭譯報各員隨時譯呈，不得有規避遺漏」。〔註78〕儘管有各國忠告，投票結果出來後袁世凱依然接受推戴，對此國外媒體表示不理解，「袁氏之取此決心，或被迫而取此決心，乃顯然漠視協約國之忠告」。〔註79〕

有一點值得注意，在日本和意大利向袁世凱政府提出延緩帝制的忠告中，都提及了對中國民意的假象，對其表達了對民意支持帝制的質疑。日本在忠告中提到「中國規劃復興帝制一事，雖曰由民意所歸趨，然統觀近來情勢頗有不堪憂慮之徵兆，即如上海一埠現已釀生險象，沿江及南方諸省，仍時有反對帝制者，暗潮橫流，漸形不靖」；〔註80〕意大利也提到「中國政府揚言依民意將斷行國體變更，而以管見，所測民意之真相當依報界論調可退而知。然中國現時所謂報界之公論者，非真能代表民意，實不啻為政府之傀儡也」。〔註81〕這些都表明了袁世凱稱帝行為違背了真實民意。

總之，帝制初起時，各列強處於不同的考慮，都不表示反對帝制。袁世凱也曾多次密電中國駐各國公使瞭解各國態度，但似乎沒有太多收穫，即使英國公使朱爾典早在1915年8月給莫理循的信中說道「這種帝制鼓動是一派胡言亂語，自然它是利己主義者發動的純屬虛幻的運動」，表示了對帝制運動

〔註75〕《時報》，1915年11月1日，第三版，譯電。
〔註76〕同363。
〔註77〕《時報》，1915年11月4日，第一版，國內專電。
〔註78〕《時報》，1915年11月29日，第一版，國體改變問題之最近要聞。
〔註79〕《時報》，1915年12月15日，第三版，英字報對於中國帝制問題之論調。
〔註80〕《時報》，1915年11月1日，第四版，日人忠告之內容。
〔註81〕《時報》，1915年11月17日，第二版，義國勸告之詳情。

的蔑視。但後來袁世凱邀請他到總統府談話時，他雖沒表示贊成帝制，但是態度依然曖昧。日本一直是袁世凱極爲關注的對象，有一種觀點認爲袁世凱簽訂二十一條是爲了換取日本對帝制的支持，這種觀點有失偏頗。另外，從當時的史料記載來看，並沒有特別的證據表明日本支持帝制運動，但是可以推斷日本的態度也是曖昧的。後來的五國忠告也是日本牽頭髮起的。因此在各國曖昧態度下，袁世凱蠢蠢欲動，又昧於輿情，最終接受帝位。

本章小結

　　袁世凱稱帝原因較爲複雜，具有多面相特點。本章主要從新聞輿論傳播視角進行分析，爲這個問題的解釋提供一個新的切入點。不論是籌安會鼓吹、製造帝制輿論，還是冒名代辦請願書，以至操作國民大會代表選舉等情，期間都存在壓制正常民意表達，濫用新聞輿論的不法行爲。通過上述分析可以看出這些幕後操作袁世凱並不完全瞭解眞相，也曾發生懷疑，要求瞭解眞實輿論，然而左右人等收買報館，或以武力威脅，北京報界到處是一片附和之聲，整日歌功頌德。唯一一家自始至終反對帝制運動的是日本人創辦的《順天時報》，帝制派企圖取締該報，但沒有成功。袁世凱偏愛閱讀該報，帝制派於是僞造該報，淆亂視聽。

　　民初袁世凱遭遇驚心動魄的暗殺，此後很少到外界活動。這種情況也給帝制派提供了利用的好機會，因此有僞造報紙，捏造事實，蒙蔽袁氏，使其對眞實情況不甚瞭解。即使袁氏家人也對其行蒙混之術，當時社會就流傳「國內各種反對君主之激烈論調，袁總統實完全不知」。〔註82〕沒有正確的信息情報渠道，在一定程度上導致了袁氏對形勢的誤判。同時各國對於帝制運動起初並不明確表示反對，從而也助長了袁世凱帝制自爲的信心，待各國起而反對時，袁世凱給各國的答覆依然是不能違背民意，並表示「爲時太遲，政府不能有所舉動，將聽立法院解決」。〔註83〕如果袁世凱瞭解眞實輿情，他斷然不敢公然稱帝。帝制期間雖然也有反對聲音傳到袁氏耳中，如梁啓超所做《異哉所謂國體問題者》，但爲數較少，特別是反對輿論包括外報的論調他都不瞭解，因此帝制取消時他罵帝制派報紙整天歌功頌德，使其遭受蒙蔽，但爲時已晚。

〔註82〕《時報》，1915 年 11 月 1 日，第一版，譯電。
〔註83〕《時報》，1915 年 11 月 3 日，第二版，譯電。

第六章　結語：功與過——新聞視野下袁世凱的評價問題

　　清末民初袁世凱是一個很關鍵的大人物，在很多重要關頭髮揮了主導作用。可有關袁世凱的評價和認識很長時間以來都較爲單一和片面，特別是在他去世以後聲名一片狼藉，基本上人們對他的認識都局限在幾個名詞範圍內，如「竊國大盜」、「賣國賊」、「八十三天皇帝」、「獨裁梟雄」等，因此長期以來人們心中的袁世凱形象都被這些主流話語所遮蔽而顯得單一和模糊。可喜的是，近些年來隨著思想領域的開放，學界對他的認識和研究逐漸深入，隨之也出現了不少較爲中肯的評價，如駐朝時期的作爲，清末新政時期的積極貢獻，民國初年實行積極的經濟、教育政策等。

　　本書要分析了清末以來袁世凱與新聞事業的關係。袁雖然不是一個新聞人（或報人），儘管沒有從事具體的新聞業務，但其所處地位決定了他與他那個時代的新聞事業有著割不斷的聯繫，且對新聞業的發展有著重要的影響。袁世凱對新聞事業發展的影響需從客觀角度進行辯證分析，既有積極推動，也有消極阻礙，有功勞也有過失。袁世凱主要是一個政治人物，因此較長時間以來歷史學界對他的研究多從政治史敘事視角進行論述，在新聞史學界對他與新聞事業關係的論述也是負面因素佔據主流。筆者試圖通過全面梳理清末以來袁世凱與新聞事業錯綜複雜的關係，分析其是非功過，進而豐富對袁世凱的認識和評價。其對新聞事業的促進主要表現在以下幾個方面：

　　第一、對官報近代化轉型的促進。在著名外交家顧維鈞先生看來（注：顧維鈞曾直接服務於袁世凱政府），袁世凱「和頑固的保守派相比，他似乎相

當維新,甚至有些自由主義的思想,但對事物的看法則是舊派人物那一套」。
〔註1〕由於顧與袁氏有過直接接觸,應該說他的認識較爲眞實客觀。這一點也
反映在袁氏清末新政時期所採取的各項近代化措施方面,與同僚相比,他確
實「相當維新」。諸多措施中包括了對近代官報創設的推進,並取得了積極成
果,而這一點常被研究者忽略。由於認識到報紙在政務中的重要作用,督直
伊始袁世凱便組織人力籌建官報,作爲北洋政府的官方喉舌。《北洋官報》在
內容、版式、經營管理以及推廣等方面都吸收了現代報紙的很多積極因素,
開創了官報發展的新局面,因此成爲各省學習的榜樣,發揮了示範效應,這
與袁世凱的積極推動直接相關。

第二、現代政府公報體系的建立。雖然不能將《政府公報》的創辦都歸
功於袁,但在他統治時期從上到下建立了一套完整的政府公報管理體系,則
與其有著莫大的關係,而且也爲後來歷屆政府所沿用,開創了現代政府公報
體系先河。此外還有《內務公報》。袁世凱思想較爲敏銳,特別注重宣傳。在
南京臨時政府成立次日即將原《內閣官報》改爲《臨時公報》,待其繼任臨時
大總統後又將《臨時公報》改爲《政府公報》,從而確立其政權的正統地位。
而且袁世凱的重要發言以及命令都是首先通過《政府公報》對外發佈的,充
分發揮《公報》在政府職能中的宣傳作用。即使 1916 年違背歷史潮流,改元
稱帝,仍然不忘創辦《洪憲公報》,以作爲新帝國政府發佈信息權威機關。

第三、支持建立新聞記者招待處。民國元年爲了與新聞界及時溝通消息,
國務院設立新聞記者招待所於陸軍貴冑學堂,袁世凱對於這一做法極表贊
成,要求相關部門每天定時與新聞界保持溝通。國務院還時常設宴招待新聞
界人士,設立新聞通信處。〔註2〕1914 年政治會議開幕後,還在會場設立記者
旁聽席,以便及時向外界發佈信息。即使實行總統制加強集權後,仍在政事
堂設立新聞記者接待處,由專人負責記者接待工作〔註3〕。儘管隨著袁世凱專
制權力及新聞管制的加強,這些措施最終流於形式,遭到報界不滿和批判,

〔註1〕 顧維鈞,《顧維鈞回憶錄》(第一分冊),中國社會科學院近代史研究所譯,中
華書局,1983 年,第 90 頁。
〔註2〕 《申報》,1914 年 1 月 12 日,第三版,國務院招宴新聞家詳記。
〔註3〕 《申報》,1914 年 11 月 6 日,第六版,報紙條例第一次之適用(遠生),該通
信中提到《亞細亞報》因登載內容違背《報紙條例》被檢察廳控訴,報社在
辯解的過程中提到該消息係「政事堂接待記者人員所傳出」,以此說明消息來
源,該報也因此無罪。由此可以判斷政事堂設置了新聞記者接待處。

但仍然具有積極意義，一方面反映了袁世凱具有一定的進步思想，另一方面這些舉措具有開創意義。

第四、推動新聞立法。儘管很多人都對袁世凱政府頒佈的《報紙條例》和《出版法》表示譴責，但是客觀看來，經歷了民國元、二年所謂新聞自由的過渡時代，新聞界自身的發展也暴露了很多問題，報紙與政黨密切結合，彼此間相互謾罵、詆毀，黨同伐異，未能有效發揮輿論監督和引導作用。而當時的社會亟需建立一個穩定的政府，需要振興經濟，但報界似乎沒有認識到這些迫切的問題，攻擊政府也時常發生，袁世凱對此極爲痛恨，因此也需要加強立法，規範新聞界的行爲。借二次革命之機袁世凱對反對派報紙痛下殺手，企圖一舉摧毀反對輿論，同時加緊新聞立法。1914 年初《報紙條例》出臺，主要參照了日本新聞條例，雖然內容極其苛刻，但這種立法行爲並無過錯。結合當時各項法令的系列出臺，如《出版法》、《電信條例》、《礦業條例》、《證券交易所法》等等，或許更有利於我們對《報紙條例》的認識而不是孤立地看這一項立法，可以說《報紙條例》只是這一系列立法活動中的一項。同時《報紙條例》基本上被後來的北洋政府所沿用，開創了新聞立法先例。

第五、嚴格控制列強在華新聞事業的擴大，維護文化主權。在近代中國，列強依仗其在華取得的特殊權益，不僅開設租界地，還通過創辦報刊進行文化侵略，而且將這些報刊作爲某種情報獲取的重要渠道，這些報刊往往仗其政府實力妄論中國問題，或者探取中國社會信息，爲其本國政府服務。袁世凱政府對此也有認識，除對在中國出版的外商報紙的過激言論進行干預外，還密切關注外國在華新聞事業的拓展，嚴格將其創辦報刊行爲限制在租界內，曾頒佈法令「禁阻列強在華非租界地開設報館」。〔註 4〕又如民國二年國人與比利時人合辦《摘奸日報》，京師警察廳出面干預，援引《大清報律》和外交部元年九月與各國使館的照會，認爲外人在中國辦報有違上述規定，因「事關主權」，要求該區署嚴重干涉，「將該報籌備事務所剋日取消」。〔註 5〕

第六、重視新技術。早在清末時期袁世凱就密切關注新技術的運用（最初動機可能處於軍事需要），如第一章提到了他對無線電技術的關注。民初他進一步推動無線電技術在北京的應用，而且轉向民用領域，並制定《收發電

〔註 4〕 中國第二歷史檔案館編，《中華民國史檔案資料彙編》第三輯文化，江蘇古籍出版社，1991 年，第 387 頁。
〔註 5〕 《申報》，1913 年 5 月 29 日，第三版，摘奸日報與警廳。

報章程》，其中明確規定了「國內報本線費每字收銀元口角，至少一元起碼，外國報每字二十生丁，至少以二法郎克起碼」。〔註 6〕

袁世凱對新聞事業的破壞或阻礙，學界已有很多論述，如收買、封禁報館，抓捕報人等，在此不做過多贅述。本文主要將其關於新聞事業的過失歸結爲以下四個大的方面：

第一、對反對派報刊的無情鎮壓和殘酷迫害。袁世凱給新聞界留下惡劣影響始自癸丑之役。前文詳細分析了宋案之前，袁世凱對新聞界的隱忍，同時也有「引蛇出洞」的意味，以便時機一到一網打盡，因此新聞史學界常以「癸丑報災」描述袁氏對新聞事業的破壞程度。但「癸丑報災」遭受迫害的多爲國民黨報刊以及傾向於國民黨的報刊，袁氏曾明確下令查封該黨報刊，可以說報災的出現也是受政治運動牽連的結果。在實際操作中特別是地方上也存在很多借機打擊報復的行爲，也有很多報紙經營困難自行關閉者，如《中華民報》刊登廣告宣佈破產〔註 7〕，也有一些及時轉變立場的國民黨報刊躲過了浩劫。一些具體的封禁事件原因各異，可能與袁世凱沒直接關聯，但是作爲中央政府、一國首腦，對全國範圍大規模封報館、抓主筆的行爲實負有不可推卸的責任。經此浩劫，輿論界了無生氣，報紙乏善可陳。但是通過新聞記載我們發現，這一年也出版了不少新的報刊，如《實錄報》、《新少年畫報》、《京漢鐵路局報》、《袁報》、《自強報》、《淺說報》、《英文京報》、《英文星期報》、《富報》、《中國商會聯合會會報》、《黨鑒報》、《國是報》、《英文北京星期公報》等〔註 8〕，這些報紙都由內務部通過並指令警廳照准備案。這些報紙都在北京出版，至於實際出版多少還有待進一步考證，但就程序來看，內務部已呈准備案，接下來出不出版就是報社的事了，由此看來二次革命後袁世凱政府給新聞事業發展留有一定空間，並不是我們一直認爲的那樣完全被封殺了。

第二、帝制時期僞造民意，壓迫言論。如果說「癸丑報災」主要是受政治牽連的結果，那麼帝制運動時期對新聞輿論的壓迫則是政府的積極主動行爲，且規模空前。其中主要是帝制派在背後操控，高勞曾寫道：「蓋籌安會成立月餘，未嘗開會一次，初則由少數人操縱其間，發電通函，廣爲號召，繼則由各省代表會議進行，所謂學理研究者，果何在耶？該會發起時士夫頗存觀望，嗣見反

〔註 6〕 《申報》，1914 年 10 月 5 日，北京無線電通電。
〔註 7〕 《申報》，1913 年 11 月 7 日，第一版，廣告。
〔註 8〕 《大中華民國日報》，1913 年 9 月 30 日，第二版，京師報界之復盛。

對者多歸失敗，而該會則聲勢赫然，始相率聯翩加入。」〔註9〕反映在新聞輿論界亦是如此，起初媒體反對之聲較爲強烈，後來隨著籌安會聲勢強大，在帝制派運動下各省督撫都通電表示擁護帝制，因此起初的反對媒體或被收買，或被封禁，或迫於壓力緘默不語，如北京一直反對帝制運動的《國民公報》在1915年底被警廳傳令，要求報社經理人「具結不得再有反對態度，否則封報辦人」，又令改元洪憲，對此報社自行停版。〔註10〕發展到後來政府加強了新聞檢查和管制，所有反對言論一概不得郵遞。雲南起事後，控制打壓的範圍和規模更是空前，更禁止軍人閱報〔註11〕。但這一切壓迫新聞輿論的行爲似乎袁世凱並不知情，當時有媒體寫道「自滇黔事起，天下騷然，大總統已漸悟民意推戴乃二三近人之所僞造，復因南方戰起，使命四出，其中眞心憂時之士多將所見各處人民反對帝制實情一一呈報，袁公遂豁然猛醒，痛恨帝政派，一世英名幾爲若輩所賣」，可見他對帝制派的打壓操縱輿論並不完全瞭解，但帝制派動用鉅款進行運作他不可能不知，因此其默許、失查之罪難辭。

　　第三、加強中央集權，實行新聞管制，阻礙新聞事業正常發展。在袁加緊集權建設的過程中，也出現過不少報案。《報紙條例》的頒佈曾在新聞界掀起不小波瀾，報界曾聯合上書要求政府進一步解釋，於是又頒佈修正版本，但內容基本上變化不大。該條例確實在言論自由上有諸多限制，一些報紙爲了保持獨立立場、規避迫害，紛紛尋求外國保護，掛起了洋旗，這也是袁世凱政府的悲哀。其實該條例也反映了袁世凱政府對新聞的主導思想，嚴格控制新聞界，使其聽命於政府。其實這也是專制政府一貫的新聞思想主張。即使外人所辦之報若其言論過於激烈，袁世凱政府也會進行取締，只是未能如願，如對《順天時報》的取締。其實這種做法不獨袁世凱政府如此，當時日本政府也常要求中國媒體對其在我國境內實施的不法行爲不得報導，嚴重干涉中國主權。因此袁世凱政府所採取的封禁外媒的做法是可以明辨的。

　　第四、內外新聞政策的不平衡。可以說袁世凱一直將國內的新聞媒體視爲可以任意操控的工具，因此常以行政手段或軍警干預報館業務，對內制定嚴厲的新聞政策。但另一方面爲了爭取國際輿論的支持，他對外報的言論和新聞報導尤其重視，如外國報揭載羅山縣兵差騷擾案，政府因而下令嚴行查

〔註9〕高勞編，《帝制運動始末記》，第5頁。
〔註10〕《時報》，1916年4月17日，第二版，北京言論界之新曙光（彬彬）。
〔註11〕《申報》，1916年1月14日，第十版，禁止軍人閱報。

辦，針對政府這般重視外報記載，《申報》感歎道，「若外國報之爲言論機關，非吾國之言論機關也，而亦發生效力者，政府之重視言論歟？吾念及此，吾手顫，吾心麻木而不知所以措一語焉」，〔註12〕表達了報人對袁氏未能公平對待內外報紙的不滿和痛心。不獨此事，在其統治時期更是多次單獨接受外媒記者採訪。重視外媒反映了其國際化的一面，但是內外政策的不一致，更招致國內新聞業界的反感，也反映了袁世凱的多面性。

袁世凱其實是一個善於利用新聞業與記者的老手，早在清末就與國內外記者保持著密切聯繫。民國成立後，《泰晤士報》著名記者莫理循就被袁世凱聘爲政府政治顧問，「打算利用莫理循的任命尋求有效力量：即以他作爲大造輿論的工具」，〔註13〕事實上也是如此，在莫理循的書信中，常見他與中國高層官員往來的信函包括發給袁世凱的函，其中都多次提到他是如何應中國政府要求將一些信息傳達給新聞記者的，如何在國外爲中國贏得有利的新聞輿論，如宋教仁案發生後，爲了消弭國際上對袁世凱的不利影響，袁世凱秘書蔡廷幹曾致函莫理循，其中說到「隨信附上一篇論宋教仁案的文章譯文，請你盡量利用它，但請用你認爲可以產生最深刻印象和能夠澄清氣氛的精鍊形式予以發表，這不是我的要求而是你被要求這樣做的」。〔註14〕莫理循還充當著國內新聞輿論監查者的角色，如監督英文《北京日報》、法文《北京政聞》、《民國西報》等，並將信息及時反饋給政府，或者袁世凱本人。新聞記者出身的莫理循對中國國內外新聞宣傳工作落後，非常敏感，尤其是有關袁世凱的新聞，因此他建議政府加強國內新聞檢查，同時出資資助路透社，爲此袁政府還專門劃出一筆專款，用於向歐洲發佈消息使用。莫理循還建議中國在外交事務方面視情況將有利於中國的消息及時發佈給各報記者，以搶佔輿論先導權，這些建議都對袁世凱產生了很大的影響，他的很多新聞政策都是在莫理循的提議下制定的。此外，袁世凱還雇請美國記者，以使美國輿論傾向於他〔註15〕。袁還派其日籍政治顧問有賀長雄回國發動日本輿論支持他，等等。

〔註12〕《申報》，1913 年 5 月 24 日，肅政史與外國報。

〔註13〕〔澳〕駱惠敏編：《清末民初政情內幕：1912～1920》（下），北京，知識出版社，1986 年，第 37 頁。

〔註14〕〔澳〕駱惠敏編：《清末民初政情內幕：1912～1920》（下），北京，知識出版社，1986 年，第 140～141 頁。

〔註15〕〔加〕陳志讓著，傅志明、鮮于浩譯，《亂世奸雄袁世凱》，湖南人民出版社，1988 年，第 162 頁。

　　受時代局限，袁世凱始終沒有擺脫專制集權及帝王思想，沒有確立現代新聞意識。從加強中央集權以來，壓制新聞自由，高拱深宮，與新聞界漸行漸遠，從一個善於控制利用新聞媒體的高手，變成媒體抨擊和恥笑的對象。媒介鏡象下的袁世凱，其形象也從偉人最終落為關門做皇帝的小丑，為後人所詬病。其實在袁世凱的思想深處，一直認為新聞媒體是可以控制的，並將其作為手段，輕視新聞界的權利訴求，常以命令代替法律，迫害摧殘新聞業。在政府與媒體的博弈中，如果其政府足夠強大，言論界也會與之相安無事，政府夠強大則佔據上風。然而，袁逆歷史潮流復辟帝制，尤為令人不解的是在帝制運動已經進行之際，仍然對外宣佈無心帝制，因而失去多數人的支持和信任，媒介形象也被自己塑造成背信棄義的失道之人。雖說其稱帝行為一定程度上為左右人所蒙蔽，沒有掌握真正輿情民意，但若無帝制自為之心，則終不會接受帝位。

　　總之，在新聞事業的發展中，袁世凱採取過一些符合歷史潮流發展的新聞政策，與新聞媒體相處愉快，曾獲得輿論的支持，即使二次革命鎮壓國民黨，當時中外媒體（除國民黨報刊）基本上是支持袁世凱的。但在加強中央集權的過程中踐踏了新聞自由，在帝制運動時期政府一系列壓制摧殘新聞業的措置，都嚴重違背了新聞事業發展規律。而此時新聞界經過癸丑之年的反思和沉寂，無論在思想上還是業務上都進步了很多，面對袁世凱的反動，大規模的輿論討伐終將袁氏送進墳墓，這種討伐既是對共和制度的捍衛，也為自身發展爭取空間。

附 錄

一、袁世凱統治時期（1912～1916）有關報案新聞報導摘錄

序號	時 間	標 題	作 者	版 面	來 源
1	1913 年 8 月 5 日	民國西報案之不平鳴		第七版	《申報》
內容	江蘇淞滬警察廳長統領警備隊程君昨日布告云，案奉江蘇都督民政長兼會辦江蘇軍務行署通令內開，照得新聞報紙爲輿論機關，自非宗旨純正，議論平允，不足以代表人民心理，導引政治進行。適有民權、民立、民強各報專爲亂黨鼓吹異說，破壞民國，捏造事實顛倒是非，信口開渠，肆無忌憚，亟應嚴速禁售，以免淆亂人心，爲此訓令該廳長遵照。凡民權、民立民強暨亂黨各種機關報紙均即禁止售賣，並布告人民，一體切速，勿違此令等因，奉此合亟布告周知，仰各賣報人遵照，嗣後凡民立、民權、民強暨亂黨各種機關報紙均即禁止售賣，凡我人民亦應一體，勿再購閱。上開各項報紙以免淆亂人心，是爲至要，切切勿違，特此布告。				
2	1913 年 8 月 20 日	專電		第七版	《申報》
內容	本埠《中華民報》被中央政府以假造事實，擾亂人心，電令駐滬張交涉使延高易律師爲代表，函請公共公廨飭傳訊究在案。昨晨由廨准飭捕房派探將該報主筆鄧家彥傳案，交保候訊。				
3	1913 年 8 月 26 日	《湖南公報》之復活		第六版	《申報》
內容	《湖南公報》原係共和黨機關報，前爲他黨擲放炸彈，旋又聚眾打毀，將其封閉。今既取消獨立，國民黨人紛紛逃竄，該黨遂又捲土重來，議將《湖南公報》繼續出版，現正重新組織，添購鉛字等件，一俟組織就緒即行定期出版云。				
4	1913 年 8 月 24 日	四川人之風鶴驚		第六版	《申報》
內容	《四川民報》、《四川正報》、《憲演報》、《人權報》均爲國民黨派報紙，警廳特令停止出版，以免搖惑人心。				

5	1913 年 8 月 23 日			第六版	《申報》

內容	當獨立時代，國民黨人即使軍警兩界密拿進步黨報各訪員，並宣言湘省已經獨立，與袁某處於反對之地位，倘有投緘袁黨報紙者，一經拿獲以漢奸論。日前有張某蔡某劉某者經該黨查知確係進步黨報訪員，彼時因未查獲證據，未便明拿，乃派暴徒多人跟隨其後，欲以暗殺從事，張某蔡某聞信即匿至美國雅禮醫院得免，劉某逃至湘潭竟被暴徒拿獲，先以小刀刺其胸周旋數十轉，其心即隨刀躍出胸外，旋又投屍河中，現在兇手為誰至今尚未弋獲云。 此間《長沙日報》、《國民日報》本係黨人之機關報，未取消獨立之前二日，各領公款二萬元大肆瓜分。《國民報》因分贓未勻至有毆破頭顱者，及取消獨立後，該兩報遂同日停版，乃未幾又重整旗鼓先後出版，其中莠言滿紙，指不勝屈，其尤奇者如李烈鈞、歐陽武等之電，彼猶登出並作時評以贊許之，有諸公一誦李烈鈞之言其不忍人之心必油然而自生等語，又著社論謂不能以成敗論英雄等語，又如何海鳴亦為之鋪張戰績諱敗為勝。

6	1913 年 9 月 5 日	香港專電		第三版	《時報》

內容	香港《實報》館為亂黨機關，其司理陳仲山被警署控其造謠煽惑拘案，現以五千元保出候訊。

7	1913 年 9 月 26 日	香港《實報》主筆被押詳情		第四版	《時報》

內容	香港《實報》主筆被押詳情：港函云，本月三號下午約一點鐘，香港偵探部派出偵探馬飛等到士丹利街三十號坤明女學校樓下，拘去實報館主筆陳仲山，帶回偵探部，先押於羈留所，至昨日始行解案。柯裁判官提訊，偵探高幫辦為主控，陳仲山照舊曆七月十三即新曆八月十四日在實報（前月仍在永和街三號）館內印發煽亂新聞，煽惑中國內地居民作亂有違港例，高幫辦請將案押候定期群審，且雲將來本案轉由官律師學臣君主控，並請官准被告仲山具保，惟不得少過五千元。亞利馬打律師為仲山辯護力請減少，謂伍佰元足矣，官卒不允許乃押候下禮拜四再訊。被告卒無款保出，差人乃將被告上了手扣，解往獄中。按陳仲山即陳自覺，香山人，向充時報總司理，前者實報因登載偽電曾受香港政府干涉，陳自覺登報辭職，由陳仲山接代，實即自覺也。此次被逮，港官以最嚴之法對待，索保五千元方得在外候審，又復上了手扣，此直以刑事犯看待，向來港律實無如此嚴重雲。

8	1913 年 8 月 1 日	無錫新聞界之潮流		第四版	《時報》

內容	無錫有日報日《錫報》，去年開辦迄今尚稱發達。今年由該報主筆顧仰蘇、吳驥德改組發行。近無錫電話公司加費問題（無錫電話公司為楊紳創辦，本每月收費二元，後加價至二元五角，今又欲加至每月三元），商民激烈反對，錫報記載其事並著論詳述不應加價之理由，公司忌之，倩人向該報說項並納賄金託為改變論調，主筆不可，公司遂銜之次骨，砌詞密呈應省長，指該報為附和亂黨之機關報，一面又電陳陸軍部。二十八日應省長訓令無錫知事，著即日禁止發行（省令並未逮捕主筆），現該報已即日停止出版。另有楊少雲等數人在錫組織一報，名《新無錫報》，不日出版，聞其經費即出自電話公司云。

9	1913 年 12 月 16 日	釋放章縱瀛		第 6 版	《申報》
內容	《超然報》記者章君縱瀛前以報中載有順天府隊長寇某事，由警備司令處令飭警察廳票傳到廳，嗣即申送軍政執法處拘留。近章君友人數輩具呈該處請求釋出，該處總長陸朗齋君特據情於十一日將章君開釋矣。				
10	1914 年 1 月 8 日	北京電		第 2 版	《申報》
內容	《新社會報》時評有欺人孤兒寡婦而偷盜之語意，閣令以挑撥滿漢惡情封之，但報界多擬開會反對。				
11	1914 年 1 月 16 日	閣封《新社會報》近聞		第 6 版	《申報》
內容	國務總理熊希齡日前因停封《新社會日報》一事，公文尚未發佈而外間即得有消息，以致該報自行停版，未及執行殊屬不成事體，故於日昨到院以此事必爲本院人員所泄漏，特嚴飭各秘書密查係何人泄漏，必須嚴重辦理，當由該院秘書長將所有錄事開單請閱。據個中消息謂此項文件起草繕寫經過之員將來均不免牽累，以故連日該院人員大爲慌恐。其對於新社會一方面現又聞熊總理之意仍擬照原議執行，其呈文已於昨日呈遞大總統，略謂熱河行宮古物係曾經呈報在案，並由內務部知會清內務府派員看同封鎖，該報此等言論不獨謂誣衊個人名譽，且挑撥漢滿感情，破壞共和，實非其他可比，請即飭令巡警廳即日停封並禁止永遠發行，聞總統已批詞照准，大約一二日即當執行矣。				
12	1913 年 9 月 25 日	常州《公言報》停刊原因		第四版	《時報》
內容	昨日武進地方審判廳因《公言報》於此次亂事有關，致同級檢察廳公函云，查七月間贛寧亂黨肇釁，本邑出版公言報紙首先煽惑人心，肆意謾罵，一似與中央政府積不相能者，如七月十八之報載一則曰：袁賊請求外交團助其壓制民軍，再則曰：袁賊令張勳進兵，三則曰：袁賊派蔣作賓南下，其餘社論、時評以及圖畫、選稿無一非袁賊恣睢暴戾，帝制自專，累牘連篇不勝枚舉。夫報紙爲言論機關，據事直書是其天職，莠言妄誕，律有明條矧。值茲戰禍既成，雖里巷編氓莫不先睹爲快，苟或訪載失實尚虞顛倒是非，乃該報故意譸張，甘心擾亂，目無刑憲（未完）				
13	1913 年 8 月 29 日	閩垣捕三報記者及黨人記		第 6 版	《申報》
內容	福建《民報》《共和報》《群報》均民黨機關，贛事肇始曾極力鼓吹，迨取消獨立後並不改變宗旨，以致中央有封禁嚴拿之密電。是電廿日到閩，都督即密飭城守協同軍隊並警察廳會辦，於是晚分途圍捕，拿報館主筆陳群，福建民報主筆黃魯貽，即展雲共和報總編輯祝茂屯均被逮捕，今尚軟禁都督府中，惟群報總編輯蘇郁惟文即眇公聞風先遁，現聞線捕甚緊云。茲將中央電文錄下：國務院午密皓電開，訪聞福建《民報》、《群報》、《共和報》本屬亂黨機關報，平日著論荒謬，純取無政府主義，自湖口倡亂，三報即極力鼓吹，日日捏登匪徒獲勝假電，並於七月十八日號外廣布傳單，聚眾集會，肆力運動，				

	促成十九日獨立，確係有意煽亂，希□貴都督將各該報館即日封禁，並拿主筆蘇郁文、黃光弼、陳群等嚴□務獲懲辦，以肅國紀。又此次福建謀叛匪首除許崇智、黃萬裳等已經嚴令拿辦外，尚有著匪林斯琛、鄭祖蔭、彭蔭軒、黃展雲、劉通等，前經在閩組織橋南社，為亂黨之機關部，圖謀不軌，去年國民黨成立即將機關部移據其中，陰與匪魁黃興等互相勾結，即擁戴許崇智等獨立，並於國民黨內設立討袁同盟會，機關部蓄謀搆亂，罪不容誅，應請貴都督迅將該匪林斯琛等一併嚴拿，盡法懲治，毋任漏網，並將亂黨機關部及國民黨剋日查明封禁，統著查照□密辦理，見覆，實為至要。				
14	1912 年 8 月 5 日	紹軍搗毀《越鐸報》		第六版	《申報》
內容	紹興《越鐸日報》出版以來頗有能言之名，王分府在紹種種失當暨三黃一切不法越鐸均一一揭載，不留餘地，久為若輩所切齒。八月一號下午一時忽來口操嵊音之衛隊三十餘人，持利器逢人即毆，逢物即毀，室中對象劫搶一空，社員中有由屋頂避至鄰家者，有由後門落水避至對岸者，其不幸而被害者孫君德卿腹部下被刀傷，頗危，立請神州醫院謝佩銘君醫治，雖尚可救而欲愈非半年不可矣。葛君星池為衛隊所獲住，以最粗之繩繫其喉部，復以椅腳極力毆打，身無完膚，滿地鮮血，令人慘不忍觀。及衛隊去，而王分府與俞知事芝祥、何管帶悲夫始聞信前來，略一查看即去。巡警局亦派警站崗驅逐閒人，不料分府方去而無法無天如狼如虎之軍人又來，巡警一見星散，前所未搗毀之劫搶者，而搗毀之，而劫搶之，並以刃斬車湘舟君之背，車君聲言斬我頭顧者為英雄，否則非男兒也。蓋當時車君視死如歸，急欲激之以成名爾。至倪君雪恨頭部三處被刀傷，血流如注，該兵士等始呼笛一聲闐然而去矣。越鐸同人脫險後即通電省垣各同業暨各官廳，不料電局已為衛隊所守，有人打電者即敬以手槍而電為不通，故至二號省垣尚未得一確實消息。次晨以為守電局者或可稍懈，不但如故且加甚焉，而偵探四出必欲置越鐸同人於死地，大路左右更為嚴密，尤奇者王分府、俞知事自觀行後並不加以保護，唯付之一笑而已。				
15	1912 年 8 月 6 日	嗚呼紹興之報界		第六版	《申報》
內容	紹興《越鐸日報》被毀一節已誌昨報，茲又悉近日紹興各報均已停版。茲特錄《紹興公報》傳單一紙於下，逕啟者敝報向歸紹興印刷局代印，茲因昨日（即八月一號）午後越鐸報社、一得報社均被軍士搗毀一空，並刃傷社員數人，風聲所播紹興印刷局□民皆心懷疑懼，恐受池魚之殃，相約停工不肯排印，敝社無可如何，只得暫時停版，一俟與該局交涉妥洽再行出版，專此敬告同業諸君及閱報諸君鑒，紹興公報社啟。				
16	1912 年 5 月 13 日	閩軍政府亦封禁報館矣		第六版	《申報》
內容	福建《民心日報》來函云，言論自由載在臨時約法，本報對於閩政務院種種不法之事力持正論不少屈撓，最近主張裁撤政務院尤力，對於各行政官亦多所糾正，大觸政府之怒。五月四日竟由警務司派警備隊突將本報封禁，並訪拿經理編輯發行各人員，蹂躪人權，摧殘輿論，莫此為甚等語。噫，抑何報界之多厄也。				

17	1912 年 7 月 14 日	《國民公報》來函		第七版	《申報》
內容					

17	1912 年 7 月 14 日	《國民公報》來函	第七版	《申報》
內容	《申報》執事諸公大鑒，敬啓者昨日午後五時有《國風日報》白逾桓、《國光新聞》田桐、《民主報》仇亮、《亞東新報》某某等至敝報面晤佛蘇。甫入坐即有廿餘人一擁而入，其中尚有軍人裝者，聲言本日時評中有自南京所設假政府一語，有違國法，命將作者藍公武交出佛蘇，答以出門，並言時評中假政府假字爲假定之義，日本文又作暫字義，日報中多稱南京政府爲假政府，藍君習見日報即沿用此名稱，詞未畢不料田桐等齊起詬罵，強謂假字爲眞假之假，佛蘇再三溫言解慰無效，白田等即將佛蘇包圍，拳足交加，頃刻頭面青腫，口鼻流血，後腦受傷尤重，據館中人役云其中有數人各攜槍械畏其兇焰不敢上前救護云云。而白田等遍行搜索，見人即毆，遇物即毀，受微傷者六人，物被毀者多件，力挾佛蘇兩手在泥濘中拖走，擁至外城警廳，誣爲叛逆欲協廳官收押，警廳亦知伊等爲現行犯不應反坐被害人，故隨聽佛蘇歸家，佛蘇現臥病床褥，痛苦難堪。當時白田等又一面分派十餘人至承印敝報之群化印書局將機器鉛字及一切用具全行搗毀，勒令停業，聲言即行封禁，排印
	工人見其遇人即毆，只得聽其所爲，敝報因此不得不暫行停版。竊思民國約法，國家有保護人民生命財產之條，人民應有身體言論之自由，今敝報時評中沿用日報中假政府三字何得有違國法及加以謀反叛逆之惡名，縱措辭稍有不合之處自有官廳干涉，否則提起訴訟自有法庭審判，白田等何得懷挾黨見，仇視異己，遽行統率多人肆行凶毆，似此情形不獨違犯警律，擾亂治安，而其罪之尤重者實在破壞共和國法，敝報自當提起訴訟，以俟法庭公判，惟同業或有不知此事眞相者，謹略述當時情形，乞諸公鑒察並望同伸公論，以警凶頑而全報界名譽，不勝盼祈之至，專此敬請公安。《國民公報》記者徐佛蘇、藍公武同啓　七月六號。

18	1912 年 7 月 13 日	《國民公報》風潮始末記	第二版	《申報》
內容	《國民公報》被田桐、仇亮等搗毀並毆辱該報經理徐佛蘇及主筆藍公武一事，迭載昨報專電，茲調查其詳情如下： ⊙暴動原因　《國民公報》案與同盟會宗旨不合，常與同盟派各報時有辯論，同盟派人久思有以制之。適該報時評中有南京假政府一語，遂緣爲口實，以《國民公報》破壞共和爲辭，合民主、國光、國風、女學、亞東等七報，率工役等數十人於午後六時齊赴該報館發難。 ⊙當場情形　彼等至館時並未由警廳傳訊，擅由《民主報》同盟會幹事仇亮、《國光新聞》同盟會幹事田桐逕赴《國民公報》晤經理徐佛蘇，詰問時評中語並問主筆藍公武何在，徐答以藍君外出，不知所適，報中責任應由鄙人擔負，且告以假政府三字作者殆指假定政府而言，日本刑法中嘗有假出獄等名詞，乃未數語又來六人率領工役二十餘人，均身帶武器，其勢洶洶，將徐君痛毆，並聲稱我勸你入同盟會你不入，今日你又如此。遂將報館搗毀後拘扭徐佛蘇徒步赴外城警廳而去。方徐田諸人之衝突也藍公武適在後房陪客閒談，聞徐君與人衝突即出外探視，正遇隨來諸人，藍見勢不佳急往外逃遁，忽又爲眾所遮，藍云吾輩文明人不宜動蠻，眾云什麼文明不文明，即群起毆之，揚言擁往《國風日報》館，途遇某巡士亦即交之，送外城巡警總廳云。當田仇諸君到《國民公報》時，參議院議員李國珍適在該館，及衝突之後李

<table>
<tr><td rowspan="5"></td><td colspan="5">君欲往外遁，被來者擒獲，奉以老拳，李君言我係參議院議員，非此間主筆，眾仍不信，李君脫帽示以名片，即揮之曰：你去你去，不關你事。至門，又阻其出，謂恐走漏消息。經旁人善言勸之，李乃狼狽而出。</td></tr>
</table>

⊙受傷狀態　徐君以一書生被大眾毆擊，已受重傷，又被眾凶徒推擁奔走，顛於數里濘泥路中，比至警廳已口鼻流血，面青氣喘，後腦左頰均有裂痕，左手青腫，兩足跟筋露血出，其內傷更重，已由警廳檢驗。藍君公武亦內外受傷，幸身體較強，然亦咯血不支矣。

⊙牽連被累　《國民公報》係在群化印字館印刷，當田徐諸君赴廳後，即有一部分人到群化印刷所，工人不知其事，驚疑萬狀。有人持手槍宣言，謂爾等速退以全性命，於是工人皆鳥獸散，來者即先將字架推翻，餘物亦多被搗毀。事後由內廳警察檢查情形，約值洋三千五六百元，其營業損失亦不亞於機器鉛字，承印之《新中華》《國民公報》亦因之停版，損失尚未可以概計也。

⊙各報憤激：《國民公報》受此蹂躪後，當即遣人赴訴於《亞細亞》、《新中華》、《新紀元》、《京津時報》等二十餘家，均先後至警廳共保徐君回寓，而田桐等早由警廳任其歸去矣。時將夜半各報館又集議他處，以報界有此風潮玷辱實甚，即擬電致各省都督及京外報館，宣佈實情，並約定次日會議進行方法，由《新紀元報》約請非同盟派各報會議於廣和居。到者甚眾，當場議決辦法，一面呈請大總統、參議院質問行政官廳，並推定《新紀元報》起草云。

19	1912 年 7 月 17 日	《國民公報》案預審詳情		第三版	《申報》
內容					

內容	此次報館互控一案，同盟會七家報館控《國民公報》為叛逆，《國民公報》控白逾桓、田桐等為藉端滋事，而群化印字館經理人黃倫復控白田等無故率眾搗毀。昨日（十一日）為地方審判廳第一期預審，《國民公報》及群化印字館均未到堂，是日同盟會報館到者為《國風報》白逾桓、《國光新聞》田桐、《民主報》仇亮、《亞東新報》仇鼇、《民國報》魏堯、《民意報》公孫長子，尚有《女學日報》一家未到。當時承審官勸告白等謂文字之獄係前清時代虐政，諸君何必斤斤為此，白等答以該報斥南京政府為假政府是有意搖動民國根本，我等為鞏固民國起見，不得不提起訴訟，請從嚴懲治以為希圖淆亂者警，非尋常文字之獄可比。承審官又謂君等率眾毆打且搗毀其印字館亦有不是處，田桐謂此案發生由於該報時評之假政府一語，則審判此案時自當以該時評為前提，今前提尚未審明而遽問及他事未為合法。承審官又云本日《國民公報》人員未能到堂，只得改日再行復審，至假政府三字君等一定指為假偽之假，該報自辯又一定解為假定之假，兩說於文義上均無不通，究竟應作何解一時未便擅斷，總須將該時評反覆推解，又須看其全文審其作此時評時是否惡意抑係善意，並須調查該報平日之主張何如，該報社員平日之行為何如，一一推勘明白方能定讞，今日君等且暫各歸本社候第二次傳審可也，於是遂退。聞個中人言此案非到大理院不能了結。又，昨日承審官有我係預審委員可以不負責任一語，大受田桐等之嘲罵譏鬧笑話云。

20	1913 年 8 月 26 日	長沙報之重組		第六版	《申報》
內容	《長沙日報》向來反對中央，所有登載往往偏執己意，鼓吹二次革命最力，至取消獨立之日該報仍大書岳州已經開仗，湘軍佔領新堤、羊樓、岊新店，

	敵軍退散嘉魚、蒲圻等事。迨昨日取消之告示遍佈省城，該報遂不自安，記者各自逃避且稱本報已改由廖漢瀛接辦，並公推劉人熙擔任名譽總理，一切事宜尙須重新組織，自本月十四號停版二十一號重行出版等情業已發佈傳單云。又聞《國民日報》亦有改組復活之說，惟出版尙無定期。				
21	1912 年 6 月 3 日	中央新聞記者被捕之駭聞		第三版	《民視報》
內容	昨下午七鐘後正陽門外五道廟之《中央新聞》社門外有內城兩翼外城南營遊緝隊振林並南營參將袁得亮等率領隊兵約二百人，並巡警及探訪隊擁進該社，並將前後南北兩巷口斷絕交通，似捕大盜，逾時綁出十一人，由振林等指揮兵丁扭來驟車數輛，將所綁之人裝入車內，擁向南營參將衙門，逾時復回又綁去一人，一時紛傳，有謂係關係宗社黨事者，嗣聞因該報告白欄內載有看看趙秉鈞之大事記，內有涉及烏珍劣迹，故此事係烏珍主使，然即登載失實，亦不應有此違法之野蠻舉動，且並聞已交由軍政執法處。訊辦是否尙有別，姑容訪明再登　自。				
22	1912 年 6 月 21 日	八閩報界之危險		第六版	《民視報》
內容	福州民聽、民心、帝民各報因敢言均爲當道所忌，於前月被封，民聽記者蔣筠君子莊先於五月九號十時乘肩輿至城內大街玉山澗河漧被人刺斃（係明殺非暗殺），兇手逍遙法外亦未查獲。其時《民心報》之經理人黃復亦頗自危，黃復乃英華書院七學級之學生，曾保有壽險，校長某西人以有人謀刺黃復面詰代理政務院長黃乃裳，黃出爲之擔保，不數日黃復乘肩輿在城內南營又被人刺死，兇手亦未弋獲。蔣黃均閩中之錚錚者，遭此慘死傷哉。				
23	1912 年 12 月 2 日	取締《順天時報》		第九頁	《民立報》
內容	總檢察廳現因《順天時報》登載參議院及國務院秘密會議事項，特致函內務部請飭警廳查禁，茲將原函照登於下：【前略】不意本月十三日關於俄蒙事件該報復刊號外並於十五十六十七等日報紙竟將參議院及總統府秘密事項盡情宣佈，是該報館編輯人等恃日本國籍爲護符，於刑律報律所禁止者公然違反，不知裁判權與命令權不同，外國人援引條約雖無服從我國裁判權之義務，然不能因此並國家命令權亦弁髦視之。查該報所載實係泄漏機務，有害公安，若不設法禁止聽其任便記載，不惟無以維持一國之安寧，亦以啓外人輕視我國主權之意，相應函請貴部飭令內城警廳查禁，以期實行追放權實紉公誼云云。				
24	1912 年 11 月 4 日	白話報風潮詳紀	該報記者	第八頁	《民立報》
內容	巡警道濫肆威權　省城共和白話報於十月廿三日登載解散八標軍士新聞一則，其原文係〔日前八標統帶弓軍富魁來省領餉，都督諭以財政奇絀，令弓君回，代解散軍隊。茲聞已稟報到省，全體軍士情願退伍請給恩餉，當經都督委梁君次楣、張君汗傑帶餉八萬前往發給，擬給弓君富魁餉銀一萬兩，賀君耀齊二千兩，營官五百兩，隊官三百兩，排長一百五十兩，軍士二十元以便退伍云云。〕因都督所定第八標恩餉自統帶以至軍士全係按照元數發給，				

	該報所發則除軍士二十元外餘皆將元數誤作兩數，此種傳訛本非有意乃巡警道續西峰不知與該報有何嫌隙，遽謂此事關係軍隊餉糈，設以誤傳誤，致有意外變亂殊與地方治安有關，因即派警到該館質問，適總理編輯均因事出外，警道疑其有意抵抗，於是晚十二鐘後派科員一人帶同警兵手持封條二紙以口頭命令往封，該報不服總理王羞塵並親到警務公所，質問辯論甚久不得要領。詎二十四日清晨警道復派巡警十餘人以正式公文將該報查封，各界得此消息多為不平，二十五日報界全體在民報館內開特別大會，籌議挽回方法，早十鐘至下午二鐘始行散會。彼此討論多時，主張和平了結，當時即公推《晉陽公報》總理張君作霖從中調停，大約不日即可重行出版矣。按前日專電《共和白話報》已於本月一日復活。				
25	1912 年 11 月 26 日	大同社打報館		第九頁	《民立報》
內容	天口報被毀情形略誌昨電，茲悉是日為暴戾行為者係蔣樂山、齊海平二人為首，其餘附從者約以五十人，均持械執斧而來，現該報於當日事後飛報警察總局及民政司署縣檢事廳業經先後前來踏勘至損失各物，已開單送交官廳核辦，聞會計處亦損失不少，其被傷之館員為黃拂魔、胡志卿、章培滋、項子峰四人，經理董某適在申購件未回，刻已特電召請，至啟釁原因則東亞大同社以該報新聞中說其聚賭，甲日登出不待乙日更正即肆行毆打，實屬荒謬。查該社發起之始即以每人納希望金一元，定日開會給彩宗旨本不正當民政司屈文六君曾通令查禁，嗣後警署辦理手續不完致有今日之禍，刻為首者業已拘禁，一面由團體聯合會開議設法禁止，一面杭城各報館定二十四日下午四時在《漢民日報》館開會討論同業被侮方法餘俟官廳設施云。				
26	1912 年 9 月 8 日	《民意報》停版記		第三版	《民立報》
內容	津函《民意報》出版在南北未統一前，當時北方報紙猶持君主立憲之說，並任意捏造臆說，以冀迷惑無識之國民，該報力闢其非並一面發揚共和精神。民國告成該報之力為大，惟於共和未宣佈前對於袁總統不無非難，頗為袁所不悅，又聞共和宣佈以後，袁曾託某君等示意該報不必攻擊，該報拒之。及內閣改組、軍警干預政治處分張、方等問題發生，該報攻擊不遺餘力，於是有總統府交涉，法使勒令出境之事。聞自勒令出境之事發後，同時英德俄日及中國界內官吏均接有公文，不許該報之發行，當局如此處置未免小題大作，及藉外人威力壓迫國民，殊與言論自由之制相矛盾。茲將關於此事駐津法領諭文一道附後：大法駐京總領事官甘為諭知事，照得本總領事於西本月二十九號接奉本國駐京公使署理准北京總統府以十二十三十四等日，天津法界《民意報》言論激烈應請設法飭令遷出租界等因，准此合行電知轉飭，該報遵照辦理等因，奉此。				
27	1913 年 9 月 3 日	《民舌報》有續刊之慶		第六版	《大中華民國日報》
內容	《民舌報》前因經濟困難遂致停刊。近聞該社長金光芝君又集數十股，擬再從新出版，刻已委託祝如濱君為該報代表，組織一切。出版之期約在秋末云。				
28	1913 年 9 月 10 日	《國報》停版補誌		第二版	《大中華民國日報》

內容	前晚《國報》經理黎宗岳爲軍事執法處傳去，究係因何案情外間尚不明了。據聞該報社文稿亦被搜去，已禁止出版。按黎被柏文蔚拘禁之後，由中央及黎副總統去電釋放後即在京重新，《國報》持論太過於激烈，此次被捕頗有人欲爲之保釋，又恐其事涉嫌疑未敢造次。而《國報》則實行停止出版，故其啓事云：日下午十點鐘忽有警察來社，聲言禁止本報出版，其中情由亦未申告，本報莫可如何，只得暫行停版，爲此通告云云。			
29	1913 年 9 月 21 日	皖報出現	第六版	《大中華民國日報》
內容	皖垣自取消獨立後，報紙出現者惟舊有之民嵒、新組之大風，其餘如《均報》《血報》《通俗教育》等報或被封閉，或自行停刊，迄今尚無繼續出版者。茲有李君葆誠、馬君克齊、黃君象璿等以近日所見所聞，各有異辭，不能舉一以概百，乃集合同志發起組織《皖報》，其宗旨在改良社會，鞏固共和，輸入文明，督促進步，發揮眞正之理論，冶鑄法治之國家。假安慶城南門內城隍廟爲社址，現正籌備一切，俟手續完備即定期出版云。			
30	1913 年 9 月 30 日	《內務公報》將出現	第二版	《大中華民國日報》
內容	辛亥多間，前民政部曾辦理《時事紀實》，派警挨送各戶，用以鎮靜人心維持秩序，一時收效頗著。嗣經改爲內務部通告，久而久之，除命令、部令、廳令三項而外，其它均不見列，幾成具文。現聞朱總長以此項通告廢之未免可惜，擬自下月起將原有經費改刊《內務公報》云。			
31	1913 年 9 月 30 日	京師報界之復盛	第二版	《大中華民國日報》
內容	日昨內務部指令京師警察廳云，呈悉，琨楊潤生、牛光斗、袁劾鳴、王德、黃上進、周立本、呂玉成、劉永芳、潘公、楊茂芝等組織《實錄報》《新少年畫報》《京漢鐵路局報》《衷報》《自強淺說》《英文京報》《英文星期報》《富報》《中國商會聯合會會報》《黨鑑報》《國是報》《英文北京星期公報》先後呈請立案，均經該廳詳覈，尚無不合，本部應即據呈備案轉飭遵照可也。			
32	1913 年 8 月 8 日	專電	第二版	《時報》
內容	《愛國報》及《進化報》昨忽被警局禁止出版，近來都中報界之被禁或自行閉歇者，已不止十家。			
33	1912 年 5 月 3 日	贛議會與民報之交涉	第六版	《申報》
內容	贛省臨時議會違背約法，選舉參議員李國珍等五人赴京就職一事，人民紛紛集議誓不承認，文電交馳，勢頗激烈。此間民報記載此事頗爲正當，惟因據事直書、痛斥其害，以致議會老羞成怒，咨請李督查辦該報。披露之後輿論益抱不平，群起痛罵議會，以故議員價值已形掃地。現在民報覓到議會咨查原文，逐條駁斥，登載報端，議會實無容身之地。贛省議員當此共和時代而效前清官場手段，摧殘言論，宜乎有此下場也。			

二、內務部布告第六號

選自 1913 年 6 月 20 日《政府公報》

查有聞必錄固新聞業之責任，然亦當審度其事之影響如何。若只圖新聞之發達而不顧國家之損害，則所貴於新聞者何在？況軍事、外交最宜機密。今日邊疆多事，外患日深。既為國民，孰不當有國家之觀念存乎其心。矧引報紙為輿論機關，最易動人觀聽。值茲國步維艱之際，方當全國一心維持鼓吹，以期造成強固之國家，促進政治之進步。乃內外報紙對於宋案、借款以後多所誤會，不問是非，肆意詆諆，痛加誣衊，且於外交、陸海軍事件盡情登載，漏泄無遺，甚至加大總統以種種不名譽、不道德之稱謂。謠諑所傳，秩序為之不靖，流言所及，人心為之動搖，險象環生，法律掃地，若不依法限制，實足擾亂大局，妨害治安。查報律第十條，妨害治安之語報紙不得登載；第十一條，損害他人名譽之語，報紙不得登載；第十二條，外交、陸海軍事件及其他政務經該管官署禁止登載者，報紙不得登載；第十三條，訴訟或會議事件按照法令禁止旁聽者，報紙不得登載。又暫行新刑律第一百三十三條，漏泄政治、外交應秘密之政務者，第一百三十四條，知為軍事上秘密之事項，圖書對象而刺探搜集者；第一百三十五條，知悉收領軍事上秘密之事項，圖書對象而漏泄或公表者；第二百二十一條，以文書、圖畫、演說或他法公然煽惑他人犯罪者；第三百五十九條，散佈留言或以詐術損害他人或其業務之信用者；第三百六十條，指摘事實，公然侮辱人者。又約法第六條第四項，人民有言論、著作、遊行之自由；第十五條，人民之權利有認為增進公益、維持治安或非常緊急必要時，得依法律限制之。以上各端條例昭列，豈容玩視用特剴切布告。各該報館須知，監督政府自有法定之機關，言論自由應以法律為範圍。宋案應候法庭裁判，借款亦有國會主持，不得飛短流長，徒逞胸臆。至於外蒙事件，一關於國際交涉，一關於領土安危，政府對於此事之籌備，於國體、於邦交、於軍事有種種之關係，其中之維持調度有應嚴守秘密，不能盡情宣佈者，各該報館亦當共體此意，同守秘密，此並非防民之口也。天下之事，匹夫有責，各新聞記者類多明時勢，識大局之人，對於國家安危、政治利弊盡可切實說明，陳述意見，聽候採擇，惟不得有一毫成見參乎其間，倘視告誡為具文，置法律於不顧，漫無抉擇，率意登載，或昌言無忌，淆惑觀聽，則是有意煽惑人心，妨害秩序，法律具在，斷難寬容。本部為謀國家之生存與保社會之公安起見，輿論在所，當重法權，尤應保持

不憚，諄諄幸共勉之，特此布告。

三、報紙條例

選自 1914 年 4 月 2 日《政府公報》

教令第四十三號

報紙條例

第一條　用機械或印版及其他化學材料印刷之文字圖畫以一定名稱繼續
　　　　發行者均爲報紙。

第二條　報紙分左列〔註1〕六種：

　　　　一、日刊；

　　　　二、不定期刊；

　　　　三、周刊；

　　　　四、旬刊；

　　　　五、月刊；

　　　　六、年刊。

第三條　發行報紙應由發行人開具左列各款呈請該管警察官署認可：

　　　　一、名稱；

　　　　二、體例；

　　　　三、發行時期；

　　　　四、發行人、編輯人、印刷人之姓名、年齡、籍貫、履歷、住址；

　　　　五、發行所印刷所之名稱地址。

　　　　警察官署認可後給予護照，並將發行人原呈及認可理由呈報，本
　　　　管長官彙呈內務部備案。

第四條　本國人民年滿三十歲以上，無左列情事之一者，得充報紙發行
　　　　人、編輯人、印刷人：

　　　　一、國內無住所或居所者；

　　　　二、神病者；

　　　　三、褫奪公權尚未復權者；

　　　　四、海陸軍軍人；

　　　　五、行政司法官吏；

〔註1〕「左列」即爲現排版的「下列」，後同。(作者注)

六、學校學生。

第五條　編輯人、印刷人不得以一人兼充。

第六條　發行人應於警察官署認可後，報紙發行二十日前，依左列各款
　　　　規定分別繳納保押費：

一、日刊者三百五十元；

二、不定刊者三百元；

三、周刊者二百五十元；

四、旬刊者二百元；

五、月刊者一百五十元；

六、年刊者一百元。

在京師及其他都會商埠地方發行者，加倍繳納保押費。

專載學術、藝事、統計官文書、物價報告之報紙得免繳保押費。

保押費于禁止發行或自行停版後還付之。

第七條　第三條所列各款於呈請警察官署認可後，有變更時應於十日內
　　　　另行呈請認可。

第八條　每號報紙應載明發行人、編輯人、印刷人之姓名、住址。

第九條　每號報紙應於發行日遞送該管警察官署存查。

第十條　左列各款報紙不得登載：

一、淆亂政體者；

二、妨害治安者；

三、敗壞風俗者；

四、外交軍事之秘密即其他政務經該管官署禁止登載者；

五、預審未經公判之案件及訴訟之禁止旁聽者；

六、國會及其他官署會議按照法令禁止旁聽者；

七、煽動、曲庇、讚賞、救護犯罪人、刑事被告人或陷害刑事被
　　告人者；

八、攻訐個人隱私，損害其名譽者。

第十一條　在外國發行之報紙，有登載第十條第一款至第三款之事件
　　　　　者，不得在國內發賣或散佈。

第十二條　報紙登載錯誤，經本人或關係人開具姓名、住址、事由請求
　　　　　更正，或將更正辯明書請求登載者，應於次回或第三回發行之

報紙照登。

登載更正或更正辯明書其字形大小、次序、先後須與錯誤原文相同。

更正辯明書逾原文二倍者，得計所逾字數，照該報告白定例收費。

更正辯明書有違背法令者，不得登載。

第十三條　登載錯誤事項，由他報抄襲而來者，雖無本人或關係人之請求，若經原報更正或登載更正辯明書後，應於次回或第三回發行之報紙分別登載，但不得收費。

第十四條　論說、譯著者係一種報紙之所創，有注明不得轉載者，他報不得抄襲。

第十五條　不照第三條、第七條之規定，呈請認可發行報紙者，科發行人二百元以下二十元以上之罰金，至呈報之日止停止其發行。

呈報不實者，科發行人二百元以下二十元以上之罰金，至呈報更正之日止停止其發行。

第十六條　不具第四條第一項之資格，或有第四條第一項各款情形之一，充發行人、編輯人、印刷人者，科發行人以一百元以下十元以上之罰金，其編輯人、印刷人詐稱者同。

第十七條　不照第六條規定繳納保押費發行報紙者，科發行人以一百元以下十元以上之罰金，至繳足保押費之日止，停止其發行。

第十八條　第六條第三項所指各報其登載事件有出於範圍外者，科編輯人以五十元以下五元以上之罰金。

第十九條　違第八條、第九條之規定者，科發行人以五十元以下五元以上之罰金。

第二十條　發行人於呈請認可領取執照後逾二個月不發行報紙或發行後中止逾二個月而不聲明理由者取消其認可並註銷執照。

第二十一條　第十五條至第十九條之罰金及停止發行之處分，由該管警察官署判定執行之。

罰金處分自該管警察官署判定之日起，逾十日不繳納者，將保押費抵充，不足者仍行補繳。

保押費已經抵充罰金者，該發行人應於接到該管官署命令後，十日以內補繳或補足保押費，違者至補繳或補足之日止，該管警察

官署得以命令停止發行。

第二十二條　登載第十條第一款之事件者，禁止其發行，沒收其報紙及營業器具，發行人、編輯人、印刷人以四等或五等有期徒刑，但印刷人實不知情者免其處罰。

第二十三條　登載第十條第二款至第七款之事件者，停止其發行，科發行人、編輯人以五等有期徒刑。

前項停止發行日刊者，停止十日以上一個月以下，不定期刊、周刊、旬刊、月刊停止二次以上十次以下，年刊者停止一次。

第二十四條　登載第十條第八款之事件經被害人告訴者，科編輯人以二百元以下二十元以上之罰金。

前項之登載若編輯人係受人囑託者，科囑託人以編輯人同等之罰金。

前項之囑託有賄賂情事者，按照賄賂之數各科十倍以下之罰金，並沒收其賄賂。

前項賄賂十倍之數不滿二百元者，仍各科二百元以下之罰金。

第二十五條　違第十一條之規定發賣或散佈外國報紙者，科發行人或散佈人以二百元以下二十元以上之罰金，並沒收其報紙。

第二十六條　違第十二條第一項、第二項或第十三條之規定，經被告人告訴者，科編輯人以五十元以下五元以上之罰金。

第二十七條　違第十四條之規定，抄襲其他報紙之論說譯著者，經被害人告訴者，科編輯人以五十元以下五元以上之罰金。

第二十八條　第二十二條至第二十七條之處罰由司法官署審判執行之。

第二十九條　報紙內撰登論說、記事、塡注名號者，其責任與編輯人同。

第三十條　本條例施行前所發行之報紙，應按照本條例第三條之規定，補行呈請該管警察官署認可，並按照第六條之規定補繳保押費。

第三十一條　本條列施行前所發行之報紙，其發行人有本條列第四條情事之一者，由該管警察官署禁止其發行。

編輯人、印刷人有本條例第四條情事之一者，由發行人另行聘雇呈請該管警察官署認可。

第三十二條　應受本條例各條之處罰者，不適用刑律自首減輕、再犯加重、數罪俱罰之規定。

第三十三條　關於本條例之公訴期限以三個月爲斷。

第三十四條　本條例所定屬於警察官署權限之事項，其未設警察官署地方以縣知事處理之。

第三十五條　本條例自公佈日施行。

四、出版法

選自 1914 年 12 月 5 日《政府公報》

法律第十八條

出版法

第一條　用機械或印版及其他化學材料印刷之文書、圖畫出售或散佈者均爲出版。

第二條　出版之關係人如左：

　　　　一、著作人；

　　　　二、發行人；

　　　　三、印刷人。

　　　　著作人以著作者及有著作權者爲限；

　　　　發行人以販賣文書、圖畫爲營業者爲限，但著作人及著作權承繼人，得兼允之；

　　　　印刷人以代表印刷所者爲限。

第三條　出版之文書、圖畫應將左列各款記載之：

　　　　一、著作人之姓名、籍貫；

　　　　二、發行人之姓名、住址及發行之年月日；

　　　　三、印刷人之姓名、住址及印刷之年月日，其印刷所名稱者並其名稱。

第四條　出版之文書、圖畫應於發行或散佈前稟報該管警察官署並將出版物以一份送該官署，以一份經由該官署送內務部備案。

　　　　官署或國家他種機關及地方自治團體機關之出版應送內務部備案，但其出版關於職權內之記載或報告者不在此限。

第五條　前條之稟報應由發行人及著作人聯名行之，但非賣品得由著作人或發行人一人行之。

　　　　其不受著作權保護之文書、圖畫得由發行人申明理由行之。

第六條　以學校、公司、局所、寺院、會所之名義出版者應用該學校等
　　　　名稱稟報。

第七條　以無主之著作，發行者應預將原由登載官報，俟一年內無人承
　　　　認，方許稟報。

第八條　編號逐次發行或分數次發行之出版物，應於每次發行時稟報。

第九條　已經備案之出版於再版時如有修改、增減或添加注釋、插入圖
　　　　畫者，應依第四條之規定重行稟報備案。

第十條　凡信柬、報告、會章、校規、族譜、公啓、講義、契劵、憑照、
　　　　號單、廣告、照片等類之出版，不適用第三條、第四條之規定，
　　　　但遇有違反第十一條、第十二條之規定時仍依本法處理之。

　　　　其仿刻、照印古書籍、金石，載在四庫書目或經教育部審定者，
　　　　適用前項之規定。

第十一條　文書、圖畫有左列各款情形之一者不得出版：

　　　　一、淆亂政體者；

　　　　二、妨害治安者；

　　　　三、敗壞風俗者；

　　　　四、煽動、曲庇犯罪人、刑事被告人或陷害刑事被告人者；

　　　　五、輕罪重罪之預審案件未經公判者；

　　　　六、訴訟或合議事件之禁止旁聽者；

　　　　七、揭載軍事外交及其他官署機密之文書、圖畫者，但得該官署
　　　　　　許可時不在此限；

　　　　八、攻訐他人隱私，損害其名譽者。

第十二條　在外國發行之文書圖畫違犯前條各款者不得在國內出售或散
　　　　　佈。

第十三條　依第十一條禁止出版之文書、圖畫及依第十二條禁止出售或
　　　　　散佈之文書、圖畫有出版或出售、散佈者，該管檢查官署認為
　　　　　必要時得沒收其印本及其印版。

第十四條　違反第三條、第四條、第八條、第九條之規定者處發行人以
　　　　　五十元以下五元以上之罰金。

第十五條　違反第十一條第一款、第二款者除沒收其印本或印版外，處
　　　　　著作人、發行人、印刷人以五等有期徒刑或拘役。

第十六條　違反第十一條第三款至第七款者，除沒收其印本或印版外，處著作人、發行人、印刷人以一百五十元以下十五元以上之罰金。

第十七條　違反第十一條第八款經被害人告訴時依刑律處斷。

第十八條　違反第十二條者依第十五條、第十六條、第十七條處罰。

第十九條　依第十三條、第十五條應沒收之印本或印版依其體裁可分別時，得分割其一部分沒收之。

第二十條　應受本法之處罰者，不適用刑律累犯罪、俱發罪暨自首之規定。

第二十一條　關於本法之公訴期間自發行之日起以一年為限。

第二十二條　本法所定屬於警察官署權限之事項，未設警察官署地方以縣知事處理之。

第二十三條　本法自公佈日施行。

五、治安警察條例

選自 1914 年 3 月 3 日《政府公報》

教令第二十八條

治安警察條例

（中華民國三年三月二日）

第一條　行政官署因維持公共之安寧秩序及保障人民之自由、幸福，對於左列事項得行使治安警察權：

一、製造、運輸或私藏軍器、爆裂物者；

二、攜帶軍器、爆裂物及其他危險物者；

三、政治結社及其他關於公共事務之結社；

四、政談集會及其他關於公共事務之集會；

五、屋外集合及公眾運動、遊戲或眾人之群集；

六、通衢大道及其他公眾聚集、往來場所黏貼文書、圖畫、或散佈、朗讀，又或為其他言語形容並一切作為者；

七、勞動工人之聚集。

第二條　除依法令得製造或運輸軍器及爆裂物者外，不得製造或運輸軍器及爆裂物。

警察官吏遇有違犯前項者，應逕將其軍器扣留。其認為有違犯前項之嫌疑者，得逕行搜索。

第三條　行政官署因維持安寧秩序認為必要時，得禁止攜帶爆裂物或一切對象，有軍器、兇器或爆裂物之裝置設備者。

警察官吏遇有違犯前項者，應逕將其物扣留。其認為有違犯前項之嫌疑者，得逕行搜索或檢查。

第四條　政治結社，須於該社本部或支部組織之日起，三日內由主任人出名，按照左列事項呈報於本部或支部事物所所在地之該管警察官署，其呈報之事項有變更時亦同：

一、名稱；

二、規約；

三、事務所。

第五條　關於公共事務之結社雖與政治無涉，行政官署因維持安寧秩序認為必要時得以命令其依前條規定呈報。

第六條　左列各人不得加入政治結社：

一、褫奪公權尚未復權者；

二、未成年人；

三、女子；

四、陸海軍軍人；

五、警察官吏；

六、僧道及其他宗教教師；

七、小學校教員；

八、學校學生。

第七條　行政官署對於結社認為有左列情形之一者命其解散：

一、結社宗旨有擾亂安寧秩序之處者；

二、結社宗旨有妨礙善良民俗之處者；

三、其他秘密結社者。

第八條　政談集會須於集會十二小時前由發起人出名按照左列事項呈報於會場所在地之該管警察官署。

一、場所；

二、年月日時。

於呈報之日時不開會者其呈報為無效。

第九條　關於公共事務之集會雖與政治無涉，行政官署因維持安寧秩序認為必要時得以命令其依前條規定呈報。

第十條　左列各人不得加入政談集會：

一、褫奪公權尚未復權者；

二、未成年人；

三、女子；

四、陸海軍軍人；

五、警察官吏；

六、僧道及其他宗教教師；

七、小學校教員；

八、學校學生。

第十一條　警察官吏對於集會認為有左列情形之一者得中止其講演或命其解散：

一、集會之演講議論有涉及刑法之犯罪未經公判以前之案件及禁止旁聽之訴訟案件者；

二、集會之演講議論有煽動或曲庇犯罪人或讚賞救護犯罪人及刑事被告人或陷害刑事被害人者；

三、集會之演講議論有擾亂安寧秩序或妨害善良風俗之處者。

第十二條　屋外集合或公眾運動遊戲須於集合二十四小時前由發起人出名按照左列事項呈報於集合所在地之該管警察官署，但婚、喪、慶、祭、宣講所學生之體操運動及其他慣例所許者不在此限。

第十三條　警察官吏對於屋外集合及公眾運動遊戲，或眾人之群集，認為有左列情形之一者得限制禁止或解散之：

一、有擾亂安寧秩序之處者；

二、有妨礙善良民俗之處者。

第十四條　警察官吏對於結社之主任人、集會及屋外集合公眾運動遊戲之發起人有所詢問應據實答覆。

第十五條　關於政談集會，警察官署得派遣警察官吏著制服監臨；關於其他不涉及政治之集會屋外集合及公眾運動遊戲，警察官署因維持安寧秩序為必要時亦同。

於前項情形警察官吏得向發起人要求設監臨席。

第十六條　於集會會場及屋外集合或公眾運動遊戲之地故意喧嘩騷擾，舉動狂暴者警察官吏得制止之，若不服時得令其立時退出。

第十七條　依法令組織之議會，議員為預備議事之團結不適用第六條之規定。

第十八條　依法令組織之議會，議員為預備選舉會合，選舉人被選舉人之集會在投票前五十日者不適用第十條之規定。

第十九條　警察官吏對於通衢大道及其他公眾聚集往來場所粘貼文書圖畫或散佈朗讀，又或為其他言語形容，並一切作為認為有左列情形之一者，得禁止並扣留其印寫物品：

一、結社宗旨有擾亂安寧秩序之處者；

二、結社宗旨有妨礙善良民俗之處者。

第二十條　警察官吏對於勞動工人之聚集認為有左列情形之一者得禁止之：

一、同盟解雇之誘惑及煽動；

二、同盟罷業之誘惑及煽動；

三、強索報酬之誘惑及煽動；

四、擾亂安寧秩序之誘惑及煽動；

五、妨害善良風俗之誘惑及煽動。

第二十一條　違犯第二條第一項及違犯第三條第一項者依暫行刑律第二百零三條、第二百零四條、第二零五條、第二百零八條及第二百零九條處斷。

第二十二條　違犯第四條第一項及違犯第五條第一項者處以二十日以下之拘留並科二十元以下之罰金。

第二十三條　違犯第六條者處以三十元以下之罰金，呈報不實者處以四十元以下之罰金。

第二十四條　違犯第七條處以十五元以下之罰金，呈報不實者處以二十元以下之罰金。

第二十五條　違犯第八條加入政治結社者處以二十元以下之罰金，使入社者亦同。

第二十六條　違犯第九條各款規定結社或加入第九條各款結社處以一年

以下徒刑。

第二十七條　違犯第十條第一項處以二十元以下之罰金，呈報不實者處以三十元以下之罰金。

第二十八條　違犯第十一條者處以十元以下之罰金，呈報不實者處以十五元以下之罰金。

第二十九條　違犯第十二條發起政談集會者處以十五元以下之罰金，加入者處以十元以下之罰金。

第三十條　不遵第十三條中止解散之命者處以五個月以下之徒刑或十元以上五十元以下之罰金。

第三十一條　違犯第十四條者處以十元以下之罰金，呈報不實者處以十五元以下之罰金。

第三十二條　不遵第十五條限制禁止或解散之命者，處以二十日以下之拘留並科二十元以下之罰金。

第三十三條　不答覆第十六條之詢問或不據實答覆及拒絕第十七條第一項之監臨或第二項監臨席之要求者處以三十元以下之罰金。

第三十四條　不遵第十八條退出之命者處以十日以下之拘留或十元以下之罰金。

第三十五條　不遵第二十一條禁止拘留之命者處以二十日以下之拘留並科二十元以下之罰金。

第三十六條　不遵第二十二條禁止之命者處以五個月以下之徒刑或五元以上五十元以下之罰金。

第三十七條　依本條列科拘留及四十元以下罰金之事件由該管警察官署長

官或其代理官吏即決之。

第三十八條　關於本條列公訴之時效為六個月。

第三十九條　本條列自公佈日施行。

六、戒嚴法

選自 1912 年 12 月 16 日《政府公報》

法律第九號

戒嚴法

第一條　遇有戰爭或其他非常事變，對於全國或一地方須用兵備戒嚴時，大總統得依本法宣告戒嚴或使宣告之。

第二條　戒嚴之地域分為兩種：

　　　一、警備地域；

　　　二、接戰地域。

第三條　警備地域為遇戰爭或其他非常事變之際，應警戒之區域；接戰地域為因敵之攻擊或包圍應攻守之地域。前兩項之地域應時機之必要區劃布告之。

第四條　戰爭之際要塞、海軍港、海軍造船所及其他鎮守地方遽受包圍或攻擊時，該地司令得臨時宣告戒嚴。出征司令官因戰略上須臨機處分時亦同。

第五條　遇有非常事變須戒嚴時由該地司令官呈請大總統行之，若時機迫切且通信斷絕無由呈請時，該地司令官得臨時宣告戒嚴。

第六條　依第四條、第五條規定得臨時宣告戒嚴之司令官以軍長、師長、旅長、要塞司令官、警備隊司令官、分遣隊隊長或船隊司令長官、艦隊司令官、軍港鎮守長官或特命司令官為限。

第七條　依第四條、第五條之規定臨時宣告戒嚴須將戒嚴之情狀及事由迅速呈報大總統及其所隸屬之長官。

第八條　戒嚴宣告之地域應時機之必要得改定之。第四條至第七條之規定於戒嚴區域之改定準用之。

第九條　在警備地域內，該地方行政及司法事務限於與軍事有關係者以其管轄權移屬於該地之司令官。於前項情形地方行政官及司法官須受該地司令官之指揮。

第十條　在接戰地域內，該地方行政及司法事務之管轄權，移屬於該地之司令官。前條第二項之規定於接戰地域準用之。

第十一條　於接戰地域內與軍事有關係之民事及刑事案件由軍政執法處審判之。

第十二條　接戰地域內無法院或其他管轄法院，交通斷絕時，雖與軍事無關係之民事及刑事案件亦由軍政執法處審判之。

第十三條　對於第十一條之審判不得控訴及上告。

第十四條　戒嚴地域內司令官有執行左列各款事件之權，因執行所生之

損害不得請求賠償：

一、停止集會、結社或新聞雜誌、圖畫告白等之認爲與時機有妨害者；

二、凡民有物品可供軍需之用者或因時機之必要禁止其輸出；

三、檢查私有槍礮、彈藥、兵器、火具及其他危險物品，因時機之必要得押收或沒收之；

四、拆閱郵信電報；

五、檢查出入船舶及其他物品或停止陸海之交通；

六、因交戰不得已之時得破壞、燬燒人民之動產、不動產；

七、接地地域內不論晝夜得侵入家宅、建造物、船舶中檢查之；

八、寄宿於接地地域內者因時機之必要得令其退出。

對於前項第六款之被害人應酌量撫恤之。

第十五條　戒嚴之情事終止時應即爲解嚴之宣告。

第十六條　戒嚴於解嚴宣告後失其效力。

第十七條　本法自公佈日施行。

七、電信條例

選自 1915 年 4 月 19 日《政府公報》

茲制定電信條例公佈之。此令。

大總統印

中華民國四年四月十八日

國務卿徐世昌

教令第二十號

第一條　電報、電話不論有線無線均稱爲電信。

第二條　電信由國家經營。

第三條　左列電信，經政府之許可，得由個人或團體私設。

一、供鐵路礦山及其他特別營業之專用者；

二、個人、團體或官署因圖遞送之便利，設於其所居之處，與電報局相接續者；

三、個人、團體或官署專供一宅地範圍內通信之用者；

四、船舶航海時所用者；

五、供學術試驗上之用者；

六、電話之通信範圍，限於一定之區域者，但以該區域尚未有電話之聯絡者爲限。

前項之規定，除第四款、第五款外，於無線電報不適用之。

第四條　政府因必要情事，依法令之所定，得以私設電信供公用或軍事通信之用。

政府依前項規定使用私設電信時，得派員管理之。

第五條　政府因公安之維持，認爲必要時，得制定區域停止或限制電報、電話之傳達。

第六條　政府所制定之電報局，與電報之內容認爲妨害公安時，得拒絕或停止其傳達。

第七條　電報因特別事故及不可抵抗之障害，致遲滯或不能傳達時，通信者不得要求損害賠償。

第八條　電報內事故，由通信者負其責任。

第九條　關於電信之傳遞無能力者之行爲，電報、電話局視爲有能力者。

第十條　電報局所收電報，除有命令特定者外，須依指定地點遞送，因受信人所在地之不明致無從遞送者，公告之。

自前項公告之日起，滿四十二日，尚無認取者得毀棄之。

第十一條　電報局收受密碼電報，或用秘詞隱語者，認爲必要時，得使發信人說明意義。發信人若拒絕說明或說明不正確者，得停止其傳達。

第十二條　關於電報、電話之職員、工人、信差，於執行公務時，經過道路關津，不得阻止其通行。

第十三條　前條之職員、工人、信差，於執行職務遇道路障礙，除設有柵欄圍牆者外，凡宅地、田地皆得通行。但因此致損害建築物或種植物時，經被害者之請求，應由政府給以相當之賠償。

第十四條　第十二條之職員、工廠、信差，於執行公務上因特別障害，或登山涉水，請求他人助力時，被請求者非有正當之理由，不得拒絕。但由助力者之請求，應由政府給以相當之報酬。

第十五條　電報、電話線路，不論經過何地，得擇便建設，但因妨害他人之權利經被害者之請求，應由政府給以相當之賠償。

第十六條　電報、電話費，各依定率徵收現款。

第十七條　電報、電話所用材料，概免課稅，但海關稅不在此限。

第十八條　關於電信之損害賠償及報酬之請求權，其消滅期間及對於其請求之決定處理方法，別以教令定之。

第十九條　違反第二條、第三條、第四條、第十二條、第十三條、第十四條之規定者，處以二百圓以下五圓以上罰金。其違反第二條、第三條，並沒收其杆線及機器。

第二十條　第十二條至第十九條之規定，於私設電信不適用之。但第三條第六項之特許電話得適用第十六條之規定。

第二十一條　本國與外國見之電報，法律、命令或條約有明文者，各依其規定。

第二十二條　本條例自公佈日施行。

參考文獻

壹、文獻資料

一、檔案資料

1. 中國第二歷史檔案館編，《中華民國史檔案資料彙編》第三輯，文化，江蘇古籍出版社，1991 年。

2. 中國第二歷史檔案館編，《中華民國史檔案資料彙編》第五輯，第三編，教育，江蘇古籍出版社，1991 年。

3. 天津市檔案館編，《袁世凱天津檔案史料選編》，天津古籍出版社，1990 年。

4. 故宮博物院明清檔案部編，《清末籌備立憲檔案史料》，中華書局 1979 年版。

5. 臺灣故宮博物院故宮文獻編輯委員會編輯，《袁世凱奏摺專輯》，臺北故宮博物院，1970 年。

6. 雲南政報發行所編，《袁世凱僞造民意紀實》（縮微品），北京全國圖書館文獻縮微中心，2007 年。

二、報刊資料

《申報》、《亞細亞日報》、《順天時報》、《臨時公報》、《北洋官報》、《泰晤士報》、《內務公報》、《政府公報》、《洪憲公報》、《神州日報》、《時報》、《時事新報》、《益世報》、《大公報》、《大共和日報》、《群強報》、《東方雜誌》、《民國日報》、《京話日報》、《新聞報》、《民視報》、《大共和民國日報》、《亞東新聞》、《中華新報》、《庸言》、《大中華雜誌》、《眞相畫報》、《北洋法政學報》等。

三、主要人物回憶錄、年譜、文集

1. 丁文江、趙豐田編，《梁啓超年譜長編》，上海人民出版社，1983 年.

2. 孫中山，《孫中山全集》2、3 卷），中華書局，1982 年版。

3. 顧維鈞,《顧維鈞回憶錄》(第一分冊),中國社會科學院近代史研究所譯,中華書局,1983 年。

4. 〔美〕I.T 赫蘭德著,吳自選、李欣譯,《一個美國人眼中的晚清宮廷》,百花文藝出版社,2002 年。

5. 〔美〕保羅‧S‧芮恩施,《一個美國外交官使華記》,商務印書館,1982 年。

6. 姚公鶴,《上海閒話》,上海古籍出版社,1989 年。

7. 王建中,《洪憲慘史》,上海書店出版社,1998 年。

8. 鳳岡及門弟子謹編,《三水梁燕孫先生年譜》,中華民國三十五年再版,二十八年初版。

9. 顏惠慶著,吳建雍、李寶臣、葉鳳美譯,《顏惠慶自傳——一位民國元老的歷史記憶》,商務印書館,2003 年。

10. 陶菊隱,《北洋軍閥統治時期史話》(二),上海三聯書店,1957 年。

11. 〔英〕帕特南‧威爾(Putnamweale),秦傳安譯,《帝國夢魘:亂世袁世凱》,中央編譯出版社,2006 年。

12. 吳長翼編,《八十三天皇帝夢》,文史資料出版社,1983 年。

13. 臺灣中央研究院近代史研究所編,《袁世凱家書》,影印本,1990 年。

14. 袁靜雪、袁克齊,《袁世凱秘辛》,東西文化事業公司(香港),出版年不詳。

15. 朱傳譽主編,《梁士詒傳記資料》,天一出版社,1979 年。

16. 沈祖憲、吳闓生編纂,《容庵弟子記》(影印本),臺北文海出版社,1966 年。

17. 王錫彤,《抑齋自述》,河南大學出版社,2001 年。

四、資料集

1. 沈祖憲輯,《養壽園奏議輯要》影印本,臺北文海出版社,1966 年。

2. 胡石庵:《湖北革命實見記》,《辛亥革命在湖北史料選輯》,武漢大學出版社,1981 年版。

3. 鄭曦原編,《帝國的回憶——紐約時報晚清觀察記》,當代中國出版社,2007 年。

4. 〔澳〕西里爾‧珀爾著,檀東鍟、竇坤譯,《北京的莫理循》,福建教育出版社,2003 年。

5. 《辛亥革命資料》,中華書局,1961 年版。

6. 高勞編,《帝制運動始末記》,臺北文海出版社,1967。

7. 方漢奇主編,《中國新聞事業編年史》,福建人民出版社,2000 年。

8. 方漢奇、張之華主編，《中國新聞事業簡史》，中國人民大學出版社，1995年。

9. 楊光輝等編《中國近代報刊發展概況》，新華出版社 1986 年。

10. 沈雲龍主編，《近代中國史料叢刊續編》，臺北，文海出版社，1991 年。

11. 張靜廬輯注，《中國現代出版史料》，中華書局 1959 年。

12. 徐有鵬編輯，《袁大總統書牘彙編》，上海，廣益書局 1920 年。

13. 黃遠庸，《遠生遺著》（上、下），商務印書館， 1984。

14. 王芸生編著，《六十年來中國與日本》，北京，生活‧讀書‧新知三聯書店，2005。

15. 〔美〕保羅‧S‧芮恩施著，李抱宏，盛震溯譯，《一個美國外交官使華記》，北京，商務印書館，1982 年。

16. 〔澳〕 駱惠敏編、劉桂梁譯，《清末民初政情內幕：〈泰晤士報〉駐北京記者、袁世凱政治顧問喬‧尼‧莫理循書信集》，上海知識出版社，1986年。

17. 黃紀蓮編，《中日「二十一條」交涉史料全編：1915～1923》，合肥，安徽大學出版社，2001 年。

18. 沈雲龍主編《袁世凱資料彙刊》，臺北文海出版社，1966 年。

19. 榮孟源、章伯鋒主編，《近代稗海》，四川人民出版社，1985 年。

20. 張國淦，《北洋述聞》，上海書店出版社，1998 年。

21. 劉禺生，《世載堂雜憶》，中華書局，1960 年。

22. 袁克文，《辛丙秘苑》，上海書店出版社，1999 年。

23. 章伯鋒主編，《北洋軍閥》，武漢出版社，1990 年。

24. 符致興編譯：《端納與民國政壇秘聞》，長沙，湖南出版社，1991 年。

25. 來新夏主編，《北洋軍閥史稿》，湖北人民出版社，1983 年。

26. 《辛亥革命與近代中國》，中華書局 1994 年。

27. 陶菊隱，《袁世凱真相：1859~1916》，北京線裝書局，2008 年。

貳、相關論著

一、專（編）著

1. 戈公振，《中國報學史》，中國新聞出版社，1985 年。

2. 黃天鵬，《中國新聞事業》，上海書店，1991 年。

3. 林語堂著，王海，何洪亮譯，《中國新聞輿論史》，中國人民大學出版社，2008 年。

4. 〔日〕佐藤鐵治郎著，《一個日本記者筆下的袁世凱》，天津古籍出版社。

5. 黃毅編述,《袁氏盜國記》,國民書社,上海,1916 年。

6. 張海鵬主編,《中國近代通史》第五卷,江蘇人民出版社,2009。

7. 方漢奇,《中國近代報刊史》,山西教育出版社,1991 年。

8. 趙君豪,《中國近代之報業》,申報館(香港),1938 年。

9. 金沖及、胡繩武,《辛亥革命史稿》,上海人民出版社,1985 年。

10. 方漢奇主編,《中國新聞事業通史》(第 1 至第 3 卷),中國人民大學出版社,1992 年。

11. 〔日〕內藤順太郎著、范石渠譯,《袁世凱》,上海文彙圖書局,1914 年。

12. 謝駿,《新聞傳播史論研究》,福建人民出版社,2005 年。

13. 李龍牧,《中國新聞事業史稿》,上海人民出版社,1984 年。

14. 張玉法,《民國初年的政黨》,中央研究院近代史研究所,1985 年。

15. 胡太春,《中國近代新聞思想史》,山西人民出版社,1987 年。

16. 駱寶善,《駱寶善評點袁世凱函牘》,長沙:嶽麓書社,2005 年版。

17. 劉憶江,《袁世凱評傳》,經濟日報出版社,2004 年。

18. 〔加〕陳志讓著,傅志明、鮮于浩譯,《亂世奸雄袁世凱》,湖南人民出版社,1988 年。

19. 曾憲明,《中國百年報人之路 1815～1949.》,遠方出版社,2007 年。

20. 胡春惠、薛化元主編,《近代中國社會轉型與變遷》,臺灣政治大學歷史學系,2004 年。

21. 曾虛白,《中國新聞史》,三民書局印行,1966 年。

22. 羅志田,《亂世潛流:民族主義與民國政治》,上海古籍出版社,2001 年。

23. 余戾林便,《中國近代新聞界大事紀》(微縮品)。

24. 唐浩明,《曠代逸才:楊度》,臺北漢湘文化事業公司,1995 年。

25. 張育仁,《自由的歷險》,雲南人民出版社,2002 年。

26. 丁淦林主編,《中國新聞史文集》,上海人民出版社,1987 年。

27. 朱傳譽,《中國民意與新聞自由發展史》,臺北中正書局,1974 年。

28. 白蕉編著,《袁世凱與中華民國》,人文月刊社,1936。

29. 蔣國珍,《中國新聞發達史》,上海書店據世界書局,1927 年版影印。

30. 霍必烈,《袁世凱傳》,臺北國際文化事業有限公司,1988 年。

31. 李孝悌,《清末的下層社會啓蒙運動 1901～1911.》,(臺灣) 中央研究院近代史研究所專刊。

32. 李劍農,《戊戌以後三十年中國政治史》,中華書局,1965 年。

33. 張學繼,《袁世凱幕府》,北京,中國廣播電視出版社,2005 年。

34. 賴光臨，《中國近代報人與報業》，臺灣商務印書館，1987 年。

35. 張靜廬，《中國的新聞記者與新聞紙》，光華書局印行，1930 年。

36. 唐德剛，《袁氏當國》，廣西師範大學出版社，2004 年。

37. 費正清，《劍橋中華民國史》，中國社會科學出版社，1994 年。

38. 陳夔龍，《夢蕉亭雜記》，北京古籍出版社，1985 年。

39. 張鸞盦，《復辟詳誌》，著者自刊，1917 年。

40. 鄧亦武，《北京政府統治研究：1912 年～1916 年》，湖北人民出版社，2006 年。

41. 趙建國，《分解與重構：清季民初的報界團體》，北京，生活·讀書·新知三聯書店，2008 年。

42. 〔美〕沃爾特·李普曼著，閻克文，江紅譯，《公眾輿論》，上海人民出版社，2006 年。

43. 張玉法主編，《中國現代史論集》第四輯民初政局，臺灣聯經出版事業公司，1987 年。

44. 楊早，《清末民初北京輿論環境與新文化的登場》，北京大學出版社，2008 年。

45. 方漢奇主編，《中國新聞傳播史》，中國人民大學出版社，2002 年。

46. 殷莉，《清末民初新聞出版立法研究》，北京，新華出版社，2007 年。

47. 邱遠猷、張希坡，《中華民國開國法制史》，首都師範大學出版社，1997 年。

48. 黎乃涵，《辛亥革命與袁世凱》，光華書店發行，1948 年。

二、論文

1. 李斯頤，《清末 10 年官報活動概貌》，《新聞與傳播研究》，1991 年第 3 期。

2. 張憲文，《再論民國史研究中的幾個重大問題》，《江海學刊》，2008 年第 5 期。

3. 惠鑑，《駐韓時代之袁世凱》，《歷史政治學報》，1947 年第 2 期。

4. 丁力，《梁啓超覆楊度的親筆信》，《歷史與文物資料》，第 1 期。

5. 陶菊隱，《記者生活三十年》，《新聞研究資料》，1979 年第 1 輯。

6. 韓殿棟等，《民國初期傳媒關於袁世凱對藏政策的報導》，《西藏大學學報》（社會科學版），2008 年第 1 期。

7. 左雙文，《袁世凱帝制輿論之特色管窺》，《婁底師專學報》，1993 年第 1 期。

8. 張靜廬、李松年，《辛亥革命時期重要報刊作者筆名錄》，《文史》第 1 輯，

中華書局，1962 年。

9. 胡繩武，《梁啓超與民初政治》，《近代史研究》，1991 年第 6 期。

10. 章炳麟，《太炎先生自定年譜》，《近代史資料》，1957 年第 1 期。

11. 張豔，《顧維鈞眼中的袁世凱》，《袁世凱與北洋軍閥》，蘇智良、張華騰、邵雍主編，上海人民出版社，2006 年。

12. 〔澳〕特里‧納里莫，《中國新聞業的職業化歷程——觀念轉換與商業化過程》，新聞研究資料，1992 年總第 58 期。

13. 張永，《護國運動時期梁啓超「革命」概念剖析》，《史學月刊》，2002 年第 6 期。

14. 章平，《歷史背後：民國知識分子的報刊表達》，《新聞大學》，2008 年第 1 期。

15. 郭傳芹，《「二十一條」外交事件中袁世凱政府新聞策略及傳播效果考察》，《國際新聞界》，2011 年第 5 期。

16. 郭華清，《章士釗與〈民立報〉》，《安徽史學》，1999 年第 1 期。

17. 楊曉娟，申和平，《論唐紹儀內閣倒臺新聞輿論誘因》，《現代商貿工業》2010 年第 1 期。

18. 李永春，《中日「二十一條」交涉與袁世凱政府的新聞策略》，《江西社會科學》，2006 年第 9 期。

三、學位論文

1. 莊和灝著，《〈申報〉視野下的袁世凱與帝制》，華東師範大學碩士論文，2007 年。

2. 唐柳春著，《袁世凱政府時期的新聞理念、新聞政策及新聞實踐》，湖南師範大學碩士論文，2009 年。

3. 陳忠純著，《民初的媒體與政治——1912～1916 年政黨報刊與政爭》，北京師範大學博士論文，2007 年。

4. 丁苗苗著，《多重視野下革命的建構與報導》，浙江大學博士後出站報告，2011 年。

5. 張神根著，《袁世凱統治時期北京政府的財政變革》南京大學博士論文，1993 年。

6. 李衛華著，《清末督撫對報刊的認知與管理》，中國人民大學博士後出站報告，2011 年。

四、英文文獻

1. CHAN LAU KIT-CHING,Anglo-Chinese diplomacy 1906～1920：in the careers of Sir John Jordan and Yuan Shih-k'ai, HONG KONG UNIVERSITY PRESS 1978.

2. Pearl.Cyril, Morrison of Peking, London：Angus and Robertson, 1967.

3. Lee-hsia Hsu Ting,Government Control of the Press in China.Chicago, University of Chicago Press,U.S.A.,1974.

4. Lin Yutang,The History of the Press and the Public Opinion in China.Chicago, University of Chicago Press, U.S.A.,1936.

5. Liang Chi-Chao,The so-called people's will：a comment on the secret telegrams of the Yuan Government〔microform〕, Shanghai：〔s.n.〕, 1916.

6. Young, Ernest P, The presidency of Yuan Shih-k'ai：liberalism and dictatorship in early Republican China, Ann Arbor：Univ. of Michigan Pr., 1977.